Karl Meyer ist Zahnarzt und führt ein durch und durch bürgerliches Leben. Doch als sein erst achtzehnjähriger Sohn Ole-Jakob Suizid begeht, droht es die Familie zu zerreißen. Karls Frau Eva steht unter Schock, die Tochter Stine verstummt. Auch Karl ist in seiner Trauer gefangen. Er denkt zurück an sein Kind, vor allem aber an das, was die Familie schon vor dessen Tod auf eine Belastungsprobe stellte: Karls Liebschaft mit der deutlich jüngeren Mona. Ist es diese Affäre, die Ole-Jakob in den Tod getrieben hat? Die Schuldfrage steht im Raum – und Karl läuft davon. Er begibt sich auf eine Reise in die Slowakei. Dort hofft er, Erlösung zu finden: in einem Haus, in dem man, so heißt es, mit seinen tiefsten Ängsten konfrontiert wird – und das man entweder gebrochen oder geheilt verlässt.
›Durch die Nacht‹ ist die Anatomie eines Trauerprozesses und ein Buch, das unter die Haut geht. Stig Sæterbakken schont seine Leser nicht. Dieser so dringlich erzählte Roman schildert die Abgründe, die in uns allen lauern, und wie leicht wir die verletzen, die uns nahe stehen.

Stig Sæterbakken (1966-2012) gehört zu den wichtigsten norwegischen Autoren der letzten Jahrzehnte. Er veröffentlichte zahlreiche Romane, Essay- und Lyrikbände und arbeitete zudem als Übersetzer.

Stig Sæterbakken

DURCH DIE NACHT

Roman

Aus dem Norwegischen
von Karl-Ludwig Wetzig

DUMONT

I

VERDAMMTE SCHEISSE

Trauer tritt in so vielen Formen auf. Sie ist wie ein Licht, das ein- und ausgeschaltet wird. Sie ist da, sie ist nicht auszuhalten, dann verschwindet sie, weil sie unerträglich ist, weil man sie nicht permanent ertragen kann. Man wird gefüllt und geleert. Tausend Mal am Tag vergaß ich, dass Ole-Jakob tot war. Tausend Mal am Tag fiel es mir plötzlich ein. Beides war unerträglich. Ihn zu vergessen war das Schlimmste, was ich tun konnte. An ihn zu denken war das Schlimmste, was ich tun konnte. Kälte kam und ging. Wärme kam nie. Es gab nur Kälte und die Abwesenheit von Kälte. Wie mit dem Rücken zum Meer zu stehen. Eiskalte Knöchel jedes Mal, wenn eine Welle anrollte. Sie lief ab. Dann kam sie wieder.

Während ich so dastand, ging die Sonne unter, und es wurde Nacht. Seitdem ist Nacht.

An den ersten Tagen nach der Beerdigung tat ich so gut wie nichts, außer fernzusehen. Wie in der Hoffnung, wenn ich nur so dasäße, ohne mich zu rühren, voll und ganz auf das konzentriert, was auf dem Bildschirm lief, dann verschwände der Schmerz nach und nach, dann würde ich Teil einer anderen Wirklichkeit, in der es keinen Schmerz gäbe. Eines Abends schaute ich mir einen Film aus der *Pink-Panther*-Reihe an, den, in dem Inspektor Clouseau (Peter Sellers) während des Verhörs einer wohlhabenden englischen Familie seine Hand nicht aus dem Handschuh einer alten Ritterrüstung frei bekommt und den Raum in ein Schlachtfeld verwandelt, noch bevor er mit seiner Auflösung des Falls à la Poirot fertig ist. Und auf einmal ließ sich ein Lachen nicht mehr zurückhalten. Ich, der ich überzeugt gewesen war, im Leben nie wieder zu lachen, ich lachte, als hätte ich ein Tier in mir, das versuchte, sich aus mir heraus ins Freie zu fressen. Ich musste schließlich den Fernseher ausschalten; hätte ich den Film zu Ende gesehen, hätte es mich zerrissen.

»Der verdammte Scheiß-Fernseher!« Eines Abends, in der Pause zwischen zwei Serien, die ich verfolgte, stand ich draußen und rauchte, da sah ich Evas Schatten über den Hof huschen wie ein Gespenst. Dann drangen Geräusche aus der Garage, aber ich dachte mir nichts weiter dabei. Als ich wieder ins Wohnzimmer trat, war der Fernseher ein Trümmerhaufen, der Stiel der Axt ragte aus dem Bildschirm, der mehr nach einer schwarzen Masse als nach zersplittertem Glas aussah. Eva stand mitten im Zimmer und keuchte, als hätte sie Mühe zu atmen. Glücklicherweise – oder unglücklicherweise – war Stine dabei, sie saß auf der Couch, umschlang ihre hochgezogenen Beine mit den Armen und weinte; so kam gar nichts anderes infrage, als dass ich meinerseits versuchte, sie nach Kräften zu trösten. Während ich sie im Arm hielt, dachte ich daran, wie ich mich jahrelang immer wieder darüber beschwert hatte, wie viele Stunden Eva vor dem Fernseher zubrachte, wie oft mir das auf die Nerven gegangen war, wie viel Antriebslosigkeit in diesem ewigen Zeittotschlagen zum Ausdruck kam, das sie als Entspannung verteidigte, lebensnotwendig geradezu, wenn ich sie recht verstand, in Erwartung der nächsten Runde im ewigen Kampf, als wäre ihre Arbeit das einzig Wirkliche und der Rest des Tages zu nichts anderem gedacht, als Kräfte zu sammeln, um in der Lage zu sein, den Kampf wieder aufzunehmen, als hörte sie auf, die zu sein, die sie zu Hause mit mir, mit uns, eigentlich war, sodass es schien, als würde sie alles für ihren Arbeitstag aufsparen, als bräuchte sie sich keine Mühe mehr zu geben, als wären nur andere der Mühe wert, ich aber nicht mehr – all das kochte mitunter in mir hoch, wenn ich sie auf dem Sofa liegen sah, das Gesicht im alles verschluckenden Schimmer des Fernsehbildschirms gebadet.

Nachdem der Fernseher zerhackt war, traten an die Stelle von *CSI Miami*, *Dexter* und alten Klassikern auf TCM lange Spaziergänge. Ich suchte mir Wege, die ich vorher nie gegangen war, und entdeckte sogar ein paar Pfade, die mir bislang unbekannt gewesen waren. Bei manchen hatte ich den Eindruck, dass sie viele Jahre lang keinen Menschen mehr gesehen hatten, sie waren von Ästen zugewachsen, die meine Jacke streiften, wenn ich dort entlangging. Manchmal, wenn es schon dunkel war, konnte ich ein Licht oder mehrere erkennen, durch die Entfernung winzig klein, doch durch eine unendliche Kette von Öffnungen im Laubwerk deutlich sichtbar. So tauchte vor mir einmal ein Blinklicht eines Autos auf, gleich darauf in weiter Ferne eine Ampel, die von Gelb auf Grün umsprang.

Wenn ich nach Hause kam, blieb ich zunächst für einen Moment im Flur stehen, um zu hören, ob jemand weinte.

Es gab so vieles, das ich nicht verstand. Die Brutalität überall. Im Supermarkt die Art, wie die Leute ihre Einkaufswagen vor sich herstießen, wie sie im Tiefkühlregal herumwühlten oder wie sie sich hinten am Gemüse so laut unterhielten, als ob nichts geschehen wäre. Draußen auf der Straße der höllische Verkehr, Autofahrer, die rasten, was das Zeug hielt, und gleich loshupten, wenn jemand ihrer Meinung nach zu lange brauchte, um die Kreuzung freizumachen. Diese Horden von Schulkindern, die aussahen, als würden sie vor Glück platzen. Lärm überall, fahrende Autos, redende Menschen, laute Musik. Alles, um den gewaltigen Abgrund an Stille zu übertönen, der sich öffnen würde, sobald sie ihr Treiben einmal einstellten. Menschen, die miteinander sprachen, aber nicht einer von ihnen über Ole-Jakob. Riesenarschlöcher! Wie konnten sie nur? Was hatten sie zu reden, wo er tot war?

Die Welt verhöhnte uns. Sie verhöhnte Stine, die doch Teil des Treibens sein sollte, die eigentlich noch für viele Jahre ein Figürchen in dem großen Spiel hätte sein sollen, das gerade erst begonnen hatte, als sie davon ausgeschlossen wurde. Doch ich wusste, dass sie nach einer Weile wieder dazugehören würde. Und dass es ihr dank der heilenden Zeit auch einmal wieder besser gehen würde. Die Zeit, die alle Wunden heilt – auch das ein Hohn. Der Gedanke, es würde ihr einmal wieder besser gehen, sie würde darüber hinwegkommen. In nicht allzu ferner Zukunft würde sie wieder tanzen, lächeln und lachen können, toben und herumalbern, ganz aufgehen in all dem Blödsinn, aus dem das Leben unter ihren Altersgenossinnen bestand und bestehen sollte, als notwendiger Übergang auf dem Weg zu ihrem erwachsenen Ich. Sie würde mit frischem Mut dahin zurückkehren, es war nur eine Frage der Zeit. Was sie niederdrückte, würde sie abschütteln, nicht ganz, aber doch so weit, dass sie unter ihresgleichen leben könnte, genug, dass sie sich wieder mit ihnen im Tanz drehen könnte.

In den ersten Tagen sprach sie kein Wort. Was hätte es auch zu sagen gegeben? Jedes Mal, wenn Eva oder ich in unserer Sorge um ihren Zustand versuchten, etwas aus ihr herauszulocken, verschloss sich ihr Gesicht, wurde hart wie Stein, oder sie brach in Tränen aus, wovor wir am Ende größere Angst hatten als vor dem, was wir möglicherweise herausbekommen hätten. Als sie ihr Schweigen endlich brach, kamen nichts anderes als Schimpfworte und ein Fluch: »VERDAMMTE SCHEISSE«, war das Erste, was ich sie von sich geben hörte. Sie klang genau wie Eva, die Stimmen zum Verwechseln ähnlich. Ein Herr vom Bestattungsunternehmen war da gewesen, um letzte Details für die Beerdigung zu besprechen, und ich hatte gerade die Haustür hinter ihm geschlossen, als ich aus der Küche Stine hörte: »VERDAMMTE SCHEISSE«! Mich durchfuhr ein freudiger Stich. Das erste Lebenszeichen von einer, die wir verloren geglaubt hatten! Ich ging zu ihnen. Stine war aufgestanden, und es brach schwallweise aus ihr heraus, als würde sie es erbrechen, eine Grobheit schlimmer als die andere, es hagelte Anschuldigungen. Eva streckte den Arm nach ihr aus und bekam sie zu fassen, doch ihre Hand wurde weggeschlagen. Ich sah sie beide an, sah, wie ähnlich sich Mutter und Tochter geworden waren. Stine wurde immer schöner, als hätte sie Evas Gesicht übernommen und es perfektioniert. Und ich dachte daran, wie oft sie, als sie kleiner war, still dagesessen und ihrem Bruder zugehört hatte, wenn er ihr alles Mögliche zwischen Himmel und Erde erklärte, wie sie ihn dann anhimmelte, wie sie ihm das Reden überließ, wie sie ihn vor sich her ins Leben hinausschickte, damit er ihr davon berichten konnte.

Die ganze Zeit über versuchte ich an etwas anderes zu denken, aber es ging nicht, mir fehlte die Konzentration, meine Gedanken waren wie schlechte Zeichnungen, die man am besten gleich wieder zerreißt.

Bei Eva kam das Weinen erst nach mehreren Wochen. Eines Tages kehrte ich von einem meiner verdammten Spaziergänge zurück, hörte im Wohnzimmer den Staubsauger und fand Eva wie ein Häufchen Elend auf dem Fußboden, heulend und schluchzend, als hätte sie sich völlig ausgeweint und könnte nicht mehr, könnte aber auch nicht aufhören. Ich hob sie auf, sie war schwer und kräftig wie ein Mann und hielt das Staubsaugerrohr so fest umklammert, dass ich jeden ihrer Finger einzeln aufbiegen musste, bis sie losließ. Ich trug sie aufs Sofa und nahm ihren Kopf auf den Schoß. Wo sie auf dem Boden gelegen hatte, standen ein paar Pfützen. Ich strich ihr übers Haar und redete leise auf sie ein. »Na komm, ruhig«, sagte ich wie zu einem Kind. »Wir schaffen das. Wir schaffen das.« Aber ich hatte es kaum ausgesprochen, da wurde mir das Hohle darin bewusst, das Hohle in dem, was ich gerade sagte, wie ich mich überredet hatte, es noch einmal zu versuchen – genau wie bei meiner Rückkehr von »meinem Abenteuer« –, das Hohle in allem, was geschehen war, was noch andauerte und was jemals sein würde. Unabhängig von dem, was ich ihr sagte, unabhängig von dem, was ich sie noch einmal glauben machen konnte, wusste ich, dass es sich früher oder später als leeres Versprechen erweisen würde, als hohles Gerede ohne Grundlage, ohne Verbindung zur Realität, die uns ein weiteres Mal auseinanderbringen würde. Immer noch lag sie da, ohne sich zu bewegen. Ich fühlte, wie sich ihr Körper versteifte, während ich sie hielt und der Staubsauger weiterhin sein Getöse an die Wände warf. Was sollen wir tun?, dachte ich. Wenn das alles vorbei ist. Wenn wir die ganze Trauer hinter uns haben. Wenn wir es überstanden haben – falls wir es überstehen. Was um alles in der Welt sollen wir dann tun?

Eva war da drin gewesen und hatte aufgeräumt, das wusste ich, ich selbst hatte es nicht über mich gebracht, hineinzugehen. Ich weiß nicht, warum. Aus Angst, er könne da sein, in all seinen Sachen? Irgendwann machte mir das so schwer zu schaffen, dass ich das Gefühl bekam, ich könne nichts anderes unternehmen, ehe ich das nicht hinter mich gebracht hätte. Ich wartete einen Tag ab, an dem ich allein im Haus war. Trotzdem blieb ich lange vor der Tür stehen. Während ich da stand, wurde mir erst bewusst, wie lange es zurücklag, dass ich sein Zimmer betreten hatte; nicht ein einziges Mal, seit ich wieder eingezogen war, also auch nicht seitdem ich sie verlassen hatte, um mit Mona zusammenzuleben. Ich klopfte erst an, dann öffnete ich die Tür und trat ein.

Eva hatte nicht aufgeräumt. Alles war noch so, wie er es hinterlassen hatte, Haufen von Klamotten auf dem Fußboden, dazu Kopfhörer und Handtücher und CDs, Zeitschriften und leere Kartons von Energy Drinks, Kabel, eine Spraydose, die Spielkonsole wie eine Klippe in einem Strudel von Müll. Die Schranktür stand offen, ein Korb mit Unterwäsche war herausgezogen. Auf der Fensterbank stand eine Gruppe uniformierter Skelette in Reih und Glied, sorgfältig von Hand bemalt, jedes einzelne auf einem schwarzen Plastikviereck als Sockel unter den Füßen. Das Einzige, sprang es mich an, wo ein Anflug von Ordnung herrschte. Das Kabel der Spielkonsole war an einer Stelle gleich oberhalb des Steckers gebrochen. Als ich mich bückte, um den Stecker aus der Steckdose zu ziehen, knisterte es an der Bruchstelle, an der etwas blankes Kupfer zu sehen war. Erschrocken wie ein kleines Kind ließ ich alles, wie es war.

Ich setzte mich aufs Bett. Die Decke fühlte sich feucht an. Ein Zipfel war verfärbt. Ich blickte an die Zimmerdecke. Alle Bilder und Plakate, die ich einmal dort angebracht hatte, waren verschwunden. Stattdessen stand da mit einem Edding in klobigen Blockbuchstaben geschrieben: ICH WILL MORGEN NICHT AUFWACHEN. Auf dem Lampenschirm sah ich einen Aufkleber, der sich schon ablöste, sein oberer Teil hatte sich zu einem kleinen Röhrchen zusammengerollt. Ich schlug die Decke zurück. Darunter lagen ein Stück Schokoladenpapier und eine Socke. Ich nahm die Socke in die Hand. Sie war weiß mit einem blauen oberen Rand. Auf der Unterseite war sie schwarz vor Schmutz, ein paar Halme hingen noch in dem feinmaschigen Stoff fest. Ich überlegte, wie oft ich ihm und Stine gesagt hatte, sie sollten nicht auf Socken nach draußen gehen. Und ich dachte auch, wie oft ich gesagt hatte: »Ich habe es euch doch schon tausendmal gesagt«, womit sie mich beide gern aufzogen. Bei dieser einen Gelegenheit aber hatte ich auf meine Wortwahl geachtet. Ich hielt die Socke an die Nase. Der Fußschweißgeruch machte mich schwindlig. Ich blieb sitzen und schnupperte. Ich presste die Socke an mein Gesicht und atmete durch sie. Es fühlte sich an, als würde ich von einem Strudel nach unten gezogen und in seinem ganzen Wirrwarr versinken. Es fühlte sich seltsam gut an.

An einem Tag stieg ich in einen Bus und fuhr mit ihm die ganze Strecke zur Stadt hinaus und wieder zurück. Für kurze Zeit schlief ich ein. Als ich aufwachte, hatte ich keine Ahnung, wo ich mich befand. Ich hatte meine Stirn an die Scheibe gelegt, die leicht im Takt des Motors vibrierte. Ich versuchte mich auf das zu konzentrieren, was ich sah, hielt mich mit Blicken an Gebäuden fest oder an Autos, die durch die Gegend fuhren, und dachte mir Geschichten über ihre Insassen aus. Irgendwo überholte der Bus einen grauen Laster mit einer Ladung Schotter auf der Ladefläche. Oben an einem Hang war eine Moräne freigelegt, auf der Baumwurzeln kreuz und quer durcheinanderlagen. Ein heller Pullover hing zum Trocknen im Freien, ein weißes Laken sah aus wie ein altes Gesicht mit müden Augen und schiefem Mund. Mir fielen auch mehrere eingezäunte Gärten und Gewächshäuser auf, eins in schlechterem Zustand als das andere, scheinbar allein zu dem Zweck errichtet, wieder zu verfallen. Doch als wir uns den großen Vorstadtsiedlungen näherten, schien sich alles aufzuraffen, auch die Natur, als ob alle und alles, Menschen, Tiere,

Pflanzen, sich von dort bis in die Innenstadt von einer besseren Seite zeigen wollten.

Ein junges Pärchen hatte sich in der Sitzreihe vor mir niedergelassen, das Mädchen lehnte seinen Kopf an die Schulter des Jungen, der von Zeit zu Zeit den Kopf vorbeugte und es ansah. Ich merkte, dass ich sehr neidisch auf ihn wurde, auf beide. Etwas Selig-Friedvolles lag über ihnen, sie ruhten so sorglos in einer Umgebung, die noch nicht stark genug war, um an ihrem Glück und ihrer Verliebtheit zu rütteln. Gegenüber den beiden, dachte ich, hat die Welt nichts zu melden. Nichts kann sie stören. Sie befinden sich im Gleichgewicht, Zärtlichkeit und Begehren zu gleichen Teilen verteilt, es ist noch keine Frage, wer von beiden die größere Sehnsucht empfindet. Auf dem Weg zum Ausgang drehte ich mich zu ihnen um und sagte: »Erinnert euch an diesen Augenblick!« Der Junge zuckte zusammen und sah richtig verdattert aus. Als der Bus weiterfuhr, erhaschte ich einen Blick auf sie im Fenster; beide starrten mich an wie einen, der irgendetwas im Schilde führte, ohne dass sie kapierten, was.

Ich glaube, es war am Abend desselben Tages, dass mir Boris von jenem mystischen Haus irgendwo in der Slowakei erzählte. Wo genau es lag, wusste er nicht, jedenfalls verhalte es sich so, wenn man den Richtigen kontaktiere und eine hinreichende Summe bezahle, eine schwindelerregend hohe Summe, versteht sich, dann erhalte man einen Schlüssel und einen Zettel mit der Adresse sowie einen auf Tag und Uhrzeit genauen Zeitpunkt mitgeteilt, zu dem man, wenn man sich exakt dann dort einfinde, mit den schlimmsten Ängsten seines Lebens konfrontiert werde. Laut Boris gab es Menschen, die behaupteten, dort gewesen und um vieles erleichtert wieder herausgekommen zu sein, von allem kuriert, was ihnen das Leben schwer gemacht hatte, froh und munter, ohne eine einzige Angst im Leib. Sie hatten das Schlimmstdenkbare gesehen, und danach konnte ihnen nichts mehr Angst einjagen. Andere, sagte er, seien mit hässlich verzerrten Gesichtern zurückgekommen, so heftig, dass ihre Angehörigen Mühe gehabt hätten, sie zu erkennen. Einer habe ganz graue Haut bekommen, und seine Nase sei auf eine Wange gerutscht, er sprach wohl hinterher zu niemandem mehr ein Wort, schloss sich in seiner Wohnung in einem Zimmer ein und blieb darin, bis er wenige Wochen später starb. Ein anderer soll aus dem Haus gekommen und schnurstracks zu einer Bahnlinie gegangen sein, wo er sich vor einen Güterzug warf, der ihm den Kopf abtrennte. Jemand, der sich für fünf Minuten in dem Haus aufhielt, soll in der festen Überzeugung herausgekommen sein, man hätte ihn mehrere Jahre lang darin eingesperrt. Manche würden auch sagen, sie hätten erst lange Zeit später etwas gemerkt, als ihnen das Schreckliche an den Gedanken, die ihnen während ihres Aufenthalts dort durch den Kopf gegangen seien, ganz plötzlich klar geworden sei. Und dann gebe es noch die, die dringend rieten, sich während des Aufenthalts im Haus wach zu halten, man könne mit dem Haus fertig werden, solange man sich darin nicht zum Schlafen hinlege, doch schlafe man darin ein, dann gebe es keinen Weg zurück, dann sei man verloren.

Erst glaubte ich, dass er sich das ausgedacht habe – ein verzweifelter Einfall im Dienst der Ablenkung, weil er mich sicher konventionellerer Formen des Trostes für unzugänglich hielt. Als er bei mir war, sah ich ihm an, wie er fiebrig nach etwas suchte, das meine Gedanken wenigstens für ein paar Minuten von dem Einzigen ablenkte, das mich beschäftigte, wie intensiv er sich wünschte, dieses Einzige wenigstens für eine kurze Weile durch etwas zu ersetzen, das nicht den Namen Ole-Jakob trug.

Er war eifrig, plapperte drauflos, malte sämtliche Details aus. Der Mann, zu dem man Kontakt aufnehmen müsse, heiße Zagreb. Man treffe ihn, sagte Boris, in Bratislava in einer Bar namens Neusohl, im Viertel hinter der Reduta, dem Konzerthaus der Slowakischen Philharmonie, wenn man ein Corgoň bestelle und dem Bartender anvertraue, man wolle den Ort sehen, an dem »Hoffnung zu Staub wird«. Es hörte sich an wie der Plot in einem Boris-Snopko-Roman. Ich war zutiefst davon überzeugt, dass es das im Grunde auch war.

Den Rest des Abends verbrachte er damit, darüber zu sprechen, was ihm höchstwahrscheinlich begegnet wäre, wenn er sich selbst in dieses »Haus der Angst« getraut hätte. Unter normalen Umständen hätten wir uns gegenseitig dazu angestachelt. Jetzt brauchte er gar nicht zu fragen. Es juckte ihn vielleicht dennoch, doch da sich die Antwort von allein ergab, bedeutete es für ihn wohl kein großes Opfer, es nicht zu tun.

Ich war ihm dafür dankbar. Nicht gleich, aber später. All seine Geschichten! Ich hörte gar nicht hin, blieb völlig unempfänglich, er hatte recht, aber mit einem Ohr nahm ich dennoch etwas auf, als ob ein Teil von mir es zu späterer Verwendung registrierte. Damals aber ging er mir damit so auf die Nerven, dass ich mich zurückhalten musste, um ihn nicht vor die Tür zu setzen. So bei mir hereinzuplatzen und zu versuchen, mir meine Trauer zu nehmen! Als ob er mich mitten in einem Gottesdienst gestört hätte. Seine Zudringlichkeit war eine Beleidigung, seine aufmunternden Worte waren Gotteslästerung. Doch ein winziger Teil von mir honorierte seine Bemühungen, und ich rechnete ihm hoch an, dass er sich die Mühe gab und die ganze Zeit durchhielt, in der er mich nicht erreichte, dass er mich in der Gewalt meiner Unempfänglichkeit ließ und gleichzeitig alles versuchte, mich von ihr zu erlösen, dass er mich in Ruhe ließ und gleichzeitig auch nicht.

Später habe ich gedacht: Er muss sich gefühlt haben, als ob er einen Freund im Gefängnis besuchte.

Das einzige ins Norwegische übersetzte seiner Bücher hatte ein Eselsohr etwa um die Seite dreißig. Es erzählte von einer Gesellschaft, in der man wegen der Überbevölkerung ein Gesetz erlassen hatte, das allen Bürgern in strafmündigem Alter das Recht verlieh, einen Menschen zu töten, ohne dafür rechtlich verfolgt zu werden. Später, als Boris dazu übergegangen war, seine Bücher auf Norwegisch zu schreiben, suchte er vergeblich nach einem Verlag. Es war auch nicht mehr von dem übersetzt worden, was bereits auf Slowakisch erschienen war. Und als er als letzten Ausweg eines seiner norwegischen Manuskripte in seine Muttersprache übersetzte, wollte das nicht einmal sein alter Verlag publizieren. Ob er danach noch etwas geschrieben hatte, wusste ich nicht, jedenfalls schien er seine ganze Fantasie von da an nur noch darauf zu verwenden, sich Erklärungen für seine Ablehnungen auszudenken. Darüber hinaus setzte er viel Energie darein, alles andere, was veröffentlicht wurde, schlechtzumachen, ob es nun Nähe zu seinen eigenen Werken aufwies oder nicht. Wenn er in der richtigen Stimmung dazu war, warf er den Autoren gern vor, seine Ideen geklaut zu haben, so abwegig das manchmal auch war. Es wurde zu einer Art Besessenheit für ihn. Weil niemand mochte, was er schrieb, mochte er niemanden, der schrieb. Und das mit einer solch anhaltenden Intensität, dass er vermutlich nicht mehr die Kraft hatte, tatsächlich etwas zu schreiben, das, wenn es einmal das Licht des Tages erblickte – was wie eine unausgesprochene Voraussetzung für all die vernichtenden Urteile, die er fällte, war –, alles andere überträfe.

Als Ole-Jakob klein war, erzählte ich ihm ein Märchen, das ich mir erst im Fortgang des Erzählens ausdachte, jeden Abend ein Kapitel. Da er so darum bettelte, schrieb ich es später auf, und weil meine Schwester, die davon Wind bekommen hatte, meinte, es könne nicht schaden, schickte ich es an einen Verlag. Nach einer geringfügigen Überarbeitung erschien es unter dem Titel *Prinz Unwissend* mit einer Widmung für den, der mich dazu angeregt hatte und von dem ich mir vorstellte, er werde es eines Tages seinen Kindern vorlesen und ihnen stolz die Widmung zeigen. Das Märchen handelt von Prinz Emanuel im Land Tekirekki, der nicht weiß, dass er ein Prinz ist, weil ihn sein Vater, der verwitwete König Sander, weggegeben hat, als er noch klein war, damit er bei einer ganz normalen Familie ganz normal groß würde, eine normale Schule besuchen könnte und ganz normale Freunde hätte, kurz, damit er keine Vorzugsbehandlung bekäme und nicht mit Samthandschuhen angefasst würde, bis er alt genug wäre, um von seiner vornehmen Abstammung zu erfahren.

»Mein Gott, was für ein blöder König!«, sagte Ole-Jakob, verzweifelt wegen all der tollen Dinge, die dem Jungen vorenthalten blieben. Im Märchen stellt sich dann heraus, dass Bellamira, die Mutter in der Ziehfamilie, eine Hexe ist, die selbst keine Kinder bekommen kann, und den Jungen so in ihr Herz schließt, dass sie ihn für sich selbst behalten will, weshalb sie den König mit einem Fluch belegt, der ihn vergessen lässt, dass er einen Sohn hat. So leben Vater und Sohn viele Jahre lang, ohne voneinander zu wissen. In seiner Einsamkeit willigt der König ein, als ihn ein entfernter Verwandter, König in einem von Bürgerkrieg verheerten Land, darum bittet, für die Dauer des Krieges seine Tochter, Prinzessin Caroline, bei sich aufzunehmen. So kommt es, dass König Sander Caroline zu sich nimmt und sie aufzieht wie sein eigenes Kind und dass die Einwohner von Tekirekki, obwohl sie wissen, dass sie es eigentlich nicht ist, das Mädchen als Tochter des Königs und rechtmäßige Thronerbin betrachten. Viel Aufmerksamkeit wird auch dem Lieblingstier der Prinzessin zuteil, Fredrik Frosch. Gerüchte besagen, er sei ein verwunschener Prinz, den sie am Tag ihrer Mündigkeit küssen werde, damit sie ihn heiraten könne. Mit anderen Worten: Das Volk sieht in dem schleimigen Froschlurch mit Goldkette und Diamantenhalsband, der stets zwei Schritte hinter der bezaubernden Caroline herhüpft, seinen zukünftigen König.

Emanuels Ziehmutter Bellamira hat eine Zwillingsschwester, Mirabella, die ebenfalls eine Hexe ist, aber eine gute. Sie ist die Einzige, die Bellamiras böse Absichten kennt, weil sie eine Glaskugel besitzt, in der sie die Gedanken aller Menschen sehen kann. Doch kann sie nichts unternehmen, um deren Umsetzung zu verhindern, denn Bellamira hat auch sie mit einem Fluch belegt, durch den sie ihr Haus nicht verlassen kann. Daher beschließt sie, Emanuel zu sich zu locken und ihm die Wahrheit zu enthüllen. Das tut sie, indem sie auf einer Zauberharfe spielt (die Harfe besteht aus ihrem eigenen Haar, das, wenn sie den Kopf zur Seite neigt, bis zum Boden reicht und das sie spannt, indem sie mit dem Fuß auf die Spitzen tritt). Der Zauber wirkt, Emanuel folgt den schönen Tönen bis zum Haus der Hexe, das von außen ganz gewöhnlich aussieht, inwendig jedoch mit Lakritz verkleidet ist. Gleichzeitig belegt Mirabella das Haus der Zieheltern mit einem Zauberspruch, durch den bis zu seiner Aufhebung die Zeit drinnen stehen bleibt. Mirabella klärt Emanuel darüber auf, wer er in Wahrheit ist, und zeigt ihm in ihrer Glaskugel das Schloss, den Vater und alle, die sonst noch darin wohnen. Beim Anblick des Mädchens, das mit einem Frosch an der Leine durch die Säle wandelt, verliebt er sich sofort, doch ist er klug genug, das seiner guten Helferin nicht zu verraten.

Der Familienwiedervereinigung stehen allerdings noch weitere Hindernisse im Weg. Im Schloss lebt nämlich auch der Ratgeber des Königs, ein grüner Pudel namens Madagaskar, der ursprünglich ein rosa Schweinchen war, aber in einen grünen Pudel verwandelt wurde, weil Ole-Jakob Ferkel eklig fand. Ein Zauberer aus Madagaskar hat den Pudel dazu gebracht, aufrecht auf zwei Beinen zu gehen und sprechen zu lernen. Nach vielen Jahren im Dienst des Königs hat der Pudel Geschmack an der Macht gefunden und schmiedet Pläne, den König zu stürzen und in Tekirekki eine Diktatur zu errichten. Den Staatsstreich will er mithilfe einer Geheimwaffe durchführen, vierer Superhelden genauer gesagt, die er anhand eines magischen Kartenspiels herbeirufen kann. Dieses Kartenspiel hat er dem Zauberer gestohlen, der ihn einst verwandelte.

Prinz Unwissend steht also vor nicht wenigen Herausforderungen: Zuerst muss er in das gut bewachte Schloss eindringen, Kontakt zu seinem Vater aufnehmen und ihn von ihrer Blutsverwandtschaft überzeugen, dann muss er die finsteren Pläne des Ratgebers aufdecken und vereiteln. Darum braucht er für seine gefährliche Reise einen Freund und Knappen. Mirabella würde ihn gern begleiten, wenn sie nur könnte. Doch sie muss sich darauf beschränken, das Unternehmen von ihrem lakritzduftenden Heim aus zu lenken. – »Woher bekommt sie etwas zu essen, wenn sie ihr Haus nicht verlassen kann?« – »Was glaubst du?« – In der östlichen Ecke des örtlichen Parks lebt unter der Wurzel einer alten Eiche ein buckeliger Zwerg mit Namen Fabel, der zwar nicht besonders mutig ist, aber die Eigenschaft hat, dass ihm auf dem Rücken Flügel wachsen, sobald er Angst bekommt. Fabel ist Mirabellas bester Freund und bereits in die Gefahren eingeweiht, die dem Königreich drohen. Das erste Kapitel endet damit, dass Emanuel von Mirabella instruiert wird, wie er Kontakt zu Fabel aufnehmen kann. Dann bricht er zu seinem Unternehmen auf – mit der klugen Parole: »Furcht verleiht Flügel. Aber erst wenn man landet, fängt die wirkliche Arbeit an.«

Emanuel sucht Fabel in seiner verborgenen Höhle unter der Eiche auf. Sie entwickeln einen Schlachtplan und starten ihren Zug auf das Schloss, ausgerüstet mit einem kleinen Arsenal von Hilfsmitteln wie etwa einem sogenannten Wunschticket. Es funktioniert so, dass die Person, die den Fahrschein in der Hand hält, während irgendein Ort auf der Welt ausgerufen wird, auf immer dorthin verschwindet. Das Unternehmen entwickelt jedoch mehr Dramatik als gedacht, nicht zuletzt weil Madagaskar dem König zuvorkommt und den ins Schloss Eindringenden seine ihm ergebenen Ritter entgegenschickt: Karo-Bube, mit einem Speer bewaffnet, Herz-Dame, die Verführerin in Person, Kreuz-König, ausgerüstet mit einer Hellebarde, und Pik-Ass, ein Ass mit der Peitsche. – »Cool!« – Das Aufeinandertreffen mit ihnen ist heftig, und mehr als einmal wird Emanuel von einem total verängstigten Fabel gerettet, der ihn am Schlafittchen packt und in Sicherheit fliegt. Die Einzige, der sie von dem Komplott erzählen können, ist schließlich Caroline, aber sie werden alle drei von den Rittern des magischen Kartenspiels gefangen und in einem Verlies im Keller des Schlosses eingekerkert. Dort werden sie von Karo-Bube bewacht, der den Schlüssel zu ihrer Zelle an seinem Gürtel befestigt hat. Tatsächlich stecken sie nun zu viert hinter Gittern, da sich Caroline natürlich nicht von ihrem zukünftigen Gemahl trennen wollte. Und ausgerechnet Fredrik Frosch wird zu ihrem Retter. Nach langen und harten Verhandlungen überreden Emanuel und Fabel die Prinzessin, den erlösenden Liebeskuss vorzuverlegen. Zelebriert wird er auf folgende Weise: Nachdem sie sich vergewissert haben, dass Karo-Bube tief schläft, heben sie den Frosch durch die Gitterstäbe, dann gibt Caroline ihm einen Kuss, und schwupps, steht da ein junger Mann mit Mühlsteinkragen, Goldkrone und langen, blonden Locken.

Offenbar hat Prinz Fredrik von seinem Leben als Frosch nicht viel mitbekommen und möchte die Gefangenen am liebsten ihrem Schicksal überlassen und sich so schnell wie möglich aus dem stinkenden Kellerloch davonmachen. – »Was für ein Blödmann!« – Doch schließlich können die drei ihm den Ernst der Lage klarmachen. Widerwillig übernimmt er es, den Schlüssel vom Gürtel des furchteinflößenden Wärters zu nesteln und die Zellentür aufzuschließen, worauf er sich zu Emanuels großer Zufriedenheit blitzschnell aus dem Staub macht und damit aus der Geschichte verschwindet.

Emanuel, Fabel und Caroline erreichen mit Vorsicht und Geschick die inneren Gemächer des Königs und tragen einem verschlafenen und kopfschüttelnden Monarchen atemlos ihre Geschichte vor. Nicht überraschend fällt es ihm schwer, die Story der Eindringlinge zu glauben, in Anbetracht seiner jahrelangen treuen Dienste ist sein Vertrauen in Madagaskar unerschütterlich. Der Ratgeber wird hinzugerufen, und der Kampf gegen den Ränkeschmied scheint einmal mehr verloren. Bis sich der grüne Pudel selbst ein Bein stellt, indem er ein Detail ausplaudert, das die Darstellung der Freunde hinsichtlich der Vorgänge der letzten Tage bestätigt. Madagaskar erkennt, dass seine Maskerade aufzufliegen droht, und in einem Anfall von Verzweiflung ruft er die Ritter des Zauberkartenspiels, die in des Königs Schlafzimmer stürmen und Emanuel, Fabel und Caroline umstellen. Der König erschrickt über das, was er sieht, und wenn er auch im Zweifel erst noch zugunsten des Ratgebers urteilen möchte, braucht er nicht länger zu überlegen, als Madagaskar Pik-Ass befiehlt, den König die Peitsche schmecken zu lassen. – »Herrje!« – Nach der Misshandlung ruft sich Madagaskar zum König aus und verhöhnt den blutenden König Sander für all seine Schwächen als Regent. – »Auch das noch!« – Als die Gefangenen abgeführt werden sollen, lässt sich der neue König, durch den früheren Ausbruch klüger geworden, Fabels Rucksack aushändigen. Er durchsucht ihn gründlich, und gerade als er das Wunschticket in der Hand oder besser gesagt in der Pfote hält und sich fragt, was das wohl sein soll, geht die Tür auf und der Kammerdiener des Königs tritt mit dem Frühstückstablett ein. Von dem, was er sieht, völlig verdattert, lässt er das Tablett fallen und ruft erschrocken: »Aber Madagaskar!« Und puff, löst sich der Pudel in einer grünen Staubwolke auf. – »Super!« – Im gleichen Augenblick erlischt die Macht, die er über die vier Ritter hatte. Sie werfen sich zu Boden und huldigen König Sander und seinen Rettern. – »Und seiner Retterin!« – »Und seiner Retterin.« – Besonders Pik-Ass ist untröstlich und bittet auf Knien um Vergebung für seine Untaten und beteuert auch im Namen seiner Kollegen, dass sie von diesem Tag an voll und ganz im Dienst des einen und unübertroffenen Herrschers von Tekirekki stehen werden.

Der angebrochene Tag wird ein Freudentag, der später zum zweiten Nationalfeiertag im Königreich erklärt wird. Am Abend findet im Schloss ein großes Fest statt, bei dem die von der Verwünschung ihrer Schwester erlöste Mirabella die Gesellschaft bis in die Nacht hinein mit so schöner und bezaubernder Harfenmusik unterhält, dass sie selbst Bellamiras Klagerufe aus dem Kerker übertönt. Emanuel und Caroline – auch wenn es noch ein wenig früh dafür ist – verloben sich, und Fabel wird zum königlichen Hofnarren erhoben. Alle sind froh, eine neue Zeit bricht an.

Das Märchen endet damit, dass der Prinz den König fragt: »Darf ich von jetzt an bei dir sein?«

»Ja«, sagt der König.

»Für immer?«

»Für immer.«

»Und passt du auf mich auf, was auch passiert?«

»Du brauchst dich vor nichts zu fürchten, mein Sohn«, antwortet der König. »Was auch geschehen mag, ich werde da sein und auf dich aufpassen. Wohin deine Wege dich auch führen mögen, ich werde dich beschützen. Tag für Tag und durch die Nacht.«

2

CHINA-
RESTAURANT

Ich hatte ein Chinarestaurant nur ein paar Häuserblöcke von meiner Studentenbude entfernt ausgesucht, was nicht heißen soll, dass ich darauf spekuliert hatte, dass der Abend bei mir enden sollte. Eva hatte den Kellner anstelle von Besteck um ein Paar Essstäbchen gebeten und ging damit so leicht und elegant um, dass es mich verlegen machte, denn plötzlich war ich der Bauerntrampel, das Gegenteil eines Lebemannes und Mannes von Welt, ein Analphabet vor dem Großen Buch des Lebens. Aber sie ließ sich nichts anmerken. Was sie in meinen Augen nur noch mehr erstrahlen ließ: Sie war also in der Handhabung der exotischen Esswerkzeuge so geübt, dass sie sich weder darauf konzentrieren musste, wie sie damit hantierte, noch etwas darauf gab, wenn andere das nicht konnten. Ich hingegen konnte meine Blicke kaum von ihr lassen. Noch das kleinste Reiskorn pickte sie ohne die geringste Mühe mit den glatten, hellen Stäbchen auf.

Als wir auf dem Flur vor dem Hörsaal voreinander standen, hätte mich fast der Mut verlassen. Obwohl ich in den letzten Wochen doch täglich mit ihr gesprochen hatte. Einmal waren wir sogar noch für eine Weile in der Cafeteria sitzen geblieben, als alle anderen schon gegangen waren. Und egal, was ich sagte oder fragte, sie nahm sich immer Zeit und überlegte gründlich, bevor sie eine Antwort gab. So konnte ich leichthin eine Bemerkung hinwerfen und war dann im nächsten Moment überrascht, wie viel Mühe sie auf eine Antwort verwendete, über den Ernst, den sie an den Tag legte.

Als wir das Restaurant verließen und, Arm in Arm, durch die Straßen spazierten, fühlte es sich an, als seien wir schon ein Paar. An Menschen, an denen wir vorübergingen, wurden auf einmal individuelle Züge sichtbar, jedes Mal, wenn jemand vorbeiging, tauschten wir Blicke miteinander. Beide wollten wir noch einen Spaziergang durchs Zentrum machen, bevor sie die Bahn nach Hause nehmen würde. Die Menge an Menschen nahm zu, die individuellen Züge verblassten, nach einer Weile waren wir von einer großen, wogenden Masse umgeben. Es begann zu schneien, auf den Straßen bildete sich Schneematsch, Autoreifen verursachten quietschende Geräusche. Eva erzählte von einem Film, den sie vor Kurzem gesehen hatte, er handelte von zwei Schwestern, beide ursprünglich Schauspielerinnen, die eine hatte eine Vergangenheit als Kinderstar, die andere hatte erst spät, dafür durchschlagend Erfolg. »Sie leben zusammen in dem Haus, in dem sie aufgewachsen sind, die eine ist auf die Pflege der anderen angewiesen, weil sie seit einem Autounfall, der ihre Karriere beendet hat, an den Rollstuhl gefesselt ist. Sie, also die erste, hat ihre Schwester all die Jahre, die sie zusammenleben, in dem Glauben gelassen, sie, die Schwester also, sei an dem Unglück schuld, weil sie es in einem Zustand völliger Betrunkenheit willentlich herbeigeführt habe. Die Schwester, also die andere, hat das immer geglaubt, weil sie sich an die Ereignisse an jenem Abend nicht deutlich erinnern kann. Doch als der krankhafte Neid und Hass der Schwester in Wahnsinn umschlagen, gesteht sie, dass sie an dem Unfall selbst schuld war, weil der Unfall ein missglückter Versuch war, die Schwester, also die andere, totzufahren.«

Ich freute mich an der umständlichen Art, in der sie die Handlung nacherzählte, der Art, wie sie ständig Erklärungen einschob, um die beiden Schwestern, deren Namen sie nicht mehr wusste, auseinanderzuhalten. Ich konnte nicht genug davon bekommen, ihre Stimme zu hören, von mir aus hätten wir stundenlang durch das Schneetreiben spazieren können. (Das Einzige, was mir nicht gefiel, war ihre Erwähnung eines Typen aus ihrer Clique, der auf einer Party eine, wie sie sagte, umwerfende Parodie eines Dozenten geliefert hatte.)

Ich selbst sagte nicht viel, meist redete sie. Als sei an diesem Abend sie an der Reihe, ein genaueres Bild von sich zu zeichnen. Während wir so durch die Gegend liefen, hatte ich nicht die leiseste Vorstellung von der Zeit, die fallenden Schneeflocken ließen das Ganze wie einen alten, abgenutzten Film wirken, und ich war in Gedanken ganz bei ihr, dadurch, dass ich nicht ein Mal an mich dachte, war ich voll und ganz ich selbst.

In dem Restaurant gab es eine kleine Brücke, über die wir hatten gehen müssen, bevor wir zu den Tischen kamen. Sie war in Rot und Gold gestrichen, unter ihr floss Wasser, in dem zwei orangefarbene Fische schwammen. Als wir zur U-Bahn-Station kamen, sah ich das Bild wieder vor mir. Den ganzen Weg hinab zum Gleis dachte ich daran. Eine Weile hatte keiner von uns etwas gesagt. Bevor ich Angst vor dem Überfall bekam, platzte ich heraus: »Glaubst du, die Brücke in dem Lokal war eine Brücke der Verliebtheit?«

Da lachte sie und packte mich mit beiden Händen am Mantelkragen.

»Vielleicht«, lächelte sie, und dann weiß ich nicht mehr, wer von uns wen an sich zog.

Während wir uns küssten, kam laut scheppernd ein Zug, hielt mit kreischenden Bremsen, und eine Stimme gellte. Für einen Moment herrschte Stille, dann ertönten die Geräusche in umgekehrter Reihenfolge wieder, und mit dem ganzen Getöse in dem Tunnel im Ohr war es, als könnte ich in einem wilden Flimmern sehen, wie alles in der Zukunft aussähe: Das Haus, in dem wir wohnten, die Reisen, die wir unternähmen, die Feste, die wir feierten, die Räume, in denen wir uns aufhielten, unsere zukünftigen Kinder, mit denen wir immer zusammenleben würden, jahrein, jahraus, die anderen Paare, die wir kennenlernen und mit denen wir verkehren würden, die turnusmäßig reihum mit ihnen veranstalteten Abendessen, die gemeinsamen Sorgen über Teenager, Schulbesuche und Zukunftschancen, die uns miteinander verbanden, der Mann, der stets ein Auge auf sie warf und ihr Liebhaber werden sollte, die grässliche Nacht, in der ich dahinterkam, die schlimmen Tage und Wochen danach, der Schock, der den Lebensnerv zwischen uns betäubte und der es uns unmöglich machen würde, die Zuversicht und das gegenseitige Vertrauen von vorher zurückzugewinnen, wie wir beide denken würden, es sei vorbei, wie sich dann aber herausstellen würde, dass wir beides mithilfe der Zeit, obwohl wir selbst nicht daran glaubten, wiederfänden, durch die erlittenen Verletzungen vielleicht sogar mehr, sodass wir eines Tages erkennen würden, dass wir uns näher waren als je zuvor und dass uns durch die Prüfungen, denen wir ausgesetzt gewesen waren und die wir heil überstanden hatten, nichts mehr passieren könnte, was wir nicht verkraften würden.

Einen Monat später stand ich, nur mit einem Handtuch um die Hüften, auf einem Balkon in Florenz und hielt nach ihr Ausschau, die graue Wolkendecke wurde von einem glutroten Schein erleuchtet, als ob sie die Farbe der Hausdächer aufsaugte, und da kam sie endlich, mit ihren schnellen, leicht zerstreuten Schritten und einem weißen Paket unter dem Arm. Sie trug das grüne Kleid, das sie am Vortag gekauft hatte, die Haare hatte sie hochgesteckt, war schön braun und auf dem Weg zu mir, hatte keinen anderen Wunsch als zurückzukommen und das weiterzuführen, was noch gar nicht richtig begonnen hatte. Ich betrachtete sie und hoffte, sie möge nicht den Blick heben und mich entdecken. Ich sah sie und dachte: Da ist sie. Das ist sie. Sie ist es.

Ich sah mein Leben vor mir wie ein Labyrinth von der Art, wie sie in den Zeitungen neben den Kreuzworträtseln stehen, und Eva wartete im Innersten. Ich sah zum Himmel auf, wo die rote Sonne gelb geworden war und mit einer solchen Kraft schien, als wollte sie alles in Brand setzen, und ich dankte Gott, dass ich den richtigen Weg gewählt hatte.

Und als Eva den Sohn zur Welt brachte, von dem wir gedacht hatten, wir wären vorsichtig genug, ihn nicht zu zeugen, bezweifelte ich, dass ich jemals wieder traurig sein könnte. Die Freude machte mich ungeduldig. Wann würde ich endlich ein ordentliches Gespräch mit ihm führen können? Ich sah ihn an, wie er da auf der bunten Decke strampelte und zappelte. Komm, du kleiner Teufelskerl, wachse! Denke! Sprich! Das ging so weit, dass ich mich richtig zusammenreißen musste, wenn ich mich über das dumme kleine Kerlchen beugte, um mit ihm zu schäkern. Ich fühlte mich wie ein Idiot. Ich fühlte mich völlig unbedeutend. Mir ging etwas auf: Noch nie hatte ich etwas anderes gekannt als mich selbst. Ich war ein Mensch, aber nur für mich allein. Ich hatte an nichts anderes denken müssen. Jetzt aber war ich zu etwas für sich allein ganz Bedeutungslosem geschrumpft. Weil ich jetzt Teil von etwas Größerem war, von etwas unendlich Großem, etwas, mit dem ich mich nicht messen konnte, etwas hundertmal bedeutender als Karl Christian Andreas Meyer.

Wir lagen am Strand, Ole-Jakob hatte gerade laufen gelernt und wackelte mit seinen komischen roboterhaften Bewegungen herum, als hätte er Angst, es wieder zu verlernen, wenn er einmal eine Pause machte. Eva war eingeschlafen, zumindest döste sie, das Buch, in dem sie gelesen hatte, beschattete ihr Gesicht wie ein Schirm, und ich merkte, dass ich von all der Sonne und dem Salzwasser ebenfalls schläfrig war, die Augenhöhlen fühlten sich etwas zu eng an für die Augäpfel, außerdem hatte ich mir zum Mittagessen ein Bier und einen Magenbitter gegönnt. Ich hörte die Stimmen der anderen Menschen am Strand, ein angenehmes, einschläferndes Summen, durchbrochen von vereinzelten Rufen, im Hintergrund die Geräusche startender Maschinen auf dem nahen Flughafen. Obwohl ich Ole-Jakob keine Sekunde lang aus den Augen gelassen hatte, war er plötzlich weg. Ich wusste, dass ich ihn gerade noch gesehen hatte, ein Stückchen entfernt, aber nicht weit weg, doch jetzt war er nicht mehr da. Ich sprang auf. Es war, als hätte ihn eine Riesenhand aus meinem Sichtfeld geschnipst, als wäre er in dem kurzen Moment verschwunden, in dem ich zwinkerte. Ich guckte in sämtliche Richtungen, beschattete die Augen mit den Händen und suchte sogar die scheinbar unendliche Wasserfläche ab, sah aber nichts. Panik stieg in mir auf, ich wusste doch, wie leicht er in seiner gestreiften Badehose zu erkennen war. Ich sah den Strand schon mit dem Streifenband der Polizei abgesperrt, Polizisten hin und her laufen.

Dann hörte ich einen Schrei, den ich erkannte. Aber Ole-Jakob war nicht zu sehen. Einige Männer erhoben sich von ihren Decken und blickten um sich. Noch ein Schrei ertönte von nirgendwoher. Ich rannte los, ohne zu wissen, ob es die richtige Richtung war. Immer mehr Leute standen auf. Aus den Augenwinkeln sah ich Eva das Buch weglegen und sich aufrichten. Jemand rief einen Namen, nicht Ole-Jakobs. Jetzt hörte ich ihn weinen. Kein Zweifel, das war er. Aber wo? Dann sah ich einen dicklichen Mann, der im Gras oberhalb des Weges kniete. Er beugte sich vor, seine Arme verschwanden im Hang, und als er sich aufrichtete, hielt er Ole-Jakob in den Händen. Er stand auf und hielt den Kleinen mit gestreckten Armen so hoch, wie er konnte, als wollte er ihn vor der gierigen Erde schützen, die ihn verschluckt hatte.

# WIR

»Was glaubst du, wir beide für immer?«

Wir hatten spät zu Abend gegessen, und ich schenkte Eva Wein aus einer neuen Flasche nach, nachdem sie mich überraschend gebeten hatte, nachzusehen, ob wir irgendwo noch eine stehen hatten. Als ich in der Kammer die Flasche in Händen hielt, merkte ich, dass ich lächelte. Eva hatte an diesem Abend die lässige, entspannte Art an sich, die sie ausstrahlte, wenn alles so war, wie sie es am liebsten hatte. Und als ich in der Küche mit der Spitze des Korkenziehers die Plastikversiegelung um den Korken entfernte, musste ich erneut lächeln, als wäre es unser allererster gemeinsamer Abend.

»Was glaubst du, wir beide für immer?«

Ich schrak zusammen, als die Frage fiel, und fasste die Flasche fester, plötzlich besorgt, worauf Eva hinauswollte. Warum fragte sie? Weil sie meinte, die Antwort, egal, wie man es betrachtete, könne nur Ja sein? Oder weil sie meinte, die Antwort könne nur Nein lauten? Und ich dachte daran, wie oft die Fragen, die wir dem anderen stellten, in Wirklichkeit Fragen waren, die wir selbst gestellt bekommen wollten.

»Was glaubst du, wir beide für immer?«

Ich sah sie an. Ihren Nacken, die Schultern. So schön. Alles. Manchmal massierte ich sie abends, wenn sie vor dem Fernseher saß. Ich fühlte mich dann wie ein Bildhauer. Ich stellte mir vor, so müsse sich ein Bildhauer fühlen, wenn er eine Skulptur seiner

Vorstellung gemäß erschaffen hatte und dann dem fertigen Werk mit seinen Händen nachfühlte.

Sie legte ihre Hand auf eine Schulter und knetete sie unbewusst, was normalerweise ein Zeichen für Abgespanntheit, Selbstmitleid oder blanke Verzweiflung war, nun aber einfach eine zärtliche Geste sich selbst gegenüber.

»Was glaubst du, wir beide für immer?«

Um einer Antwort auszuweichen, stieß ich mit ihr an und bat sie um ihre Meinung. Als ich darüber nachdachte, stellte ich fest, dass das Thema nicht ganz aus heiterem Himmel kam; es war nur ein paar Tage her, seit Eva einen Anruf von einer alten Freundin erhalten hatte, von der sie seit vielen Jahren nichts mehr gehört hatte, und die erzählte ihr ausführlich – sie hingen fast drei Stunden lang am Telefon – von den letzten Jahren ihrer Ehe, die seit den Zeiten ihres gemeinsamen Studiums bestanden hatte und nun passé war, nachdem sich herausgestellt hatte, dass der Mann, ihre große Jugendliebe, praktisch mit jeder Frau, die ihm über den Weg lief, ins Bett gegangen war, zuletzt mit seiner Schwägerin, was natürlich irgendwann aufgeflogen war und dann eine ganze Lawine weiterer Geständnisse ausgelöst hatte. Sie hatte zu Eva gesagt, sie fühle sich, als ob ihr ganzes Leben zerstört sei. All die Jahre, in denen sie sich verhalten habe, als sei er der Einzige in ihrem Leben, und davon ausging, es sei umgekehrt genauso. Weiter erklärte sie, sie würde sich besser fühlen, wenn sie diejenige wäre, die gelogen und betrogen hätte, wenn sie die Vorwürfe aushalten, bereuen und sich schämen müsste. Nachdem sie es erfahren hatte, vertraute sie Eva an, hatte sie sich quasi aus Rache in ein paar wilde Abenteuer gestürzt. Aber es war zu spät. Es brachte nichts mehr, weder für sie noch für ihn. Sie gewann nichts dabei, er verlor nichts. Es war alles kaputt. Und sie hatte nicht einmal ihren Teil dazu beitragen dürfen!

»Was glaubst du, wir beide für immer?«

Ich sah Eva an. Mir fiel wieder meine Verblüffung bei meinem ersten Besuch bei ihr ein, darüber, wie sauber und ordentlich alles war. Es hatte ausgesehen, als wären die Wohnung und der gesamte Haushalt schon fix und fertig eingerichtet für ein Leben, wie sie es sich wünschte, aber noch nicht bekommen hatte. Es war ein Zuhause, das nur noch auf die zukünftige Familie wartete. Und ich erinnerte mich, wie ich mit Grausen an meine eigene Bude gedacht hatte, die sie noch nicht kannte, wie hoffnungslos unreif und unfertig die auf sie, die bereits alles um sich herum arrangiert hatte, wirken musste. Auf ihren Stühlen saß man bequem, in der Küche hingen Messer der besten Marken fein säuberlich an einer Magnetleiste über dem Herd. Sie war keine Studentin, sie war ein fertiger Mensch! Das hatte etwas unendlich Anziehendes. Voller Bewunderung hatte ich sie angesehen, wie sie mit einer Flasche Wein in jeder Hand dastand, um mich zu fragen, welche ich vorzöge. Ich hatte Lust, auf der Stelle mit ihr zusammenzuziehen, all mein Zeug zurückzulassen, nichts mitzunehmen, einfach nur auf Los vorzurücken, ihr Los, und da noch einmal von vorne anzufangen.

Was also glaubte ich? Dass ich zögerte, dass ich keine fertige Antwort parat hatte, bedeutete das, meine Antwort war Nein? Oder hatte ich mir dazu einfach noch keine feste Meinung gebildet? Was dann wohl bedeuten konnte, dass ich das eine wie das andere für möglich hielt. Warum hatte ich darüber noch nicht gründlicher nachgedacht? Weil ich mir so sicher war, dass niemals etwas vorfallen würde, das uns bedrohen könnte, unsere Beziehung, das Versprechen, das wir einander gegeben hatten?

Ich sah sie an, die schöne, neue Eva. Die gerade richtig beschwipste Eva. Die ein wenig nachlässige, empfängliche Eva. Wenn ich von ihr träumte, trug sie immer das rote Kleid, das sie anhatte, als wir das erste Mal zusammen ausgegangen waren, in das chinesische Restaurant. Ja, ich glaube, wir beide für immer, dachte ich. Was hätten wir uns auch sonst wünschen können? Ihr Haar, das sie hatte wachsen lassen und jetzt lang trug, fiel ihr bei jeder Kopfbewegung ins Gesicht, aber sie schien das mit Absicht herbeizuführen, weil sie gern mit der Hand hindurchfuhr, es zusammenfasste oder in dem vergeblichen Versuch hinters Ohr strich, ihm Halt zu geben, wie im schönsten Spiel widerstreitender Kräfte.

Ich sah sie an und dachte: Das ist einer dieser Abende, an denen alles möglich ist. Jetzt können wir uns alles sagen, was uns gerade einfällt, ohne dass es dich oder mich verletzt. In diesem Moment können wir alles sein. Ich dachte an einen Film, den ich einmal gesehen hatte. Darin gelangte man in eine andere Dimension durch ein Loch in der Atmosphäre, das sich nur zu bestimmten Zeiten öffnete und nur für den, der das richtige Losungswort kannte. Jetzt war es da, das Loch, für eine begrenzte Zeit. Da lag es, das Zeitloch. Für eine gewisse Anzahl von Stunden lag die Möglichkeit vor uns, uns genau das zu sagen, was wir an- und aussprechen wollten, genau das, was wir dachten, ohne auf etwas Rücksicht nehmen zu müssen. In diesem Moment waren wir das Gegenteil von eifersüchtig. In diesem Moment waren wir gleich stark und hielten alles aus.

In diesem Augenblick verspürte ich einen Drang, es zu tun, etwas zu enthüllen, etwas zu gestehen, egal, was, nur um damit die Vertrautheit zu bestätigen, die zwischen uns entstanden war (und bald wieder schwinden würde), die Offenheit, die gerade zwischen uns bestand (und die sich bald, das wusste ich genau, wieder schließen würde wie eine Blume, die nur in der Nacht blüht und sich schließt, sobald sie der erste Sonnenstrahl trifft). Ich fühlte Verzweiflung. Hatte ich denn wirklich gar nichts zu beichten? Nein, hatte ich nicht. Keine Geständnisse. Keine Eröffnungen. Nichts, für das ich mich hätte rechtfertigen müssen. Mein Gewissen war rein. Ich schämte mich bei dem Gedanken. Denn es stimmte, es gab wirklich nichts. Nicht mehr als ein paar vollkommen unbedeutende Episoden, die eine oder andere Umarmung über das rein Freundschaftliche hinaus, ein bisschen Engtanzen, ein paar flüchtige Berührungen, ein oder zwei Küsse, so unschuldig, dass ich mich lächerlich machte, wenn ich sie Eva gestehen würde.

Ich dachte: Was um alles in der Welt habe ich eigentlich in den letzten Jahren getrieben?

Tausend Gedanken, tausend Möglichkeiten schossen in meinem Kopf durcheinander – ich musste schnell handeln, die Nacht schwebte in Gefahr, jeden Moment konnte sie kollabieren, und tat sie das, dann konnte nichts sie aus dem rosa Schlund, aus dem gierigen Schließmuskel des Alltags zurückholen –, und es war nichts aufregend genug, um unser Zusammensein neu zu beleben. Nein, Tatsache war, musste ich mir zu meinem Erschrecken eingestehen, ich hatte nichts vorzuweisen. Herrgott, hätte ich sie doch wenigstens ein einziges Mal hintergangen! Und ich verfluchte mich selbst, meine Redlichkeit, meine übertriebene Vorsicht. Meine einzige Sünde: Unterlassung. Die Zeit war da, aber es gab nichts. Sie war reif, und ich hatte ihr nichts zu bieten.

Mich durchfuhr ein Schreck. Und was, wenn *sie* jetzt mit irgendwas kam? Was, wenn sie das Gleiche fühlte wie ich, dass die Zeit für Geständnisse gekommen war, und wenn sie im Gegensatz zu mir tatsächlich etwas auf dem Gewissen hatte und die günstige Gelegenheit nutzen wollte, um es zu erleichtern? Wie würde ich in dem Fall damit umgehen? Wo ich doch nichts entgegenzusetzen hatte, nichts, was die Rechnung ausgleichen würde. Für einen Moment fühlte ich mich hilflos, bekam eine Heidenangst vor dem, was ich möglicherweise gleich hören würde. Ich sah sie an, erwartete, dass sich ihr Mund öffnete, dass sie, begleitet von einem besorgten Blick, mit ungewöhnlich verzerrter Stimme die ersten, einleitenden Worte herauspresste, unsicher, wie weit sie in ihrer Offenheit gehen konnte.

»Warum hast du dich in mich verliebt?«, fragte sie, bevor mir etwas einfiel, was ich hätte sagen können. Und was ich auf den ersten Blick für einen zärtlichen Gedanken, für eine romantische Einladung hielt, war in Wirklichkeit, wurde mir klar, als ich eine Antwort geben wollte, eine Herausforderung, ja, eine Provokation. In der Art, wie sie die Frage stellte, lag etwas Aggressives, das erst im Nachhinein in mich eindrang wie ein verzögerter Stich. Bevor ich etwas sagen konnte, legte sie nach: »Warum ausgerechnet wir beide? Warum sind wir nicht beide mit jemand anderem zusammen? Warum sitzen wir beide hier?« Und sie zeigte mit einer ausholenden Geste: Mit all dem hier um uns herum. »Warum ausgerechnet du und ich? Warum hast du dich für mich entschieden? Was hat den Ausschlag für deine Entscheidung gegeben?« Ich suchte nach irgendeiner Antwort, nach etwas, um sie zu stoppen. Denn ich sah genau, wohin das führte. Aber mir fiel nichts ein. Wozu auch? Sie war gar nicht auf Antworten aus. Ihre Augen hatten ein leicht glasiges Aussehen, als wären sie nicht länger zum Sehen da.

»Warum?«, fragte sie und machte eine Pause, bevor sie fortfuhr: »Warum hast du mich geheiratet? Warum hast du nicht gewartet, bis du einer anderen begegnet bist? Was war so Besonderes an mir? Hätte es nicht genauso gut eine andere sein können? Hat es sich nicht einfach so ergeben, dass ich es war? Dass ich gerade zur Hand war, als du meintest, die Zeit sei reif?«

Ich sagte ihren Namen, aber sie hörte mich nicht. Sie war weit weg. Wie hole ich sie zurück?, überlegte ich. Wenn ich sie jetzt nicht zurückholen kann, ist der Abend nicht mehr zu retten. Dann schien sie zum Leben zu erwachen, ihre Wangen röteten sich, und eine Flamme schien über ihren Hals zu tanzen, als ob ihr

Schlüsselbein in Brand stünde, so lodernd spannte sich die Haut über den pulsierenden Adern.

»Bin ich deine große Liebe, Karl? Die einem nur ein Mal im Leben begegnet? Bin ich das?«

»Glaubst du, die große Liebe begegnet einem nur ein Mal im Leben? Kommt sie nicht mehrmals? Tut sie das? Oder braucht man sie auf?«

»Was ist mit dir, Karl? Kannst du mehrmals lieben? Gibt es noch mehr in dir? Oder habe ich genommen, was es da gibt?«

Ich dachte, ich müsse protestieren. Aber so gut kannte ich sie mittlerweile, dass ich wusste, die einzige Möglichkeit, sie zum Aufhören zu bringen, war, genau das zu unterlassen. Es war wie bei einem Fluss, der bereinigt werden musste. Hindernisse auf seinem Weg erhöhten bloß den Druck.

»Warum antwortest du nicht? Ich stelle dir doch lediglich ein paar einfache Fragen. Wenn du nichts sagst, muss ich doch fragen. Du gibst ja nie eine Antwort. Was willst du mir nicht sagen? Verheimlichst du etwas? Verheimlichst du mir etwas, Karl? Hast du Geheimnisse vor mir? Du hast doch nicht etwa Geheimnisse vor mir, Karl, oder?«

Mit dem rot flammenden Hals und den kleinen lila Flecken um die Augen und auf den Wangen sah sie jetzt aus, als wäre sie vollkommen außer sich.

Dann kippte ihr Kopf nach vorn, die Haare fielen ihr über das Gesicht. Ich wusste nicht, was ich tun sollte, nur, dass es klug war, abzuwarten. Sie sah aus, als wäre sie eingeschlafen. Aber ich wusste, dass ihre Augen offen standen, sie versuchte ihre Gedanken zu sammeln. Am besten abwarten, dachte ich. Ich nahm ihre Hand, sie war eiskalt. Ich wärmte sie in meinen Händen, und nach einer Weile spürte ich, dass sie leicht zuckte. Und dann, eine ganze Zeit später, hob sie den Kopf und sah mich an, sie fixierte mich, versuchte sich mit den Augen aufzurichten. Das Glasige war verschwunden, stattdessen funkelten sie, hellten sich auf, etwas Verzweifeltes kam zum Vorschein, ihre Lippen nahmen wieder Farbe an, der Mensch in ihr kehrte zurück, Falten und Fältchen nahmen ihre Plätze ein.

Ich stand auf, behielt ihre Hand in der meinen, kniete mich vor sie hin und strich ihr übers Haar. Lange sah sie mich bloß an, lächelte, leicht beschämt, hätte man meinen können. Dann packte sie mich fest am Arm und starrte mir mit einem fast parodistisch übertriebenen Ernst in die Augen: »Was du auch tust, Karl«, flüsterte sie, »was du auch anstellst, lüg mich nicht an! Hörst du? Ich glaube, ich kann dir das meiste verzeihen. Wie idiotisch es auch sein mag. Aber nicht, dass du mich anlügst. Nicht, wenn sich herausstellen sollte, dass du mich belogen hast. Versprichst du mir das? Dass du mich nie, nie anlügen wirst?«

Ich versprach es hoch und heilig. Versprach es auf der Stelle ohne Einschränkung. Ich fühlte dabei einen Stich von schlechtem Gewissen. Der verschwand dann aber. Kommt es denn überhaupt darauf an, was man sagt, was man verspricht? Ich erinnerte mich, wie mich in der Zeit unseres Kennenlernens ihre strengen Forderungen erschreckt hatten. Es war, als ob sie wollte, dass wir auf eine Weise lebten, die unsere Zeit nicht zuließ. Als wäre die Ehe eine ihrer Antiquitäten, für die sie eine besondere Verantwortung empfand. Freunde von uns waren längst geschieden und neu verheiratet, es war wie ein ewiger Reigen, in Bewegung gehalten von denselben Wünschen und denselben Enttäuschungen. Sie heirateten, um ihre Träume zu verwirklichen, und sie brachen aus der Ehe aus, um ihre Träume zu verwirklichen, sie heirateten und sie trennten sich aus demselben Grund. Gleichwohl fiel es mir nicht ein, gegen die altmodischen Regeln zu protestieren, die sie aufstellte. Hatte sie nicht vielleicht recht? Musste man nicht so strikt sein, wenn das Ganze einen Sinn haben sollte? Was war von Treue noch übrig, wenn man sie erst einmal gebrochen hatte? Alles oder nichts, war es nicht so? Wenn es ein Mal passiert war, was konnte dann verhindern, dass es ein weiteres Mal passierte? Ist es schlechter, ein Treueversprechen fünfmal zu brechen als zweimal? Ist es besser, mit zehn verschiedenen Menschen ins Bett zu gehen oder zehnmal mit demselben? Wird die Sünde durch Wiederholung größer? Hat Treue nicht nur dann einen Sinn, wenn sie absolut ist? Was ist sie wert, wenn sie doch gebrochen wird? Die kleinsten Vergehen sind die größten. Mit ihnen zeigt man, dass man zu allem imstande ist.

Was Evas Freundin quälte, war nicht die Untreue ihres Mannes, sondern dass sie nicht selbst untreu gewesen war. Weil sie es sich verkniffen hatte, machte das die Treue all der vorangegangenen Jahre zuschanden. Ihre ganze Einstellung, ihre ganze Hingabe, alles, was sie in die Ehe investiert hatte, wurde ihr durch eine einzige Wendung genommen. Die Entscheidung ihres Lebens wurde mit rückwirkender Kraft verhöhnt. Ihre Einstellung der Lächerlichkeit preisgegeben. Als es so weit war, hatte man ihre ganze Hingabe auf den Müll geworfen.

Eva sah mich auf eine schwer einzuordnende Weise an, die weder Freude noch Verzweiflung ausdrückte. Dann schüttelte sie den Kopf, seufzte tief und warf ab, was sie entweder gefreut oder bedrückt hatte. Sie schien auf einen Schlag nüchtern zu sein. Die Verwandlung war fast ein bisschen unheimlich, als hätte sie ihr Betrunkensein nur gespielt.

Sie sah mich von dem Teil ihres Gehirns aus an, den sie vor dem durch sie hindurchgeflossenen Alkohol trocken gehalten hatte, und sagte: »Macht es einen Unterschied, wenn man die Lust verspürt, es zu tun, ob man es dann auch wirklich tut oder nicht?«

Ich fragte, was sie damit meine.

»Wenn du einer Frau begegnest, die du attraktiv findest, eine, mit der du dir vorstellen könntest, ins Bett zu gehen, eine, von der du weißt, dass du sie haben könntest, wenn du wolltest, wenn du es zulassen würdest, und es dann aber sein lässt, aus Rücksicht auf mich, bist du mir dann nicht schon untreu geworden? Was macht das noch für einen Unterschied, wenn du die ganze Zeit daran denkst, wie schön es gewesen wäre, es mit ihr zu tun? Macht es einen Unterschied? Schadet es unserer Beziehung weniger, wenn du es bloß nicht real tust? Schadet es unserer Ehe weniger, wenn wir es bloß in Gedanken und nicht wirklich tun?«

Ich weiß nicht, zum wievielten Mal ich an diesem Abend eine Antwort schuldig blieb. Aber ich merkte, dass ich gern mit ihr darüber sprach. Ich mochte das Riskante dabei, die Fallgruben, ich mochte, wie engagiert sie war, dass sie mich provozierte, mir gefiel, wie sie jetzt damit herausplatzte, wie monatelanges Grübeln sich nun plötzlich Bahn brach, wie sich alles, was man sonst für sich behält, nun auf einmal so ungehindert zwischen uns ausbreitete. Ach, Liebste, warum machen wir das nicht jeden Abend? Warum sitzen wir nicht Abend für Abend so zusammen, trinken, bis die Becher überfließen, unterhalten uns über uns, sagen uns einmal mehr Dinge, die wir uns schon hundertmal gesagt haben, erzählen uns Geschichten, die wir beide auswendig kennen, lassen die bekannte Mühle das Korn der Zusammengehörigkeit mahlen? Warum lassen wir zwischen solchen Abenden so viel Zeit verstreichen? Warum vergeht immer so viel Zeit, bis wir zum nächsten Mal auf diese Weise zueinanderfinden? Was ist der Sinn in allem, was wir tun, wenn es uns nicht hierherführt, an den einzigen Ort, an dem zu sein sich lohnt? Dafür leben wir! Das ist das Ziel all unseres Tuns. Die Nächte, die die Tage blass aussehen lassen, die unsere Vertrautheit in einem funkelnden Leuchten baden, die Nächte, in denen wir so selbstverständlich und sonnenklar zusammensitzen und uns alles sagen können. Warum tun wir das nicht immer? Warum ist nicht jede Nacht so? Doch wenn das der Preis dafür ist, sollten wir ihn zahlen: vierzig schweigsame Tage für eine redselige Nacht. Wenn es dieses Uhrwerk ist, das uns antreibt, das so langsam tickt und das jedes Mal eine ganze Umdrehung vollenden muss, bevor die Zahnräder in genau der Stellung ineinandergreifen, die nötig ist, damit die Uhr schlägt. Und dann schlägt sie nur wenige Male, fein und fragil. Danach ist alles im Einklang und selbstverständlich, und die Zahnräder machen sich an die nächste langsame Umdrehung.

»Eva?«

»Ja?«

»Ich liebe dich.«

RUF MICH,
UND ICH KOMME
GELAUFEN

Sie hatte die merkwürdigste Angewohnheit, die ich je bei einer Frau gesehen hatte: Jedes Mal, wenn sie mir etwas anvertraute, was sie Überwindung kostete oder was sie gehört oder gesehen und sie beeindruckt hatte, holte sie tief Luft, presste die Lippen zusammen und stieß den Atem in einem einzigen, langen Stoß durch die Nase aus. Es war ihr gar nicht bewusst, so automatisch tat sie das, ein reiner Reflex. Sobald etwas Unheimliches, Erschütterndes, Schmerzliches oder Seltsames zur Sprache kam: das tiefe Einatmen, das Zusammenkneifen der Lippen, das pfeifende Ausatmen durch die Nase. Nachdem wir schon eine Weile zusammen waren, machte ich sie einmal darauf aufmerksam. Sie reagierte beleidigt, weil sie es offenbar als abfällig auffasste. Ich erwähnte es nie wieder und erfreute mich umso ausgiebiger daran. Es kam vor, dass ich mir etwas Grausiges ausdachte, nur um die »Schockatmung«, wie ich es heimlich für mich nannte, auszulösen. Sie hatte etwas vollkommen Spontanes an sich, das mich jedes Mal wieder gleich stark rührte, weil es sie hoch und höher über sich hinaushob, heraus aus dem Alltäglichen um sie herum, und sie zeigte, wie sie wirklich war, aller Äußerlichkeiten entkleidet, ein reiner Moment absolut weiblicher Gegenwart.

Ich kam spät zu der Feier. Eva hatte sich im Lauf des Nachmittags zunehmend unwohl gefühlt und lange überlegt, ob sie hingehen oder zu Hause bleiben sollte, bis sie sich schließlich notgedrungen zu Letzterem entschließen musste. Die anderen hatten schon tief ins Glas geschaut, und Mona, die ebenfalls allein gekommen war, saß bei der Anlage und blätterte die CD-Sammlung durch. Neben ihr stand ein freier Stuhl. Und irgendwo in meiner unmittelbaren Entflammtheit für diese leicht nervöse Frau, die mir eine Stunde später immer noch gegenübersaß und allem, was ich sagte, eine eifrige, im Grunde völlig übertriebene Aufmerksamkeit schenkte – eine, von der ich gar nicht anders als tief berührt sein konnte, *von der kein Mann sich nicht hätte hinreißen lassen* –, durchfuhr mich mit prickelnder Freude der Gedanke, was für ein schlimmer Glücksfall es war, dass Eva zu Hause hatte bleiben müssen, dass sie nicht da war und mein Einatmen des erleichterten Ausatmens einer begeisterten und/oder aufgeregten Mona verhinderte.

Sie lächelte mich an, und um mich war es geschehen. Ich entlockte ihr dieses Lächeln, und es ließ mich ihr verfallen. Wie eine schöne Welle schlug es über mir zusammen, alles, von dem ich geglaubt hatte, ich könne darauf verzichten. Sie weckte etwas in mir, von dem ich vergessen hatte, dass ich es haben wollte. Wie lange hatte ich nicht mehr so mit einem Menschen zusammengesessen? Wie lange war ich nicht mehr in einen solchen Zustand versetzt worden, wie lange nicht mehr dorthin geführt? Es strömte nur so aus mir heraus. Ich schwadronierte den ganzen Abend lang, ich beugte mich vor, ich legte ihr die Hand auf die Schulter, war mit ihr vereint, spürte, wie schön sich das anfühlte und wie verkehrt es von mir war, das zu tun, denn ich wusste, wie undenkbar es gewesen wäre, sich auf diese Art zu öffnen und zu entfalten, wenn Eva dabei gewesen wäre. Sie hätte mich nicht einmal in die Nähe dieser Frau kommen lassen, und wenn es doch passiert wäre, hätte sie sich sofort dazugesellt und das alles unterbunden, eiskalt und effektiv die Sympathie und Vertraulichkeit zerschlagen, die sie in einer klarsichtigen Schrecksekunde sogleich als Möglichkeit zwischen mir und ihr, der fremden Frau, vor sich gesehen hätte, falls wir auch nur einen Moment zu lange unserer Gesellschaft überlassen würden.

Hätte ich mit Eva zu Hause bleiben sollen? Hätte ich auf den Unterton Rücksicht nehmen müssen, der mitschwang, als sie erklärte, ich solle auf jeden Fall zu der Feier gehen, auch wenn sie nicht mitkäme? Hätte ich nicht auf die falsche Melodie an der Oberfläche, sondern auf den Ton in der Tiefe darunter hören sollen, der zu erkennen gab, dass sie es als Verrat empfände, falls ich dennoch gehen sollte, als Verrat, dessen mich noch vor meinem Aufbruch zu bezichtigen sie nur ihr Stolz hinderte? Der Unterton drückte die Erwartung aus, dass ich die soeben gegebene Erlaubnis ausschlüge. Die eigentliche Absicht hinter ihrer Aufforderung bestand darin, dass ich ihr eben nicht nachkäme, dass ich erklärte, ich hätte auch keine Lust hinzugehen, wenn sie nicht mitkäme, dass mir ein ruhiger Abend mit ihr zu Hause ohnehin lieber wäre, ein paar Gläschen Wein, ein bisschen fernsehen und dann ins Bett.

Sie hatte Angst vor dem Zahnarzt, das war eins der ersten Dinge, die sie mir von sich erzählte, und bald war ich dabei, ihr entsprechende Geschichten aufzutischen. Ja, raffiniert und nicht ohne Übertreibungen kramte ich aus meiner Leidenskartei einen schauerlichen Fall nach dem anderen hervor und badete im erfrischenden Schnauben aus den sich dabei ungewöhnlich weit öffnenden Nasenlöchern meiner neuen Bekanntschaft. Der Ausdruck, den das ihrem Gesicht verlieh, hatte etwas frivol Irritierendes, die Nasenlöcher schoben die Nasenflügel praktisch eine ganze Etage höher, sie öffneten die Flügeltüren und luden dazu ein, hereinzukommen.

Sie war die Freundin einer Freundin von Annika, aber ich hatte den Eindruck, Annika kannte sie gar nicht von früher. Im Nachhinein fragte ich mich, ob es daran gelegen hatte, dass Mona da so allein saß, und ob sie und ihre Freundin es darauf angelegt hatten, dass Mona im Lauf des Abends einen Lover finden würde. Vielleicht wartete der Stuhl neben ihr einfach nur auf den Nächstbesten, und es hätte ebenso gut einer der anderen Männer auf der Party sein können. Sie hätte jedem, ganz gleich, wer neben ihr Platz genommen hätte, dasselbe Interesse, dieselbe Begeisterung, denselben Enthusiasmus gezeigt. Sie hätte den Erstbesten genommen. Sie hatte ihre Wahl in dem Moment getroffen, in dem ich mich setzte.

Wie in einem unschuldigen Spiel, in einer harmlosen Tagträumerei zerbrach ich mir in der folgenden Woche den Kopf, wie ich Kontakt zu ihr aufnehmen könnte. Ich suchte immer noch nach einer guten Idee, als sie mich in der Klinik anrief. Ich hatte gerade an sie gedacht, darum dauerte es eine ganze Weile, bis ich begriff, dass wirklich sie am anderen Ende der Leitung war. B. (ihre Freundin) habe sie gedrängt, anzurufen, erklärte sie, sie habe Schmerzen in einem Zahn, die ihr nachts allmählich den Schlaf raubten, gleichzeitig habe sie panische Angst davor, zum Zahnarzt zu gehen, und da habe ihr ihre Freundin vorgeschlagen, den anzurufen, »den du neulich auf der Party kennengelernt hast« (sie hat ihrer Freundin also von mir erzählt, dachte ich), wo er doch den Eindruck gemacht habe, ein »netter Kerl« zu sein. (Ich wurde rot, obwohl die Ironie deutlich genug zum Ausdruck kam.) Da er, also ich, ihre Angst kenne, sei er vielleicht besonders vorsichtig. Sie redete so schnell, dass ich Mühe hatte, ihr zu folgen, und natürlich war ich auch ein wenig aufgeregt wegen des Muts, den sie zusammengenommen hatte, um einen Zahnarzt anzurufen.

Oder, dachte ich, um mich anzurufen?

Die Schmerzen, stellte sich heraus, kamen von einem empfindlichen Zahnhals, und ich brauchte nichts weiter zu tun, als ihn mit einem Fluorlack einzupinseln. Aber ich ließ mir reichlich Zeit und band auch keinen Mundschutz um. Ich bewegte mich um sie herum, verspürte ein intensives Wohlgefühl in ihrer Nähe und hielt mich in ihrer Reichweite auf. Wir waren allein, denn in weiser Voraussicht hatte ich sie ganz ans Ende der Warteliste für den Tag gesetzt und Lise eine Stunde früher als üblich von ihren Assistenzpflichten entbunden. Auch um sie zu beruhigen, vor allem aber meinetwegen sagte ich ihr, wir hätten alle Zeit der Welt, bräuchten uns nicht zu beeilen, sie solle mir ein Zeichen geben, sobald es unangenehm werde, dann würde ich sofort aufhören, und wir könnten eine Pause machen.

Als sie nach langem Zögern den Mund endlich so weit öffnete wie ein Mädchen, das Seifenblasen pustet, war ich für einen Moment ganz überwältigt. Ein Vertrauen, größer als jedes andere, bildete ich mir ein, wurde mir in diesem Augenblick entgegengebracht, ein Zutrauen und eine Aufgabe, die mich, selbst wenn sie von Angst überschattet waren, rührten. Aber ich musste sie noch dreimal bitten, den Mund weiter aufzumachen, bis ich Platz genug hatte, um an die Wurzel des Übels zu kommen.

Dann war es überstanden. Eigentlich hatte ich geplant, kein Honorar zu nehmen, doch dann überlegte ich, das könne möglicherweise aufdringlich wirken und ihr unangenehm sein. Darum nannte ich nur einen niedrigen Betrag, keinen hohen, und gab ihr zu verstehen, es spiele keine Rolle. Sie war so erleichtert, dass sie beinahe tanzte; während sie vor dem Tresen stand, trippelten ihre Füße, sie fuhr mit der Zunge über die Zähne, fühlte damit in alle Ecken und Winkel, konnte immer noch nicht richtig glauben, dass sie es überstanden hatte. Ich erklärte, auch wenn sie Angst vor dem Zahnarzt habe, würde es sich lohnen, regelmäßig zur Kontrolle zu kommen, vielleicht würde sie die größte

Angst auch im Lauf der Zeit überwinden. Sie sah mich an, lächelte zaghaft, holte tief Luft und stieß sie mit einem fast schnaubenden Laut wieder aus.

Ich bot ihr an, sie nach Hause zu fahren, und sie nahm dankend an; es regnete, und bis zur Bushaltestelle war es ein ordentliches Stück zu laufen. Im Auto sagte ich fast nichts, weil sie die ganze Zeit über wie ein Wasserfall plapperte, ihre Erleichterung mache sich in einem Redestrom Luft. Ich gab ihr meine Karte, wir sagten Auf Wiedersehen, sie rannte im Zickzack über die Straße und verschwand hinter einer braunen Tür. Ich fuhr einige Blöcke weiter, parkte den Wagen in einer stillen Seitenstraße und blieb, die Hände auf dem Lenkrad, sitzen, ich weiß nicht, wie lange, ohne einen einzigen Gedanken im Kopf, ich saß einfach nur da und starrte vor mich hin, während ich dem klagenden Geräusch der Scheibenwischer lauschte.

Es vergingen viele Wochen. Ich versuchte, nicht an sie zu denken. Ich tat, als hätte das alles keine Wirkung auf mich gehabt. Und während die Tage langsam, aber sicher vergingen, verblasste meine Erinnerung an sie, schliff sie zu einem runden, glatten und anonymen kleinen Ding ab, sodass ich mir nicht einmal mehr sicher war, ob ich sie wiedererkennen würde, wenn ich ihr zufällig auf der Straße begegnete; und so kam ich zu der Einschätzung, dass es das höchstwahrscheinlich gewesen war, dass wir uns nicht noch einmal sehen würden, dass die kleinen Träume und Fantasien, die ich mir erlaubt hatte, auch in einem Jahr noch Träume und Fantasien wären. Ich hatte es gut, warum sollte ich …? Ich hatte Kinder, wie also hätte ich …?

Doch dann war sie wieder da. Plötzlich lag sie in meinen Armen. Es war an einem außergewöhnlich schönen Abend. Nach der Arbeit hatte ich mit Boris ein Bier getrunken und dann beschlossen, zu Fuß nach Hause zu gehen, um das schöne Gefühl noch zu verlängern. Es war warm, die Sonne stand tief, als sie den Schlosshügel herabgeradelt kam, als wäre sie ein Teil des nahenden Sommers. Ich winkte. Sie sah mich, erkannte mich aber nicht gleich oder dachte vielleicht, ich hätte jemand anderem gewunken. Sie war schon fast an mir vorbei, als sie heftig bremste und dadurch beinahe das Gleichgewicht verlor, ich packte den Rahmen ihres Fahrrads, und so landete sie in meinen Armen.

Wir unterhielten uns ein Weilchen im Stehen, dann gingen wir in ein Café in der Nähe. Mona lachte und blähte ihre Nasenlöcher zu großen Höhlen auf, ganz gleich, was ich sagte. Sie war aufgedreht, sommerlich, trug ein Kleid, fröhlich und verspielt. Ich hörte zu und lächelte und mäkelte an mir selbst herum, weil ich nicht auch so einen besonderen Zug wie sie hatte, nichts Spontanes und Ungehemmtes wie ihre »Schockatmung« als Kennzeichen, als Merkmal meiner Persönlichkeit. Ich fühlte mich deswegen blass, farblos, langweilig.

Aber ich merkte, wie ich in ihrer Gegenwart Farbe annahm. Es fühlte sich an, als würde ich ausgezogen, als würde etwas, das ich sonst um den Leib trug, weggenommen. Und ich musste innerlich über meine Befürchtung, ich könnte sie bei einem Wiedersehen nicht mehr erkennen, lachen. Gleichzeitig fragte ich mich, was sie wohl an mir finden mochte. Falls sie etwas an mir fand. Was um alles in der Welt konnte sie, die noch in jugendlicher Blüte stand, an meiner mittelalten Durchschnittlichkeit ansprechen? Aber vielleicht besitzen alle irgendwo einen Knopf, der Liebe auslöst.

Ich erfuhr, dass sie in einem Musikgeschäft im Zentrum arbeitete, und sie forderte mich auf, doch bald einmal hereinzuschauen, wenn ich Zeit hätte, sie würde mir gern Musik empfehlen. Ich musste mich beherrschen, um nicht gleich zur Öffnungszeit am nächsten Morgen in den Laden zu stürmen, schaffte es aber, glaube ich, eine unbeteiligte Miene zu wahren, als ich einige Tage später zwischen den weißen Pfosten der Diebstahlsicherung am Eingang hindurchging und sie ganz am hinteren Ende des großen Ladenlokals an der Kasse sah, obwohl ich mein Herz klopfen fühlte, als würde tatsächlich Alarm ausgelöst. Sie trug ein schwarzes T-Shirt mit dem bekannten Logo der Ladenkette auf der Brust. Ihr ging es wohl genau wie mir, ich sah das Aufleuchten in ihren Augen, als sie mich entdeckte. Bis ich direkt vor ihrem Ladentisch stand, tat sie so, als würde sie mich nicht sehen. Sie führte mich herum und empfahl mir einige CDs, die ich allesamt kaufte. Schließlich wollte ich gehen, und sie meinte, sie würde es schätzen, so vorsichtig drückte sie sich aus, *sie würde es schätzen, wenn ich sie wissen ließe, was ich von ihnen hielte.* Und auch wenn ich schmerzlich an die Zwischenzeit dachte, antwortete ich, das würde ich gern tun, vielleicht könne ich sie anrufen, oder ich würde in den nächsten Tagen einfach noch mal vorbeischauen.

So machten wir weiter. So vorsichtig kamen wir uns, jeder aus seiner Ecke, näher. Was sich eigentlich nicht gehörte, wurde im Rahmen des Ziemlichen gehalten. Wir trafen uns immer öfter, aber stets unter solchen Umständen, dass man es nicht notwendigerweise als *ein Verhältnis* betrachten musste, selbst wenn es offensichtlich war, auch für sie, dass ich unsere Treffen vor Eva geheim hielt, ebenso wie sie diese Treffen demjenigen verheimlichte, von dem ich so wenig wie möglich wissen wollte, der sich mir aber, obwohl sie mir versicherte, wie wenig er ihr bedeute, jedes Mal wie ein Stein in den Magen legte, wenn sein Name fiel.

Wie tugendhaft wir doch waren! Züchtig bis zuletzt, wie zwei Teenager, die noch nicht richtig wissen, wie's geht. Keusch bereiteten wir uns auf den entscheidenden Schritt vor. Aber es hatte den Anschein, als wolle sie es genau so haben, die schöne Mona, so sollten wir nach ihrer Vorstellung leben, im Zeichen des Hinauszögerns, bis sie fand, die Zeit sei reif.

Sie hält sich zurück, dachte ich, vor allem aus Rücksicht auf Eva. Oder aus Angst. Vor ihr, meiner Frau, und ihnen, meinen Kindern, die das Recht auf ihrer Seite haben. Im Gegensatz zu ihr, dem Eindringling, der längst wie ein Dieb damit begonnen hatte, die Finger nach ihrem Eigentum auszustrecken. Allmählich verstand ich sie. Sie wollte sich zurückhalten, bis es unausweichlich würde. Sie wollte zuerst einen unwiderlegbaren Beweis von mir, bevor sie dem nachgab, von dem sie wusste, dass es für mich alles zerstören würde.

Hinter allem, hinter allem, was wir sagten und taten, hinter jedem Blick, hinter jeder flüchtigen Bemerkung, steckte eine verborgene erotische Bedeutung. Wir berührten einander, ohne uns richtig anzufassen. Die SMS, die wir wechselten, unsere heimlichen Telefonate, alles pulsierte, geheimnisvoll, wie Teilchen eines Verlangens, von dem wir noch nicht sicher sein konnten, ob es sich jemals verwirklichen würde, zu allen Tageszeiten pochte mein Handy lautlos gegen meinen Oberschenkel, als hätte ich ein kleines Herz in der Hosentasche, das in dem anderen Körper klopfte, den ich nun besaß und der sich auf ein Leben mit einer anderen als Eva vorbereitete.

Sie konnte mich fragen, ob ich einen bestimmten Film gesehen hätte, und am nächsten Tag ging ich in eine Videothek, lieh ihn aus und guckte ihn mir abends zusammen mit Eva an. Aufgeregt prägte ich mir jedes kleinste Detail ein. Jede Szene, jedes Stück Musik ließ mich an Mona denken, alles war symbolisch mit ihr verbunden, alles, was die Personen im Film äußerten, waren heimliche Botschaften von ihr an mich. Und ich saß da und wartete bloß darauf, entlarvt zu werden, meine Nerven zum Zerreißen gespannt, vorbereitet auf die eine Frage von Eva, die alles zum Einsturz brächte.

Bei dem Gedanken, sie zu verlieren, wurde mir kalt und schwindelig. Ich begriff nicht, warum das eine in vernichtender Opposition zum anderen stehen musste. Ich wollte mit Eva zusammenleben und mit Mona zusammen ertrinken. Warum sollte das nicht möglich sein? All diese anderes ausschließenden Vorstellungen, denen wir Treue geschworen hatten! Was bildeten wir uns denn ein? Warum sollte man aufhören zu leben, nur weil man ertrank?

Und als Eva das Buch in der Hand hielt und fragte, seit wann ich denn Gedichte läse, glaubte ich, die Zeit sei gekommen, jetzt bräuchte ich nur noch mit der Erklärung rauszurücken, die ich mir längst zurechtgelegt hatte und auswendig konnte. Was sonst hatte mich dazu gebracht, das Buch wegzulegen und zu vergessen, als ein heimlicher Wunsch, die Dinge in Ordnung zu bringen, es endlich hinter mich zu bringen, die Eröffnung, das Geständnis, den Betrug, das Zusammenkrachen, den Mord an der Familie?

Stattdessen sagte ich, ich hätte es von einer Patientin bekommen. (Das ist ja nicht gelogen, dachte ich.) Eva sah erst mich durchdringend an, dann den Buchumschlag.

»Und was für eine Patientin schenkt dir *Für meinen Liebling*?«

Sie sprach den Titel aus wie den Namen einer Giftschlange. Ich sah die Zahnrädchen in meinem Hirn rotieren.

»Eine ältere, literaturinteressierte Dame«, sagte ich und dankte dem umsichtigen Teufel, der Mona davon abgehalten hatte, etwas hineinzuschreiben. Mir war aber auch klar, dass ich noch mehr sagen und die Initiative an mich reißen, noch etwas mehr liefern musste als diese knappe Antwort auf ihre Frage.

»Neue Zähne oben und unten. Ich war monatelang mit ihr beschäftigt, und nachher wusste sie nicht, wie sie mir danken sollte.«

Eva wartete noch einen Moment ab, dann schlug sie das Buch auf der Seite auf, auf der Mona ein Gedicht eingekreist hatte.

»Und das hier?«, fragte sie. »Was ist das?

»Das mochte ich besonders«, forderten mich die Zahnrädchen auf zu antworten. »Da stehen einige gute Gedichte drin.« Und als ein letzter Gruß vom Betrüger: »Du solltest es lesen.«

Als wir abends am Küchentisch saßen, zitterte meine Hand so, dass ich aus Angst, das Zittern könne außer Kontrolle geraten, nicht wagte, das Glas zum Mund zu führen. Bis jetzt habe ich es doch geschafft, dachte ich. Bis jetzt habe ich mich nicht davon überwältigen lassen. Gleichzeitig merkte ich, dass sich etwas in mir aufbaute, wie viel Zeit es schon gehabt hatte, sich anzukündigen wie das kommende Tageslicht, wie eine latente Krankheit, die mich in dem Moment, in dem ich meine Achtsamkeit fahren ließ, wie eine Fiebersonne erleuchten wollte.

Ich sah meine Frau an, die ohne eine Ahnung von dem, was in mir tobte, am Tisch saß. Was sollte ich ihr sagen? Was blieb denn anderes, als ihr die Wahrheit zu gestehen? Was konnte sich denn zwischen uns noch anderes abspielen als das fortgesetzte Vertuschen, Verheimlichen und Hinterslichtführen meinerseits? Ich dachte an all die Lügen, die ich ihr bereits aufgetischt hatte. Und an die, die ich ihr in Zukunft noch servieren würde. Wann war ich das letzte Mal aufrichtig zu ihr gewesen? Was die eine oder andere Notlüge gewesen war, verstreut wie kleine Löcher in einem Pullover, war gewachsen und hatte zugenommen, bis das, was ich anhatte, nicht länger als Kleidungsstück bezeichnet werden konnte. Wie war es möglich, dass sie mich nicht durchschaute? Die kluge, intelligente, wachsame Eva. Ich saß doch jeden Tag halb nackt vor ihr.

Ich sah sie an. Wie mitgenommen sie wirkte. Auch wenn ihr Gesicht den üblichen milden Ausdruck hatte, lag etwas unendlich Trauriges über ihr. Als sei sie, ohne es zu wissen, ihrer selbst müde. Es tat mir weh, sie so zu sehen. So sanft und gleichzeitig so vollkommen neben sich. Es ist meine Schuld, dass es so gekommen ist, dachte ich. Ich habe sie in diese verzweifelte Lage gebracht, ich habe sie in dieses Zimmer ohne Ausgänge gesperrt.

Ich dachte an Stine und Ole-Jakob. Betrog ich sie auch? Nein, für sie war ich noch der Alte, zwischen ihnen und mir war alles wie immer, nur für Eva war ich ein anderer geworden. Mona verzehrte meine Liebe zu ihr, aber nicht die zu den Kindern. Als ob es im falschen Ehemann einen intakten Vater gäbe. Ich log als Mann, aber nicht als Vater. Ich wollte aufhören, Ehemann zu sein, aber nicht Vater. Dennoch fühlte es sich an, als ob unvermeidlich etwas von dieser Falschheit wie durch ein übel riechendes Leck einsickerte, dieser Falschheit, die jedes Mal einen Schub von Nervosität auslöste, wenn Stine oder Ole-Jakob mir etwas erzählten oder wenn sie mit etwas zu mir kamen, und die mich genau auf ihre Stimmen achten ließ, ob darin vielleicht der erste Misston eines keimenden Verdachts zu hören war. All das, was sie nicht wussten, über das ich sie in Unkenntnis ließ, war das nicht ein noch größerer Betrug als mein weitreichendes Hintergehen von Eva? Nach Strich und Faden betrog ich sie, dachte ich, noch mehr als Eva, denn für die Kinder lag es außerhalb des Vorstellbaren, jenseits sämtlicher denkbarer Befürchtungen, sich die lichtscheuen Aktivitäten auszumalen, in die ihr Vater verwickelt war, sie waren vor solchen Ängsten sicher, bis irgendwann alles, was er angestellt hatte, über sie hereinbrechen würde.

Es kam vor, dass ich mit einem Gefühl von Schmerz aufwachte, andere Male mit Freude, einem Jubel auf der Zunge, sodass es sich anfühlte, als hätte ich gerade vor Glück laut aufgeschrien. Möglicherweise hatte ich das auch. Ich drehte mich zu Eva, mit einer Heidenangst, sie könnte hellwach neben mir liegen und mich fragend anschauen. Eines Nachts betrachtete ich sie. Sie lag da wie eine Tote, der ich gerade Mund und Augen geschlossen hatte. Es war schauerlich. Ich sah Eva an und versuchte mir vorzustellen, wie wir uns liebten, doch es ging nicht. Und ich dachte, wenn ich jetzt mit einer anderen schlafen würde, dann wäre ich Mona untreu, nicht ihr.

Wir trafen uns regelmäßig in der Mittagspause in einem Café, nicht weit von der Klinik entfernt. Eines Tages wollte sie wissen, ob ich glaubte, dass sie auf die Frau, mit der ich jeden Abend zu Bett ging, eifersüchtig sei. Das überrumpelte mich dermaßen, dass ich keine Ahnung hatte, was ich darauf antworten sollte. Stattdessen fragte ich, ob sie tatsächlich eifersüchtig sei, und wenn nicht, warum sie dann frage, worauf sie etwas anführte, das ich einmal geäußert hatte und das darauf schließen ließ, ich sei dieser Meinung.

Dann sagte sie: »Du sprichst immer mit solcher Wärme von ihr.«

Es machte mich unruhig, dass sie das zur Sprache brachte. Aber sie hatte recht, ich hatte nicht ein schlechtes Wort über meine Frau fallen gelassen. Das brachte ich nicht über mich. Ich hatte nichts Schlechtes über sie zu sagen. Ich bewunderte sie. Ich ehrte und achtete sie. Und mir grauste vor dem Tag, an dem sie beginnen würde mich zu verachten. Ich dachte an die harten, doch niemals unbegründeten Urteile, die sie über andere fällen konnte. Es war mehrfach vorgekommen, dass ich jemanden für eine sehr nette Bekanntschaft hielt, während Eva den Betreffenden vom ersten Moment an nicht ausstehen konnte. Im Laufe der Zeit hatte sich der jeweilige Typ dann jedes Mal, genau wie sie vorhergesagt hatte, als übelster Opportunist und Schleimer herausgestellt. Was für eine Auszeichnung, der Auserwählte einer solchen kritischen Menschenkennerin zu sein! Wie sollte es möglich sein, gegen eine Eva Risberg-Meyer zu bestehen? Ihr Zutrauen und ihr Vertrauen erschienen mir als das Kostbarste, das man als Mann erringen konnte. Bald würde ich es verlieren. Auch wenn ich es nicht wollte. Selbst wenn ich die Notwendigkeit dazu nicht einsah. Ich wollte beides, leben und ertrinken.

Dann verstand ich, was hinter Monas Äußerung steckte. Und dass sie, wie alles andere, ein Teil der Vorbereitungen war, ein Teil des Auslotens. Mona hatte festgestellt, dass ihr dieses Puzzlesteinchen noch fehlte, sie es aber brauchte, um das Für und Wider abzuwägen.

Und mit einem Mal, während wir noch da saßen, merkte ich, wie leid ich das alles war, unsere Vorsicht, das andauernde Erschleichen, das ewige Hinauszögern. Ich wollte sie haben. Auf der Stelle. Ich wollte sie hinter mir her zur Toilette schleifen und ihr den Slip runterreißen. Ich wollte, dass sie mich anbettelte, zu ihr zu kommen, mich anflehte, meine Familie zu verlassen, ihr zuliebe alles aufzugeben, dass sie mich dazu drängte. Ich wollte, dass sie es nicht mehr aushielt, noch länger zu warten, dass sie mich haben musste, ich wollte, dass sie mich aufforderte, sie zu nehmen und zu lieben, alles umzustürzen, was ich besaß zu opfern für etwas, von dem keiner von uns wusste, wie es einmal werden würde. Ich ergriff ihre Hand und beugte mich vor, um sie küssen, da zog sie die Hand zurück und blickte sich im Café um.

Ihre Vorsicht kränkte mich. Wovor hatte sie Angst? Wen schützte sie, indem sie auswich? Ich musste eine ganze Familie im Stich lassen, sie bloß einen schlappen Typen unter vielen, und dennoch schienen ihre Bedenken viel größer zu sein als meine!

Das hätte ich ihr gern gesagt, sie damit konfrontiert, sie mit dem Rücken an die Wand gedrängt, sie zu einer Entscheidung gezwungen, ein Ultimatum durchgezogen!

Aber die Zeit war um, ohne dass wir es bemerkt hatten. Ich musste zurück in die Klinik, sie wieder ins Geschäft. Während ich über den glatten Bürgersteig hastete, überlegte ich, wie lange wir das noch so am Laufen halten konnten, wie lange wir es schaffen würden, Verliebte zu sein, ohne Liebhaber zu sein, wie lange sie noch standzuhalten gedachte. Klopfte denn der Wahnsinn nicht genauso energisch an die Tür ihrer Vernunft wie an meine? Mir wurde schlagartig klar, wie sinnlos es war, sich auf diese Art zu beherrschen. Für wen taten wir das? Aus Rücksicht auf die, mit denen wir zusammenlebten, oder aus Angst vor uns selbst? Hatte ich Eva nicht längst auf jede erdenkliche Art betrogen bis auf die eine? Was könnte ich ihr denn an dem Tag, an dem ich endlich mit Mona ins Bett ginge, noch antun, was ich ihr nicht schon angetan hatte? War die Vertrautheit, die zwischen Mona und mir bestand, nicht längst doppelt so groß wie die, die ich im Verhältnis zu meiner Frau aufzubringen imstande war oder mir überhaupt wünschte? Und kreiste nicht alles, was ich sagte und tat, wenn ich mit ihr, meiner Geliebten, die noch nicht meine Geliebte war, zusammen war, um dieses eine, das wir uns nicht zu tun trauten, das aber das Ziel von allem war, was wir unternahmen? Wer um alles in der Welt hatte also etwas davon, wenn wir es nicht taten?

Im Flur blieb ich für einen Moment stehen, die Klinke schon in der Hand. Es gab noch einen kleinen Rest von ihr, den ich erst abschütteln musste, bevor ich die Tür öffnete und zu den wartenden Patienten ging. KARL C. A. MEYER, MO–FR 8.00 – 16.00 stand an der Tür, und ich dachte, woran hast du eigentlich früher gedacht, in der ganzen Zeit, in der du nicht an sie denken musstest? Wenn du im Bett lagst und nicht einschlafen konntest?

Auf deinen abendlichen Waldspaziergängen? Was ging dir auf all den Strecken, die du zurückgelegt hast, durch den Kopf? Während all der täglichen Fahrten zur Arbeit in der schwebenden Wärme des Autos, wo ich jetzt nichts anderes im Kopf hatte als sie und meine Fantasien, was ich gern mit ihr machen würde, als ob nur meine Hände lenkten und der restliche Körper irgendwo anders im Glück mit ihr schwelgte.

Eines Abends spazierten wir Arm in Arm am Fluss entlang, hatten uns über Schauspieler unterhalten, welche wir mochten, welche wir nicht leiden konnten, und darin stimmten wir dermaßen überein, dass ich fast gefragt hätte, wer denn eigentlich wem nach dem Mund redete, jedenfalls erzählte ich ihr da von einer Konferenz in Hannover, an der ich teilnehmen wollte, und dass ich mich entschlossen hätte, schon zwei Tage vor Konferenzbeginn zu fahren, damit ich ein wenig Zeit für mich hätte, bevor der Trubel losginge. In Wahrheit hatte ich meine Teilnahme an der Konferenz wieder abgesagt, Reise und Unterkunft aber weiterhin gebucht. Das sagte ich Mona an jenem Abend aber nicht. Ich erzählte ihr lediglich von dem geplanten Aufenthalt, den Tagen, die ich vor Beginn der Konferenz in etwa einem Monat für mich selbst haben würde. Bis zum letzten Moment ging sie nicht darauf ein. Obwohl ich sie am liebsten jedes Mal, wenn wir miteinander sprachen, daran erinnert und versucht hätte, ihr etwas zu entlocken – wie viel Bedenkzeit brauchte sie eigentlich? Ein ganzes Leben? –, konnte ich es lassen und alle Ungeduld, alles Verlangen abknipsen wie Knospen an einem Baum, der endlich ausschlagen will.

Erst eine Woche vor meiner Abreise entschied sie sich, mich zu begleiten. Als ob daran je ein Zweifel bestanden hätte. In aller Eile wurde ein Ticket gekauft, die Hotelreservierung geändert. Aus der halben Lüge wurde eine ganze. Dann zwei. Dann mehr. Eva bestand darauf, mich zum Flughafen zu bringen, was ein erbärmliches Manöver beim Einchecken erforderlich machte, bei dem mich der Mut zur Täuschung fast verlassen hätte.

Doch endlich hob das Flugzeug ab. Mona, die so hatte tun müssen, als ob sie mich nicht kannte, saß in Blau gekleidet neben mir. Lange sprach keiner von uns ein Wort. Ich fühlte mich gespalten, als hätte der Druck, der uns beim Abheben in die Sitze presste, meinen Körper in zwei Hälften zerlegt. Und von den beiden Hälften war die eine auf dem Weg in den Himmel und die Glückseligkeit mit Mona, während die andere unten bei Eva in der Abflughalle stand, sich an ihre Hand klammerte und sich weigerte, loszulassen. Das ist endgültig, dachte ich. Jetzt ist es unwiderruflich. Und während Mona und ich stumm nebeneinander auf unseren Sitzen hockten, wünschte ich mir für einen Moment, das Flugzeug möge abstürzen und wir alle in einem furchtbaren Crash umkommen.

Nachdem ich die Tür hinter uns geschlossen hatte, blieben wir beide mitten im Zimmer stehen, jeder seinen Koffer in der Hand, als ob wir darauf warteten, dass jemand käme und uns sagte, was wir tun sollten. Aus dem Zimmerfenster sah ich auf grüne Baumwipfel, die im Wind schwankten, zwischen ihnen stand ein weißer Turm mit einem seltsam pilzförmigen Dach, genauso grünspangrün wie das rauschende Laub, und für einen Augenblick irritierte mich dieser Anblick, dass die Bäume schwankten und nicht der Turm. Dann richteten wir uns ein, jeder für sich, packten im Bad die Toilettenartikel aus, hängten Kleidung in den Schrank, als hätten wir das schon hundertmal getan. Wie ein Ehepaar. Ich dachte, wir täten das, um der Unruhe Herr zu werden, die wir beide, zumindest ich, fühlten und die sich zu einem Zittern auswuchs. Während wir wortlos unsere Sachen einräumten, wagte ich nicht, sie anzusehen. Meine Finger waren taub, alles, was ich anfasste, fühlte sich an wie Metall. Die Blicke zu Boden gerichtet, gingen wir verschämt aneinander vorbei. Dann waren wir endlich fertig. Eine lastende Stille entstand. Wir wussten beide nicht, was wir tun sollten. Die Bettwäsche duftete frisch nach Waschmittel, als wollte sie uns sagen, es sei alles bereit. Wir setzten uns nebeneinander aufs Bett. Mit hölzernen Bewegungen umarmten wir uns. Und dann küssten wir uns zum ersten Mal.

ETWAS MUSS
ZU BRUCH GEHEN

Wir sahen gerade eine Episode einer schwedischen Krimiserie, die wir verfolgten, als Eva sich auf dem Sofa zu mir drehte und fragte, ob ich nicht langsam mal erzählen wolle, was um Himmels willen eigentlich los sei. Ich wartete, bis die Folge zu Ende war. Dann stand ich auf und goss mir einen Drink ein, stellte mich damit ans Fenster und trank das Glas aus, während ich mit einem ruhigen, kalten Gefühl im Bauch in die nichtssagende Dunkelheit schaute. Und dann, ohne mich umzudrehen, erzählte ich ihr alles.

Eva schwieg lange. Sie sammelte Kraft. Doch die Vorwürfe, auf die ich mich eingestellt und für die ich bis zu einem gewissen Ausmaß auch so etwas wie Antworten parat hatte, blieben aus. Sie kamen nie. Sie sagte lediglich mit mühevoller Beherrschung: »Und wie willst du jetzt damit umgehen?«

Es fühlte sich eigenartig an, die Wahrheit erzählt zu haben. Ich brauchte auf einmal die Lügen nicht mehr, und für eine Weile fühlte ich mich einsam, als wären sie meine engsten Freunde gewesen.

Stine und Ole-Jakob schliefen direkt über unseren Köpfen. Für sie wird diese Nacht ein Wendepunkt sein, dachte ich. Aber das wissen sie noch nicht. Wenn sie morgen früh aufwachen, werden sie in dem Glauben aufstehen, es sei noch alles wie immer, es sei nichts geschehen und es werde nichts geschehen, alles sei, wie es immer gewesen ist, es gebe keine Veränderungen außer denen, auf die sie selbst hinarbeiteten. Ich blickte aus dem Fenster. Es war nichts zu sehen, es war, als hätte jemand den Garten abgeholt. Dann entdeckte ich eine Schliere auf der Fensterscheibe und musste an meine Mutter denken, die immer sagte: »Die Fenster sind die Visitenkarte der Bewohner.« Eva spiegelte sich in der Scheibe, ein schönes Bild von Eva auf dem Sofa, die Hände im Schoß; es sah aus wie etwas, das Edvard Munch gemalt haben könnte.

Nachdem ich ausgesprochen hatte, was nötig war, um ein so komprimiertes und ungeschminktes Bild wie möglich zu geben, fühlte es sich an, als würde ich sie nicht mehr kennen. Meine eigene Frau wurde von diesem Moment an zu einer Fremden, von der ich nichts mehr wusste, mir fehlte die Grundlage, einzuschätzen, was ich von ihr zu erwarten hatte. Ich dachte: Alles, was ich im Lauf der zwanzig Jahre unseres Zusammenlebens über dich gelernt habe, trägt jetzt nicht mehr. Es spielt keine Rolle, wie gut ich dich kennengelernt habe, denn nachdem das hier passiert ist, weiß ich fast nichts mehr über dich, nicht, was du denkst, was du fühlst, wie du mich siehst, wie du beurteilst, was ich gesagt und getan habe, mein Geständnis, wie ich es formuliert habe, und wie du es findest, dass ich erst jetzt damit herausrücke. Nein, in diesem Augenblick, meine Liebe, weiß ich nichts von dir, habe ich keine Ahnung, was wirklich in dir vorgeht, kann ich nicht beurteilen, was in dem, was du mir von nun an sagen wirst, echt oder falsch sein wird. Ob du mich hasst, wenn du sagst, dass du mich hasst. Ob du mich liebst, wenn du sagst, dass du mich liebst. Ich werde keine Ahnung haben, was ich tun soll, falls du mich bitten wirst, bei dir und den Kindern zu bleiben. Ich werde nicht ein noch aus wissen, wenn du mir sagst, ich soll zur Hölle gehen.

Wir wissen nichts voneinander, dachte ich. Wir kennen einander nicht. Menschen, die am Rand eines Abgrunds stehen, kennen sich nicht.

In den folgenden Tagen und Wochen sprachen wir nicht viel miteinander. Es schien alles von allein abzulaufen, wie etwas, das wir seit Jahren geübt hatten, ein Katastrophenplan, einstudiert bis ins kleinste Detail. Eva wusste ganz genau, was sie zu tun hatte, ich wusste genau, was ich tun musste. Ich hatte mir vorgestellt, dass es auf andere Weise ablaufen würde, dass etwas um uns herum einstürzen würde, doch das war nicht eingetreten, etwas war noch intakt, das eigentlich in tausend Stücke hätte brechen müssen. Jeden Tag, wenn ich nach Hause kam, erwartete ich, das Haus niedergebrannt zu sehen, und war enttäuscht, dass es noch stand. Wenn ein kleiner Teil der Welt untergegangen war, warum dann nicht auch der Rest?

Es gab keinen Moment, in dem nicht die Frage an mir nagte, wie Eva es schaffte, derart die Ruhe zu bewahren, eine derart beherrscht-wohlanständige Fassade, ganz egal, worüber wir sprachen oder was es an praktischen Dingen zu regeln gab. Als ob ihr Stolz sie davon abhielte, sich auf einen Konflikt einzulassen, als ob es unter ihrer Würde sei, zu kämpfen. Ihre Ruhe erschreckte mich. Wie stellte sie das an? Wie bekam sie das hin? Kam es womöglich daher, dass das Geschehene so weit jenseits von allem war, was sie sich jemals zwischen uns hatte vorstellen können? Wartete sie etwa auf eine Kehrtwende in letzter Minute, auf ein Dementi, darauf, dass ich zu guter Letzt seelenruhig zu ihr käme und ihr erklärte, das mit Mona, das war bloß Quatsch, was ich da gesagt habe, habe ich mir nur ausgedacht, natürlich habe ich nie eine andere geliebt als dich, und selbstverständlich habe ich nie daran gedacht, dich und die Kinder zu verlassen? *Aber Eva, was denkst du denn von mir? Was? Das hast du doch wohl nicht einen Moment lang geglaubt, oder?*

Oder hatte sie sich das als die verdiente Strafe für mich zurechtgelegt? Wollte sie mir mit ihrer unerschütterlichen Ruhe zu verstehen geben, das, was gerade passierte, das, was ich gerade plante, das sei so dermaßen das Letzte, so vollständig unter meiner Würde, dass ihr dazu nichts anderes einfiel, als sich vollkommen ruhig darüber zu stellen?

Von unseren Eltern war nur Evas Mutter noch am Leben, und sie dämmerte mehr oder weniger geistig umnachtet in einem Altersheim fünfzig Kilometer entfernt vor sich hin, aber es war mit das Erste, was Eva mir nach der Trennung mitteilte, dass sie ihrer Mutter vorspielen wolle, wir seien noch verheiratet und lebten weiterhin zusammen, damit sie »das nicht mit auf den Weg nehmen« müsse, wie sie sich ausdrückte.

Nicht ein einziges Mal erkundigte sie sich nach Mona. Wer sie war, wie wir uns kennengelernt hatten, worin ihre Anziehungskraft bestand. Ich brannte darauf, es ihr zu erzählen, ihr zu sagen, wie irrsinnig das Ganze war. Weil ich wollte, dass sie es auseinanderpflückte? Es durchschaute und mir erklärte, was für eine fadenscheinige Geschichte das war? Sollte sie mir auf ihre ruhige und beherrschte Art darlegen, wie gründlich ich mir selbst etwas vorgemacht hatte, was für einem glorreichen Selbstbetrug ich zum Opfer gefallen war? Ich hätte ihr gern etwas gegeben, auf das sie losgehen, das sie in Stücke hauen und in einem Anfall von Raserei in den Ofen stecken konnte. Ich wollte ihr ein Bild von Mona geben, das sie in der Luft zerreißen konnte. Aber es sah so aus, als warte sie bloß darauf, dass es vorbei wäre, dass der Albtraum zu Ende ginge, dass die Welt zur Besinnung käme, dass sich herausstellte, sie hätte sich in ihrem Mann doch nicht so gründlich getäuscht.

Warum prellte sie mich um einen Wutanfall, wo er doch so hilfreich gewesen wäre? Ich hatte Lust, mich zu prügeln. Ich wollte verteidigen, was ich getan hatte. Ich wollte, dass sie auf mich losging, damit ich mich gezwungen sah, zurückzuschlagen. Als sie es nicht tat, als sie einfach nur so still und in sich gekehrt dasaß, tat sie mir plötzlich leid. Es sah aus, als richtete sich ihre Verzweiflung nach innen anstatt nach außen. Unerträglich war sie, wie sie aufrecht und mit den Händen im Schoß dasaß. Würdevoll. Standhaft. Unerschütterlich. Unerschütterlich in ihrer Würde. Ihr Gewissen rein wie Schnee.

Auch keiner unserer Freunde schimpfte mich einen Idioten oder schrie mir ins Gesicht, jetzt solle ich, Teufel noch mal, endlich Vernunft annehmen. Keiner sagte etwas. Nicht mehr als die pauschalen Phrasen und guten Ratschläge, mit denen man schnell bei der Hand ist. Die sie mir gaben, glaubten nicht an sie, und ich, der sie bekam, glaubte ebenso wenig daran, trotzdem kamen sie damit und trotzdem hörte ich sie mir an wie einen notwendigen Bestandteil eines Rituals.

Ich war der Einzige, der ausbrechen wollte. Ich stand mit meinem drastischen Handeln allein da. Niemand sonst wünschte sich eine Veränderung, nur ich. Alles war, wie es immer war, abgesehen von mir.

Und wie langsam es ging. Ich hielt es fast nicht aus. Es fühlte sich an, als ob jeden Morgen, wenn ich die Augen aufschlug, eine Feder in mir ausrastete. Ich musste sofort aufstehen und an die Arbeit gehen, den Tag bei den Hörnern packen und den folgenden am besten gleich auch, ich konnte Menschen nicht begreifen, die alles mit Ruhe angingen. Das Tempo um mich herum passte nicht zu der Hast in mir. Ich fand, die Menschen sprachen langsamer als sonst, als würden sie sich nur halb so schnell äußern und bewegen wie gewöhnlich. Mir erschien ihre Langsamkeit als eine Form des Verschweigens; indem sie langsam sprachen, kaschierten sie, was sie eigentlich sagten oder sagen wollten, durch die Langsamkeit ihres Sprechens überdeckten sie alle Lücken, alle Auslassungen, ihr langsames Sprechen war eine Art Tarnanzug für die Vorwürfe, die sie mir in Wahrheit ins Gesicht schleuderten.

Ole-Jakob ging mir aus dem Weg. Es war nicht einmal eine Frage, auf wessen Seite er sich stellte. Stine versuchte mir durchaus entgegenzukommen. Doch die Antworten, die sie mir gab, auch die wenigen Male, als ich sie fragte, was sie von der Entwicklung hielt, fielen so rücksichtsvoll und vage aus, dass ich mich innerlich vor Scham wand. Ole-Jakob wendete sich dagegen ausschließlich an Eva, auch wenn wir zu viert waren und selbst wenn sich seine Äußerung eigentlich an mich richtete. Wenn ich ihn etwas fragte, gab er mir nur dann Auskunft, wenn seine Mutter dabei war und er mir durch sie eine Antwort geben konnte. Die undramatische Art, in der er das tat, quälte mich am meisten. Als wäre sie das Selbstverständlichste der Welt, die einzig vernünftige Art und Weise, mit solchen wie mir umzugehen. Und ich sah, wie es ihm eine gewisse Größe verlieh, die Größe eines Erwachsenen gegenüber der Kleinheit des Vaters, dessen jugendlicher Verwirrung und Winzigkeit. In seinem Schweigen war er souverän. Er triumphierte. Er hatte mich im Griff. Ich, sein Vater, war neutralisiert, ins Aus gestellt.

Ich hatte ihm ein neues Fahrrad versprochen. Ich hatte nicht mehr daran gedacht, doch eines Tages beugte sich Ole-Jakob beim Essen zu seiner Mutter und flüsterte ihr etwas ins Ohr. Darauf wandte sich Eva an mich und fragte, ob ich vergessen habe, dass ich Ole-Jakob ein neues Fahrrad kaufen wollte. Sie raffte sich also nicht einmal dazu auf, ihn zurechtzuweisen, das könne er mir auch selbst sagen. Im Gegenteil übernahm sie bereitwillig die Vermittlerrolle, wollte mir zeigen, dass der Junge in seinem eigenwilligen Protest ihre volle Unterstützung habe, dass sie voll und ganz hinter ihm stehe, was er auch sagen oder tun mochte. So schlossen sie die Reihen, so stärkten sie ihre Gemeinschaft gegen mein Alleinstehen, so schlossen sie schon die Lücke hinter dem, der, wie sie wussten, bald verschwinden würde.

Abends überreichte mir Eva einen Katalog, den sie von Ole-Jakob mit dem Auftrag bekommen hatte, ihn an mich weiterzureichen. Es war ein Katalog für Sportartikel, und auf einer der Seiten war ein Mountainbike eingekreist, das neuneinhalbtausend Kronen kostete. Ich kaufte es am folgenden Tag, transportierte es auf dem Autodach nach Hause und stellte es so in den Garten, dass Ole-Jakob es durch das Wohnzimmerfenster sehen musste. Als er nach Hause kam, saß ich auf dem Sofa und folgte ihm mit den Augen, ich wollte seine Reaktion sehen. Für einen kurzen Moment strahlte er, lockerte die Kontrolle über sich, den strammen Peinigergriff. Einen winzigen Augenblick lang lächelte er. Aber er sagte immer noch nichts. Am Abend erhielt ich durch Eva eine Botschaft von ihm, sie solle grüßen, sagte sie, und danke, das Rad sei gut.

Eines Abends klopfte ich an seine Zimmertür. Er protestierte nicht, als ich eintrat und mich auf sein Bett setzte. Mitten im Zimmer stand eine mit grünem Filz bespannte schmale Platte auf zwei Böcken. Quer über den Filz verlief eine zum Teil eingestürzte Burgmauer, zu beiden Seiten der Mauer standen zwei Armeen aufgebaut. Die rückwärtige Truppe der einen bestand aus uniformierten Skeletten mit Helmen, Maschinenpistolen, Schwertern und Schilden. Eine ganze Zimmerwand wurde von einem Regal voller Filme eingenommen, nach der Typografie auf den Rücken der Hüllen zu urteilen, überwiegend Horrorfilme. Unter der Dachschräge hing eine Pinnwand mit Plakaten und Fotos von Menschen, die mir völlig unbekannt waren, ich wusste lediglich, dass sie berühmt und für meinen Sohn von entscheidender Wichtigkeit waren. Durch sie teilte er der Umwelt seine Geschichte mit. Diese Stars und Berühmtheiten waren sein persönliches Gepäck, wie ein Koffer, den er öffnen konnte, um zu zeigen, wer er war, woraus er bestand. Ein Gleichaltriger, der hereinschaute, würde mit einem Blick erfassen, wen er vor sich hatte. Ich dachte: Hier drinnen sehe ich alles vor mir. Und verstehe nicht das Geringste.

Ole-Jakob hockte auf seinem Schreibtischstuhl und drehte sich hin und her, seine Schuhe stießen mit einem dumpfen, toten Laut auf jeder Seite gegen die Schubladen. Ich beobachtete ihn verstohlen, wagte nicht, seinem Blick zu begegnen. Ich sagte etwas, stellte ihm so alberne Fragen, dass er nicht einmal die Mühe auf sich nahm, mir zu zeigen, dass er sie durchschaute. Er wartete einfach geduldig ab, während meine Fragen wie gefällte Bäume quer über die Straße vor ihm fielen, bald würden wir einander über den Verhau hinweg nicht mehr sehen. Was um Himmels willen hatte ich mir bei meinem Eintreten zu erreichen erhofft? Im Hintergrund lief Musik, registrierte ich erst jetzt, harte, aggressive Töne, und eigentümlicherweise schien die verzweifelte Energie darin durch die geringe Lautstärke noch verschärft zu werden.

»Was hörst du da?«, fragte ich.

Er hielt mir ein Cover mit dem Bild eines Vogelschädels hin. *The New Backwards* stand darauf, die Hälfte der Buchstaben spiegelverkehrt.

»Das ist gut«, sagte ich und nickte im Takt ein paarmal mit dem Kopf.

In seinem Gesicht war keine Reaktion zu sehen. Er hatte geschafft, was er sich vorgenommen hatte, es gänzlich leer erscheinen zu lassen.

Ich gab ihm das Cover zurück und wandte mich zum Gehen.

Da sagte Ole-Jakob: »Ich bringe die alte Fotze um.«

Mir wurde schlecht, als ich das hörte. Dieses schreckliche Wort aus dem Mund des Jungen, ohne dass ich ihn dafür zurechtweisen konnte. Er war im Recht. Es stand ihm zu, genau auszusprechen, was er von ihr dachte. Er durfte auch über mich sagen, was er wollte. Er war im Recht, und ganz gleich, was er sagte, es konnte ihm nicht widersprochen werden. Es war etwas eingetreten, was mein ganzes Verhältnis zu ihm ausgelöscht hatte. Alles in einer Handbewegung weggewischt. Nein, ich konnte ihm nicht antworten. Ich konnte nicht sagen, dass er falsch lag, ich konnte nicht sagen, dass er recht hatte, ich konnte nichts von dem, was geschehen war, erklären. Ich konnte ihm seine Haltung dazu nicht vorschreiben. Ich hatte nichts mehr, was ich hätte sagen können. Ich hatte keine guten Argumente vorzubringen. Es gab keine mildernden Umstände. Ich konnte meinem Jungen nicht einmal erklären, ich und seine Mutter hätten es nicht gut miteinander, wir würden uns nicht mehr lieben und müssten uns deshalb jetzt trennen. Ich hatte nichts vorzuweisen, keinen einzigen Grund. Bis auf eine »alte Fotze«. Er hatte also recht. Der Junge hatte allen Grund, mich zu verachten. Ich war erbärmlich. Ich war ein Idiot. Und stand jetzt da, ohne etwas zu sagen. Ich sah ihn an. Ole-Jakob erwiderte meinen Blick sofort. Seine Augen waren wie alte Bleisicherungen. Ich konnte ihnen nicht standhalten. Ich wendete mich ab. In dem Moment, in dem ich durch die Tür treten wollte, fragte Ole-Jakob mit einer Unverblümtheit, die wieder Übelkeit in mir aufsteigen ließ: »Stimmt es, dass sie erst achtundzwanzig ist?«

Sollte ich wütend reagieren? Sollte ich verlangen, zu erfahren, woher er das wusste? Von wem er diese Aussage, diese Information hatte? Nein, das sollte ich nicht. Ich sollte überhaupt gar nichts. Ich durfte nichts verlangen, konnte nichts sagen, ihn nichts fragen, meine Arme nicht nach ihm ausstrecken, nichts tun.

Später überfiel mich der Gedanke, Eva stecke dahinter, Ole-Jakob habe nur etwas wiederholt, was er von ihr gehört hatte. Die Worte erhielten dadurch einen noch schlimmeren Klang. Sie mit ihrer Ruhe. Aber von ihr konnte er es nicht haben, oder? Sie würde doch ein derartiges Wort nie in den Mund nehmen? Und schon gar nicht im Beisein der Kinder? Trotzdem zwang ich mich dazu, mir die Szene vorzustellen, wie sie zu dritt am Küchentisch saßen und Eva Stine und Ole-Jakob ruhig und bestimmt erklärte, ihr Vater ziehe ihr eine Achtundzwanzigjährige vor, er würde sie verlassen, um mit einer verdammten Fotze von achtundzwanzig Jahren zusammenzuziehen.

WOHNZIMMER, KÜCHE, BAD

Die Mediation – eine Formalität, aber mit ihrem zahmen, allzu vorsichtigen, rücksichtsvollen Jargon trotzdem eine Zumutung. Doch was hatte ich denn erwartet? Dass wir uns gegenseitig Beschimpfungen an den Kopf werfen würden? Dass es zum Handgemenge käme? Dass der Beamte herumbrüllen und mit den Armen fuchteln würde? Er redete die meiste Zeit. Eva und ich antworteten höflich auf all seine Fragen. Wir sahen uns nur ein einziges Mal an. Als er sich ganz zum Schluss vorbeugte, die Fingerspitzen so fest zusammenpresste, dass sie weiß anliefen, und versuchte, einen persönlichen Ton anzuschlagen: »Sind Sie sich dessen jetzt ganz sicher?« Da drehten wir uns, wie einstudiert, einander zu, sahen uns flüchtig in die Augen, bevor wir uns wieder dem Richter zuwandten und fast im Chor sagten: »Ja.«

Ich dachte, das ist das zweite Mal, dass Eva und ich uns das Jawort geben.

Draußen schien die Sonne. Wir blieben eine Weile auf der Treppe stehen, ohne etwas zu sagen, wie zwei verlegene, verliebte Teenager. Noch Mann und Frau, aber nicht mehr lange, bald geschieden, einander fremd, jeder in seinem eigenen Leben. Als würde der ganze Film rückwärtslaufen: Jetzt waren wir verheiratet. Gerade hatten wir uns das Jawort gegeben. Wir standen schüchtern und zögerlich auf der Treppe, auf dem Weg, den entscheidenden Schritt zu tun. Dann würden wir uns zum ersten Mal küssen. Dann hielten wir uns zum ersten Mal an der Hand.

Dann würden wir uns zum ersten Mal sehen. Dann würden wir auseinandergehen und uns nicht mehr kennen. Von da an wären wir zwei Fremde, zwei, die sich noch nicht begegnet sind, zwei, deren Wege sich noch nicht gekreuzt haben. Der Anfang lag vor uns, alle Möglichkeiten lagen hinter uns.

Am nächsten Tag zog ich um, nahm bloß das Allernotwendigste aus Evas und meinem Haushalt mit. Es war spät am Abend, bis ich alles untergebracht hatte. Henrik, der mir geholfen hatte, machte sich sogleich auf den Weg, er hatte während des ganzen Umzugs irgendwie seltsam mürrisch gewirkt, und als wir fertig waren, nahm er nicht einmal ein Bier an, sondern zog gleich ab. Wovor hatte er Angst? Dass meine Treulosigkeit ansteckend war? Dass er auch geschieden würde, wenn er sich länger bei mir aufhielt?

Ich betrachtete die Wände voll rechteckiger Felder, fremde Gesichter, jetzt abgehängt, abtransportiert und an neue Wände gehängt. Als ich die Wohnung zum ersten Mal besichtigte, hatte ich Mona mitgenommen. Wahrscheinlich hielt der Makler uns für frisch verheiratet, jedenfalls schaute er ihr andauernd auf den Bauch. Es war mir wichtig, sie dabeizuhaben. Ich brauchte sie, sie war meine Versicherung, dass ich mir das alles nicht bloß einbildete. Sie inspizierte die Räume gründlich, stellte dem Makler sogar ein paar Fragen, und dieser Eifer freute mich, stellte ich fest, er flößte mir den Mut ein, den ich nötig hatte, um zu tun, was ich mir vorgenommen hatte.

Ich hatte gedacht, Henrik wäre der Einzige, den ich um Hilfe beim Umzug bitten könnte. Und es verletzte mich, dass er nicht bleiben wollte. Trinkbares hatte ich im Hinblick auf einen langen Abend, wenn nötig auch die Nacht, in den Kühlschrank gestellt. Ich dachte daran, wie gut mir sein Lachen getan hatte, wie sehr es mir in meiner Anfangszeit als frischgebackener Arzt geholfen hatte, als ich in seiner Klinik arbeitete, sein schallendes Lachen, das alle Sorgen dem Erdboden gleichmachte. Die Patienten waren kaum aus der Tür, da gab Henrik uns schon ausführliche Schilderungen der zerbombten Landschaften, aus denen er sich gerade gerettet hatte. Ich erinnerte mich, wie ruhig ich geworden war und wie mir auf einmal alles zu bewältigen erschienen war. Solange ich Henriks Lachen höre, hatte ich gedacht, ist nichts wirklich gefährlich. Wie beruhigend wäre es gewesen, wenn auch diese Wohnung mit ihm eingeweiht worden wäre.

In der Zwischenzeit senkte sich die Dunkelheit herab. Überall standen Kisten und Kartons. Einige waren mit Großbuchstaben beschriftet: WOHNZIMMER, KÜCHE, BAD, DIV. UNTERLAGEN. In einer roten Plastikkiste, in der Stine und Ole-Jakob Spielzeug aufbewahrt hatten, als sie klein gewesen waren, lag die durchsichtige Pfeffermühle, die ich von Robert und Annika zum Geburtstag bekommen hatte. Ein Ende des Schachbretts, das mit aufgestellten Figuren auf dem Glastisch im Wohnzimmer gestanden hatte und nun zusammengerollt in der Kiste lag, ragte ebenfalls hervor. Darunter lag ein Buch, auf dem Umschlag ein Gesicht, aus dem mich ein Auge anblickte, aber ich wusste nicht, um welches Buch es sich handelte und wessen Auge mich anstarrte.

Ich holte mir ein Bier, versuchte, Freude über meine Freiheit zu empfinden, über die getroffene Entscheidung, das leise Geräusch, als die Aufziehlasche an der Bierdose nachgab, über die ganzen Möglichkeiten, die mir offenstanden, all die Freuden, die auf Mona und mich warteten. Endlich ein Mensch, dessen ich mir sicher war. Dafür liebte ich sie. Gleichwohl war das Gefühl von dem Trip nach Hannover, als das Flugzeug abhob, geblieben, als ob von Beginn an ein Abstand zwischen uns bestanden hätte und es nur den leichten Druck beim Abheben brauchte, um uns auseinanderzurücken. Es musste dieses Doppelleben gewesen sein, das mich in zwei Teile gespalten hatte. Da war dieser eine Teil, der einfach nur ertrinken wollte, und der andere, der leben wollte. Würde ich jemals wieder eins sein? War ich das jemals? Zu lieben half, und trinken half, dann floss alles zu einer Ganzheit zusammen. Doch dann wachte ich aus dem Rausch auf und fiel wieder auseinander wie eine Frucht, die man in der Mitte durchschneidet.

Ich fand einen Klappstuhl, stellte ihn in die Türöffnung zwischen Küche und Wohnzimmer, nahm darauf Platz und trank ein paar ordentliche Schlucke der schäumenden, wohltuenden Flüssigkeit. Überall lagen und standen Dinge herum. Das Wohnzimmer sah aus wie eine Müllkippe. Gleichzeitig machte es mir Freude, es so zu sehen, so durcheinander, so aus der Bahn geworfen; in meiner ganzen Erschöpfung fühlte ich Erleichterung. Es war etwas eingetreten, das sich nicht rückgängig machen ließ. Endlich war etwas zu Ende gegangen. *Die Veränderung hatte stattgefunden.* Das Ergebnis lag unmittelbar vor meinen Augen. Alles war umgestürzt. Als ob ein Sinn darin läge. Als ob ich genau hierher gehörte. Dass ich wieder hier gelandet war, nachdem ich eine Zeit lang an etwas anderes geglaubt hatte, in diesem unfertigen Wirrwarr, in diesem jugendlichen Chaos. Vielleicht war dies der Tag, der allen irgendwann blüht, der Tag, vor dem sich alle so lange fürchten, dass sie ihn freudig begrüßen, wenn er endlich kommt. Was einfach nur andauert, hat etwas Unerträgliches an sich.

Ich dachte an meinen Vater. Welche Gedanken hätte er sich gemacht? Und was war mit ihm selbst gewesen, als er noch lebte? Hatte er nicht mehr Wünsche als die, die er geäußert hatte? War er wirklich so gewesen, wie seine ganze Art besagte, mit allem so im Reinen, was zu ihm gehörte, und so desinteressiert an allem, was das nicht tat? Oder lag es nur an den Konventionen, an der Vorliebe seiner Generation für das Zugeknöpfte, ihrer Verwechslung von Männlichkeit mit Schweigsamkeit, die ihn davon abgehalten hatten, mehr von sich preiszugeben? In dem Herbst, in dem er allein zurückblieb, war er viel draußen gewesen, immer dünn angezogen, als hätte er es darauf angelegt, sich etwas einzufangen, eine Lungenentzündung, die ihm den Garaus machte. Eines Tages, als ich nach der Arbeit kurz bei ihm hereinschaute, fand ich ihn in einem Schaukelstuhl auf der Terrasse. In dem Moment, in dem er mich sah, fing er an zu schaukeln und schwenkte die Arme vor und zurück. Beim Näherkommen stellte ich fest, dass er lediglich im Hemd dasaß, in einem dünnen Hemd und ohne eine Decke um sich. An einer Unterhaltung schien er nicht interessiert, während ich zu ihm sprach, hielt er den Blick auf etwas anderes geheftet. Auf das Jenseits? Er konnte fast nicht sprechen, hatte keine Lust oder schaffte es nicht, vielleicht gab es nichts mehr, was er noch zu sagen wünschte. Was er zu sagen oder zu tun hatte, lag hinter ihm. Es war seltsam, ihn so zu sehen. »Er war doch immer so aktiv!« Und es war komisch, ihn ohne Mutter zu sehen. Er machte den Eindruck von etwas Unvollständigem, Halbem. Und ich sah vor mir, wie sie auf der anderen Seite stand und an ihm zerrte, ihn drängte, ihr zu folgen.

Ich trank aus und zerknüllte die leere Dose zwischen meinen Fingern, sie spreizte sich wieder und schmiegte sich in meine Faust, es fühlte sich an, als nähme mich jemand bei der Hand. Dann packte ich die Kompaktanlage mit Radio und CD-Spieler aus, die ich im letzten Moment noch mitgenommen hatte. Ich stellte sie zuoberst auf einen Kistenstapel und genoss den Anblick, wie sie da so provisorisch stand, so nachlässig schief auf dem Pappkarton, wo sie doch vorher immer ihren festen Platz auf der Küchenfensterbank gehabt hatte, festgeklebt in einem Patt aus Olivenöl, Weinessig und Balsamico. Ich holte eine Schere und durchtrennte das Klebeband des Kartons, in dem ich glaubte die CDs eingepackt zu haben, doch darin waren sie nicht. Ich öffnete noch einen, darin waren sie auch nicht. Die Beschriftung taugte nicht viel. Ich hatte in solcher Hast gepackt, als wäre es unanständig, es ordentlich zu tun. Also klappte ich stattdessen die Antenne aus, die von einem Haken an der Rückseite der Anlage festgehalten wurde, zog sie zu voller Länge aus und schaltete das Radio ein. Während ich die Kanäle durchsuchte, warf ich einen Blick aus dem Fenster. Der Himmel draußen war dunkelblau mit einem einzigen leuchtenden Kristall in der Mitte, er sah aus wie mein Computerbildschirm in der Klinik, der einen winzigen Sprung in der Oberfläche hatte, woher, wusste ich nicht, aber der Punkt strahlte wie ein Stern.

Ich hatte Mona gebeten, zu kommen, aber sie war zum Abschiedsfest eines Kollegen aus dem Musikgeschäft eingeladen. Boris hatte ich in den letzten Tagen mehrfach angerufen, aber er hatte nicht geantwortet. Ich holte mein Handy und scrollte in der Hoffnung, jemanden zu finden, den ich anrufen konnte, auch wenn es schon spät war, durch die Liste meiner Kontakte, fand aber niemanden außer meiner ältesten Schwester. Sie war mit Vor- und Nachnamen eingetragen wie jemand, den ich nicht gut kannte. Die lange Zahlenreihe, die auf dem Display erschien, sagte mir auch nichts. In den letzten zwanzig Jahren hatte sie an verschiedenen Orten im Ausland gelebt, und zwischen unseren Gesprächen lagen lange Pausen. »Du musst ja selbst wissen, was das Beste ist«, hatte sie kommentiert, als ich ihr erzählte, was geschehen war, und erst nachdem wir aufgelegt hatten, fiel mir all das wieder ein, was ich ihr noch gern gesagt hätte, da ich sie endlich einmal an die Strippe bekommen hatte. Selbst als wir noch unter einem Dach zusammenwohnten, schienen wir uns eher aus dem Weg zu gehen, sobald es um etwas nur zwischen uns ging. Ich hatte oft überlegt und mir vorzustellen versucht, wie anders unser Verhältnis ausgesehen hätte, wenn ich der Älteste von uns gewesen wäre, und ich bildete mir ein, dass es dann für sie und für mich viel leichter gewesen wäre. Denn sie schien nie zufrieden zu sein, immer glaubte sie, sie hätte mehr verdient, als sie bekam, sie würde, gemessen an dem, was ihr als der Ältesten von uns Geschwistern ihrer Meinung nach zustand, ungerecht behandelt. Ihr unablässiges Nörgeln darüber hatte im Lauf der Zeit eine Art Geiz in mir geweckt. Je offener sie meine Bewunderung und meinen Respekt einforderte, desto weniger war ich gewillt, ihr beides zu erweisen. Von mir sollte sie jedenfalls nichts dergleichen bekommen! Am Ende machte mich schon allein der Gedanke daran krank, bei etwas, das sie erzählte oder mir zu beweisen versuchte, die Augen aufreißen oder Zeichen von Einfühlsamkeit geben zu müssen.

Als ich ihr von Eva und mir erzählte, merkte ich genau, wie sie sich beherrschte und zurückhielt, um nicht entrüstet zu wirken, um ihrem Erschrecken oder Mitgefühl bloß nicht zu stark Ausdruck zu verleihen, denn das wäre in ihren Augen gleichbedeutend mit Anerkennung für mich gewesen, damit, mir, wenn auch mit umgedrehten Vorzeichen, eine gewisse Überlegenheit zuzugestehen, weil ich in meinem Leben etwas viel Dramatischeres durchmachte, als sie je erlebt hatte und vermutlich je erleben würde.

Vielleicht in der Hoffnung, doch mit jemandem reden zu können, rief ich auf der Stelle meine jüngste Schwester an. Es dauerte eine ganze Weile, bis sie das Gespräch annahm. Ich hörte ihrer Stimme gleich an, dass ich ungelegen anrief, dass sie am liebsten in Ruhe gelassen werden wollte. Schließlich schlug sie vor – um mich loszuwerden, dachte ich –, wir sollten uns am nächsten Tag zum Essen treffen. Was gleichbedeutend damit war, dass ich sie zum Essen in ein Restaurant einlud, das sie sich normalerweise nicht leisten konnte. Ich nahm ihre »Einladung« trotzdem froh an, denn von den beiden Schwestern hatte ich zu ihr, wenn auch nicht gerade ein inniges, so aber jedenfalls ein weniger angestrengtes Verhältnis. Vielleicht weil wir so verschieden waren? Außerdem, wenn ich mich einer von beiden anvertrauen konnte, dann ihr. Sie hatte eine Reihe stürmischer Beziehungen hinter sich, die alle katastrophal geendet hatten. Sie hatte Männer verschlissen, beziehungsweise die Männer hatten sie der Reihe nach verlassen. »Sie wechselt ihre Partner wie andere die Blusen!« Meine älteste Schwester war ihr gegenüber immer verbittert gewesen, weil ihr mit ihren Worten »immer alles so leicht zuflog«, sie habe »nie einen Finger krumm machen müssen«, ihr sei »alles in den Schoß gefallen«. Erst in jüngerer Zeit hatte ihre eigene Karriere (die Diplomatenlaufbahn hatte sie kreuz und quer durch die Welt geführt) meine älteste Schwester auch im Hinblick auf das ausschweifende Leben unserer kleinen Schwester milder gestimmt. Selbst abgesichert bis ins Letzte, konnte sie es sich nun erlauben, im Urteil über die Lebensführung anderer, die das nicht waren, ein wenig nachsichtiger zu sein. Abgesehen davon, dass es ihr generell gut anstehen würde, sich etwas zu mäßigen, stimmte es einfach nicht, was meine älteste Schwester über Rachel sagte, dass ihr immer alles in den Schoß gefallen sei und sie sich für nichts habe anstrengen müssen. Von dem wenigen, das ich wusste, hatte ich den Eindruck, dass es sich genau umgekehrt verhielt, dass Rachel sich abrackerte und schuftete und dafür doch nur einen kleinen, vorübergehenden Gewinn verbuchen konnte. Ihre Bücher verkauften sich auch nicht, zumindest nicht so, dass es der Rede wert gewesen wäre. Und doch machte sie weiter, veröffentlichte alle zwei bis drei Jahre ein neues Buch. Einmal fragte ich sie, wie sie es verantworten könne, eine Ware zu produzieren, die keiner haben wolle. Da verdrehte sie bloß die Augen und zitierte einen französischen Dichter, der dazu etwas Passendes von sich gegeben hatte.

Und genauso sicher, wie sie weiterhin Bücher schrieb, würde ich jedes Mal ein Exemplar im Briefkasten finden, wenn wieder eines frisch aus der Druckerei kam, mit der ewig gleichen Widmung: *Für Karl von Rachel*. Nie mehr, kein Gruß, kein kluger Spruch, nur für – von, schlicht und einfach wie auf einem Adressaufkleber. Wenn ein Buch eintraf, blätterte ich immer ein wenig darin, betrachtete das Foto der Autorin, um zu sehen, ob sie sich seit dem letzten Mal sehr verändert hatte, las die Zitate aus verschiedenen Kritiken in der Titelei. Danach pflegte ich das Buch ins Regal zu stellen und zu vergessen, bis ich eines Tages wieder darauf stieß; dann setzte ich mich meist hin und las es in einem Schwung von der ersten bis zur letzten Seite, am liebsten an einem Tag, wenn ich die Zeit erübrigen konnte. Die meisten ihrer Romane handelten von Ehepaaren, es waren Geschichten von unglücklichen Frauen und ihren Männern, die fast immer schrecklich endeten. Ich wunderte mich, wie sie, unverheiratet und gänzlich unerfahren, was langjährige Beziehungen anging, so eingehend und durchaus überzeugend und wahrheitsgemäß, wie ich oft festgestellt hatte, von etwas schreiben konnte, das sie nie selbst erlebt hatte. Einmal versuchte sie mir, ohne dass ich es wirklich nachvollziehen konnte, zu erklären, dass man oft am besten über das schreibt, wovon man am wenigsten versteht.

Dass sie nie verheiratet war, stimmt im Übrigen nicht ganz. Es hatte ja die Ehe mit Boris gegeben, auch wenn sie nicht mehr als eine der Bürokratie Genüge tuende Formalität gewesen war. Die beiden hatten sich im PEN-Club kennengelernt, dem sie beide angehörten, und ohne lange Für und Wider abzuwägen, hatte sich Rachel zu einer Eheschließung bereit erklärt, damit sein Antrag auf Einbürgerung zügiger behandelt würde. Eva und ich hatten Trauzeugen gespielt, nach der Zeremonie waren wir zusammen essen gegangen, und dabei hatte der slowakische Science-Fiction-Autor Seiten an den Tag gelegt, die mich ansprachen und überraschten, weil ich in Anbetracht der Umstände nicht mit mehr als ein wenig oberflächlicher Konversation gerechnet hatte. Er war einer von den Typen, die über alles ein wenig Bescheid wissen, aber nicht belehrend sind. Außerdem stellte sich heraus, dass wir über etliche Dinge gleiche Ansichten hegten, und als Rachel und Eva zu erkennen gaben, dass der Abend, was sie anging, zu Ende war, blieben er und ich bis in die Nacht hinein sitzen, bis wir aufbrachen und uns, ich denke, so sahen wir das beide, als Freunde trennten. Einige Tage später rief er an und lud mich ein, ihn zu einem Vortrag zu begleiten, den er gern hören wollte; danach brauchten wir keinen Vorwand mehr. Wenn wir uns manchmal auch längere Zeit nicht sahen, war es immer, als würden wir unser Gespräch genau da fortsetzen, wo wir es beim letzten Mal unterbrochen hatten. Außerdem empfand ich die Möglichkeit, mich mit jemandem zu unterhalten, von dem ich mit Sicherheit wusste, dass er niemals auf persönliche Dinge zu sprechen kam, mit dem ich abgesehen von unserem Privatleben über alles zwischen Himmel und Erde diskutieren konnte, als etwas zutiefst Zufriedenstellendes. Im Lauf der Zeit betrachtete ich ihn infolgedessen als den Freund, der mir lange gefehlt hatte und mit dem ich innerhalb gewisser Grenzen grenzenlos über alles reden konnte.

Er hielt mich über neue Literatur auf dem Laufenden, kam ständig mit irgendwelchen Büchern, die ich lesen sollte, und konnte es kaum abwarten, bis ich sie gelesen hatte, damit wir über sie diskutieren konnten. Ich fühlte mich wie auf einem zweiten Bildungsweg. Rachel, die, nachdem die Scheidung ausgesprochen war, kaum Kontakt zu Boris hatte, bemerkte einmal mit verdächtig eifersüchtig klingender Stimme, wir hätten ja mächtig viel Spaß miteinander.

»Ich bilde mich weiter«, antwortete ich ihr. »Ich besuche sein Seminar über hochklassige Literatur.«

»Hochklassig«, schnaubte sie, aber ich merkte, ihr gefiel es irgendwie auch, dass wir uns so gut verstanden, da war so etwas wie Stolz in beide Richtungen, zum einen über meine vorbehaltlose Anerkennung eines ihrer Bekannten und zum anderen darauf, dass jemand aus ihrem Bekanntenkreis einen würdigen Gesprächspartner in ihrem Bruder gefunden hatte. Dann alberten wir herum, ich sei der Grund für ihre Scheidung, Boris habe sie verlassen, um seine Liebe zu mir auszuleben.

In einem ihrer Romane meinte ich Züge von Eva und mir erkannt zu haben, doch hatte ich mich nie getraut, sie danach zu fragen, ob sie wirklich uns als Vorbilder benutzt hatte, und ich kam nie zu einer eindeutigen Einschätzung, ob wir uns missbraucht oder geehrt fühlen sollten. Und dann deprimierte es mich jedes Mal ein wenig, wenn ich ein neues Buch von ihr in Händen hielt, weil ich nie mehr als das eine Kinderbuch zuwege gebracht hatte, das ich mir viele Jahre lang als nicht mehr als einen zarten Anfang zu betrachten gestattete.

Die Hauptperson eines ihrer Bücher war ein Zahnarzt. Rachel benutzte mich als Quelle, sie kam sogar in die Klinik und blieb einen ganzen Tag lang, um Einzelheiten aus nächster Nähe zu studieren, wie man saß, was man sagte, wenn man Patienten in den Mund schaute, welche Instrumente man wozu verwendete, die Bezeichnungen sämtlicher Hilfsmittel. Ich unterstützte sie, so gut ich konnte, las auch einige Abschnitte des Manuskripts durch, bevor sie es an den Verlag schickte, es war ihr sicher wichtig, dass alles stimmte. Das tat ich gern, es war für uns ein Weg, einander näherzukommen. Wir hatten plötzlich ein gemeinsames Anliegen. Auf einmal war es kein Problem mehr, miteinander zu reden. Alles, was ich ihr sagen konnte, war in dem halben Jahr, das die Recherche in Anspruch nahm, von Interesse, während ich mich von ihrem blinden Zutrauen geschmeichelt fühlte. Da hatte jemand einen anderen Nutzen von meinem Können, als sich einen Weisheitszahn ziehen zu lassen. Vielleicht, überlegte ich, hat sie sich gerade deshalb einen Zahnarzt als Helden ausgesucht, um einen Vorwand zu haben, sich mir zu nähern, mir eine Hand zu reichen. Sie konnte mich mitten in der Nacht anrufen, weil sie gerade »richtig drin« steckte und unbedingt den Namen eines speziellen Instruments brauchte. Und ich rieb mir den Schlaf aus den Augen und antwortete bereitwillig, das Gespräch kam von allein in Gang. Später dachte ich, in diesen Wochen und Monaten haben wir einen Mangel ausgebügelt, etwas nachgeholt, was wir früher versäumt hatten. Für einige wertvolle Monate unseres Erwachsenenlebens waren wir wieder Bruder und Schwester.

Als ich das fertige Buch las, bekam ich ein merkwürdiges Gefühl; nicht nur, weil ich so vieles wiedererkannte oder einige Abschnitte schon vorher gelesen hatte, sondern auch aufgrund des speziellen Verhältnisses, das, so empfand ich es, zwischen mir und dem im Buch dargestellten Mann bestand. Denn ganz wurde ich das Gefühl nie los, dass er ich war. Die Wohnungseinrichtung war erkennbar meine. Während ihres Besuchs hatte Rachel auch ein paar persönliche Eigenheiten aufgeschnappt, außerdem tauchten einige Details auf, in die ich sie eingeweiht hatte, sorgsam nach meinen Erklärungen geschildert. Sämtliche Namen und Bezeichnungen, die die Hauptperson umgaben, waren meine. Da standen sie, über die bedruckten Seiten verteilt, Sonden, Küretten, Hebel, Matrizenband, Kanülen, Karpulenspritze – meine Freunde und Vertrauten, die ich jeden Tag um mich hatte. Ich wusste nicht, ob es an den Begrifflichkeiten und den eingehenden Detailschilderungen lag, doch anders als ihre übrigen Bücher bescherte dieses mir andauernd Erlebnisse von »Das könnte ich selbst gedacht haben« und »Das hört sich an wie aus meinem Mund«. Kleine Berührungspunkte, in denen ich für einige flüchtige Momente eins war mit der Erzählung.

Und ich dachte: Vielleicht bin ich in den Augen von anderen so. Vielleicht sehen sie mich auf die gleiche Weise, wie ich die Figur in dem Buch jetzt sehe. Es war schon komisch, sich mit einem anderen Mann identifizieren zu können, der mir einerseits so ähnlich war und andererseits doch so anders, so grundverschieden und gleichzeitig so unmittelbar nah. Das war ich, und das war ich nicht. Obgleich er, die Hauptperson des Buchs, nicht gerade positive Eigenschaften an den Tag legte, weder als Zahnarzt noch als Mitbürger, ja als Mensch. Auf einige Episoden in der Klinik, in denen sich meine Schwester munter in unschönen Details erging, hätte ich auch verzichten können. Sie benutzte sogar ein paar der Anekdoten, die ich ihr anvertraut hatte, und zwar ziemlich unverhüllt so, wie sie sich zugetragen hatten. Ich fand, die hätte sie ruhig ein bisschen besser tarnen können. Andererseits war es wohl eher unwahrscheinlich, dass die Patienten, von denen sie handelten, irgendwann ausgerechnet dieses Buch lesen würden.

DER BALKON

Es war an einem Sommerabend. Wir saßen auf Monas Balkon, ich in einem durchgeschwitzten Hemd, das mir lose um den Leib hing, sie mit nackten Füßen auf dem kühlen Beton, die Autos surrten, die Insekten surrten, und wir hatten lange kein Wort gesagt, ich hatte gerade »Stärke« an ihre »Riesen« angelegt, das war an der Grenze des Zulässigen, das wusste ich wohl, sagte aber nichts und schrieb mir mit demonstrativer Zufriedenheit die Punkte dafür gut; mein großzügiges Auslegen der Regeln ärgerte sie, und sie klopfte mit einem Spielstein gegen einen Zahn, es gab ein klickendes Geräusch, und im Normalfall hätte ich sie gebeten, damit aufzuhören, hielt es aber für ratsamer, in der gegenwärtigen Situation nichts dazu zu sagen. Sie klopfte fester und fester gegen den Zahn. Tick. Tick. Tick. Dann legte sie den Buchstaben weg. Und da kam es, ohne jeden Zusammenhang mit dem, worüber wir zuvor geredet hatten: Ich hätte ja damals mächtig Werbung für diese Hannoverreise gemacht.

Das traf mich. *Werbung* ... Was für einen Ausdruck benutzte sie da? Egal, wie ungeschickt ich mich auch ausgedrückt haben mochte, *das* war es jedenfalls nicht, was ich gewollt hatte. Und sie ebenso wenig. Wir hatten doch beide so lange auf eine solche Gelegenheit gewartet, danach hatten wir uns gesehnt, nach dem, was eines Tages, das wussten wir beide, nach Wochen und Monaten keuschen Hinausschiebens die Belohnung für unsere große Geduld sein würde. Oh, was für eine schöne Zeit wir zusammen hatten, als wir noch abwarteten, als noch nichts passiert war! Dieser schöne Beginn, dieser wunderbare Auftakt zu allem, was da noch vor uns lag, unberührt, lockend, geheimnisvoll, und wir umkreisten uns, streiften und berührten einander flüchtig, ängstlich und voller froher Erwartungen auf das, was noch kommen sollte. Wie also konnte sie das sagen? Trotz aller Erinnerungen, die damit verbunden waren. Wozu von allen möglichen dieses grausame Wort, diese bittere Pille, die sie mir verabreichte und die das Ganze so hinstellte, als hätte ich alles mit Kalkül arrangiert, mit List und Tücke eingefädelt, nur zu meinem eigenen Vorteil? Hatte sie es so aufgefasst? Als einen Plan, den ich verfolgte? Als ein betrügerisches Spiel, mit dem ich sie auf die Leimrute locken wollte?

Was für einen *Köder* hatte ich denn dann ausgelegt, als ich später den Rest ihres Studiendarlehns bezahlte?

Welchen *heimtückischen Plan* verfolgte ich, als ich mir eine Wohnung in der Nähe der ihren suchte?

Welche *durchtriebene Taktik* wandte der Zyniker an, als er sich entschloss, Frau und Kinder zu verlassen?

Ich wusste wirklich nicht, was ich dazu sagen sollte. Der Ausdruck verhöhnte alles, was wir durchgemacht hatten. Er stellte alles in ein neues Licht. Es war gemein, wie er ihr einfach so entschlüpft war. Aber es sah nicht danach aus, als würde sie eine Antwort erwarten. Es war ihr lediglich ein *faux pas* unterlaufen, mehr nicht. Mit einem Schmollgesicht ließ sie ihre Buchstaben aufs Brett purzeln, schob den Stuhl zurück und legte ihre Füße auf den Rand des Blumenkastens, der über die Balkonbrüstung hing, voll welker, grauer Pflanzen.

Ich blickte auf das Spielbrett vor mir. Mit seinen bunt karierten Feldern sah es aus wie ein Orientteppich. Es gefiel mir nicht, stellte ich fest, ich mochte die Farben nicht, nicht die Art, wie sich die Felder kreuzten, den Anschein von Zufall, die banalen Kreuzformen, die doppelten und dreifachen Buchstabenwert anzeigten. Und trotzdem sah ich gegen meinen Willen, ausgehend von den Wörtern, die bereits da lagen, eine Unzahl möglicher Buchstabenkombinationen: PFANNE, DONNER, PUDER, LAUS, GRÖLEN, schrie es in mir auf. TANDEM, WESEN, KÜSSEN, SCHENKEL, KUH ... Die Möglichkeiten, die Buchstaben zusammenzusetzen waren plötzlich unbegrenzt (ich erinnerte mich, wie peinlich berührt ich gewesen war, als einmal das Wort FICKKÖNIG zustande gekommen war, Mona ebenso, beide waren wir von Verlegenheit überrumpelt, ich war bestimmt auch rot angelaufen, während ich die Punkte zusammenzählte).

Diejenigen ihrer Freundinnen, denen ich vorgestellt wurde, hatten offenbar die Absicht, mich so lange wie möglich schmoren zu lassen, bevor sie mich halbwegs akzeptierten, sie schienen verunsichert, als wüssten sie nicht recht, aus wessen Perspektive sie mich beurteilen sollten, aus der der Frau, die ich erobert hatte, oder jener, die ich verlassen hatte. Ja, ich konnte das Gefühl nicht loswerden, dass sie ihre Sympathie zurückhielten aus einem Akt abscheulicher schwesterlicher Solidarität mit Eva, die sie gar nicht kannten, über die sie aber natürlich alles wussten und deren Partei sie in ihrer weiblichen Zusammenrottung ergriffen, in ihrer gemeinsamen Verurteilung des Mannes, der seine Familie in die Wüste geschickt hatte, um mit der Nächstbesten ins Bett zu hüpfen. Und ich hatte obendrein den Eindruck, Mona schloss sich selbst dieser Gemeinschaft an, sie teilte letztlich deren Verachtung meines Tuns, im tiefsten Innern stimmte sie mit ihnen überein und – in manchen Momenten war ich mir dessen vollkommen sicher – *im Innersten war auch sie der Überzeugung, ich hätte sie verlassen und bei meiner Familie bleiben sollen*. Ich konnte sie alle nicht leiden. Keine von ihnen. Und ich mochte auch Mona nicht, wenn sie mit ihnen zusammensteckte, ich mochte nicht, wie anders sie dann war. Als ob sie mir, wenn sie mit mir zusammen war und nicht mit denen, nur etwas vorspielte und nur in der Gegenwart ihrer Freundinnen mutig genug war, diese Maske abzulegen. Ich konnte nicht aufhören, zu denken, die Mona im Beisein ihrer Freundinnen sei die eigentliche Mona, nicht die reife, überlegte Mona, die sie bei mir war, sondern die lebhafte, stets zum Lachen aufgelegte Mona im Kreis ihrer Freundinnen. Die freie, ungehemmte Mona, die Mona in ihrem Element, die alberne Mona, die Unsinn machende Mona, die kichernde Mona … Ihre männlichen Freunde schienen vor allem erstaunt, dass ich so einfach – *so einfach?* – alles andere aufgegeben hatte. Ich dachte: Warum beneidet mich keiner? Warum guckt keiner neidisch zu mir herüber? Warum macht keiner Stielaugen, wenn ich mit der schönen Mona auf der Straße an ihm vorübergehe?

Jetzt saß sie da, die Beine übereinandergelegt, und glotzte in den hellen Sommerabend. Sie wedelte mit den Händen vor dem Gesicht, fuhr sich mit den Fingern durch die Haare, kratzte sich am Bauch. Bewegungen, die sie nichts kosteten. Schlappe, nachlässige Bewegungen. Ganz so, wie sie sich wohl benahm, wenn sie allein war. Aber *ich* war doch da! Warum spielte sie von allen Rollen, die sie einnehmen konnte, jetzt gerade die? Von all ihren Möglichkeiten ausgerechnet diese schlappe, die mit dem geringsten Aufwand? Als käme es nicht mehr drauf an. Als wäre ich gar nicht da, als gäbe es niemanden, der sie so sah, als bräuchte sie sich nicht länger zu verstellen. Das strahlte ihr Profil aus. Sie war wie von einer Art abstoßender Haut umhüllt, eingeschlossen in einen wasserdichten Kokon, goldfarben im nach oben gerichteten Schein der Straßenlaternen. Waren die siebzehn Jahre Abstand zwischen uns doch das, was ich nicht hatte wahrhaben wollen: ein Abgrund? Eine Fliege landete auf ihrem Oberschenkel, sie krabbelte ein paar Schritte, flog dann weiter, im selben Moment gab ein schweres Motorrad unten auf der Straße Gas und donnerte davon, und für einen Augenblick glaubte ich, der Lärm käme von der Fliege und ließe den ganzen Balkon erzittern.

Ich schaute auf das seltsame Wort in der zweifelhaften Kombination mitten auf dem Spielbrett, und ich stellte überrascht fest, dass es sich auf mindestens dreifache Weise verstehen ließ, als »gewaltige Kraft«, als die »Stärke eines Riesen« und als »Riesenkräfte«, mit denen man kämpfen und sich schlagen konnte. Das erinnerte mich an einen grünen Troll mit einer Keule aus einem von Ole-Jakobs Computerspielen, den man mittels einer kleinen Flamme ausschalten sollte, ohne von seiner Keule eins auf den Kopf zu bekommen. Ich spürte einen Anflug von Verzweiflung, als ich daran dachte. Was es einmal alles für Möglichkeiten gegeben hatte, die nun nicht länger bestanden. Als ob alles zu spät wäre. Die Schlacht war verloren. Alle, die den Troll aus dem Weg räumen konnten, waren tot, und nun flog das Monster durch die Gegend und schlug alle, die ihm im Weg standen, mit seiner Keule nieder.

Was sollten wir tun? Wir konnten nirgends anders hin. Es gab nichts anderes, das auf uns wartete, wenn wir von dem hier genug haben sollten. Wir hatten kein Projekt, wenn wir dieses nicht weiter verfolgten. Wir hatten nur das. Wir hatten nur diesen Balkon, dieses Zimmer, dieses Treppenhaus, dieses versteckte Stück Straße, diese verdammte Beziehung, in die wir uns manövriert hatten, das Knutschen und Ficken, das so kurzlebig aufflammte. Der Drecksack und die alte Fotze. Ich betrachtete sie. Sie hatte nichts Anziehendes an sich, wie sie jetzt da saß, die Beine hochgelegt und mit einem Gesichtsausdruck, als gehe die Welt sie nichts an. Gleichzeitig wusste ich, wie wenig es bedurfte, ein Blick, ein Lächeln, eine Körperdrehung, eine Handbewegung, ein winziges Aufschimmern ihrer Scham, wenn wir uns im Bad zurecht machten. Oder im Hotelzimmer in Hannover: Ich war losgezogen, um Erdnüsse und eine Flasche Wein zu besorgen, und als ich zurückkam, saß Mona wartend auf einem Sessel, nackt, die Beine über die Seitenlehnen gespreizt, je zwei Finger rechts und links neben ihrer Vulva zogen die Schamlippen ein wenig auseinander wie einen Mund – und wie schnell legte sie all das wieder ab, wie ein Kleid, das sie manchmal überzog und manchmal abstreifte. Ich rief mir ihr Verhalten vor Augen, wenn wir miteinander schliefen, und mir wurde bei der Vorstellung ganz anders. Ihr Stöhnen. Ihre versauten Ausdrücke. Die Grimassen, die sie dabei zog. Der irre Blick, als ob sie am liebsten sterben würde.

Warum stand ich nicht einfach auf und ging? Warum machte ich ihr nicht das *Sonderangebot*, sie von meiner Gegenwart zu befreien? Warum *vermarktete* ich nicht die Vorstellung eines vorzeitig endenden Abends? Warum *lancierte* ich nicht den Gedanken an meinen Aufbruch für heute, für immer? Warum zeigte ich ihr nicht die kalte Schulter, knallte die Tür hinter mir zu und vergaß sie, vergaß, dass es sie gab, dass sie jemals existiert hatte, dass sie einmal auf dem Fahrrad den Schlosshügel hinabgesegelt gekommen war, nur den Sommer als hauchdünnes Kleidchen an? Und wieder einmal tauchte der alte Gedanke in mir auf, der uralte Traum, der unmögliche Traum: Alles loslassen, weggehen, ein anderer werden, alles hinter sich zurücklassen, noch einmal ganz von vorn anfangen, unbelastet, ohne eine einzige Verbindung zu dem, was einmal war. Nicht spurlos verschwinden, aber spurlos auftauchen. Die Vorstellung hatte mich oft erschreckt, noch öfter aber gelockt und getröstet: Ich sah es leibhaftig vor mir, wie frei und unbekümmert ich an einem anderen Ort gelebt hätte, wie ungezwungen und fließend ich mich in einer anderen Sprache ausgedrückt hätte, wie kreativ und innovativ ich mich in der anderen beruflichen Position entfaltet hätte, wie natürlich ich mit meinen anderen Kollegen umgegangen wäre, wie sinnlich und rücksichtsvoll mein Zusammenleben mit der anderen Frau gewesen wäre, wie ich genau die richtige Mischung aus notwendiger Strenge und Gerechtigkeit, aus Ermunterung, Inspiration und Respekt gegenüber den anderen Kindern hinbekommen hätte.

Aber so dachten, laut Mona, nur Männer.

Sie stellte gerade die Beine auf den Boden, lehnte sich vor und legte die Arme gekreuzt auf die Brüstung, betrachtete das sommerliche Treiben auf der Straße unten.

Ich stand auf, zog das klebende Hemd vom Rücken ab und wedelte damit, um es zu lüften. Ein süßlicher Geruch von angebranntem Fleisch stieg zu uns herauf. Ich ging zur weit offen stehenden Balkontür. Das Zimmer lag im Dunkeln. Es war kein Licht eingeschaltet. Doch von der Straße fiel durch die großen Fenster ein Lichtschimmer hinein. Die Gegenstände, halb von der Dunkelheit verschluckt, waren entweder schwarz oder gelb. Es roch nach Haarshampoo, ich drehte mich um und schnupperte, der Duft kam von ihr, ich erkannte ihn wieder, aus Hannover, wo ich mein Gesicht zum allerersten Mal in ihrem Haar vergraben hatte. Wenn sie mich jetzt nicht liebt, dachte ich, dann werde ich von niemandem geliebt.

Es war warm, ich schwitzte wieder. Ihr Telefon klingelte, es hörte sich an wie ein quakender Frosch. Im nächsten Moment hatte sie es in der Hand, und ich meinte, ein Lächeln, einen Hauch von Fröhlichkeit über ihre Lippen huschen zu sehen. Ich sah auf die Uhr. Es war spät. Nach der Munterkeit zu urteilen, die sie an den Tag legte, unterhielt sie sich über nichts, das über das Übliche hinausgegangen wäre. Ich hörte hin und meinte, eine Männerstimme zu erkennen. Aber ich war nicht sicher, und ihren kurzen Antworten konnte ich auch nicht entnehmen, wer am anderen Ende war. Und nicht ein einziges Mal blickte sie in meine Richtung.

Nach so vielem hatte ich nicht gefragt. Ihre Wohnung war noch voll davon, von ihren Dingen und meinen Fragen, ungeklärte, ungestellte Fragen, Gegenstände, die sie nicht der Mühe wert erachtet hatte, wegzuräumen. Ein paar der Fotos in Wechselrahmen in der Küche, Aufnahmen von ihr und Männern, die mir unbekannt waren, Männern, von denen sie mir nichts erzählt hatte, und ich war mir zu fein gewesen, mich nach ihnen zu erkundigen.

Seit meinem Umzug hatte ich mich kaum in meiner eigenen Wohnung aufgehalten. Die nackten Wände schreckten mich, aber ich hatte es auch noch nicht über mich gebracht, Bilder aufzuhängen. Es fühlte sich an, als gehörte die Wohnung noch immer den Vormietern, als gehörte ich dort gar nicht hin, als würde ich eine Ordnung durcheinanderbringen, wenn ich meine Dinge aufstellte. Im Wohnzimmer standen nach wie vor ungeöffnete Umzugskisten.

Sie telefonierte noch immer. Größtenteils bestritt ihr Gesprächspartner die Unterhaltung, sie signalisierte lediglich ihre Anwesenheit durch eingestreute Ach und Ja. Ich fühlte mich zunehmend unwohl beim Zuhören, unwohl bei dem Gedanken daran, wo ich mich befand, welcher Situation ich mich aussetzte. Dass ich mit ihr zusammen auf diesem Balkon war, ohne etwas ändern zu können, ohne ehrlich zu ihr sein zu können. Im Übrigen auch ohne den Wunsch, es zu sein. Und nun schien das Wort Balkon selbst etwas Gezwungenes auszudrücken, etwas Eingeschlossenes, etwas Unfreies, einen beschönigten Hausarrest, einen wasserdichten Kokon. Ich bekam einen Kloß im Hals. Der raue Beton, die grauen Pflanzen, als sollte ich all das schlucken, als könnte ich nicht aufhören, alles zu verschlucken, was ich sah. Den Tisch mit dem Scrabble-Spiel, die Klappstühle, den zusammenfaltbaren Wäscheständer, die Tassen, die Gläser, den Besen, der da stand, ihre Sandalen, die sie abgeschüttelt hatte, ich schluckte und schluckte, das Handy, den Abendhimmel, die Schornsteine, die Antennen, die Geräusche von der Straße, alles, das schmutzige Gesims unter der Dachrinne, den Kopf eines römischen Legionärs mit Helm (den Eva sofort genauestens datiert hätte), ich schluckte und schluckte, eine Sirene in weiter Ferne, ein Geräusch, das normalerweise Schlimmes ankündigte, das jetzt aber lediglich ein Verlangen weckte, ein Verlangen danach, in gute Hände zu kommen, auf eine Bahre gelegt, festgeschnallt und abtransportiert zu werden. Ich sah Mona an und dachte: Was interessiert dich eigentlich? Habe ich jemals gesehen, dass du dich in eine Sache wirklich vertiefst? Habe ich dich jemals wegen einer Sache loslaufen gesehen? *Habe ich dich überhaupt jemals rennen gesehen?* Habe ich je gesehen, dass du etwas über den Haufen geworfen hättest, eine Verabredung oder eine Verpflichtung, weil du unbedingt etwas anderes tun wolltest? Hast du je versucht, mich von etwas zu überzeugen? Deine ganze Kraft aufgewandt, um etwas in Ordnung zu bringen? Ich dachte an Eva. Wo war sie an diesem Abend, was tat sie? Mit wem sprach sie? Woran dachte sie? Ich stellte mir vor, wie sie alle drei, sie, Stine und Ole-Jakob, in ihrer kleinen Welt ebenfalls um ein Spiel saßen. Die drei dort, mit sich im Reinen, in der gelben Wärme des gemütlichen Hauses. Ich hier, allein auf diesem Betonklotz mit der Königin der Unerschütterlichkeit, die sich ein kleines Gerät ans Ohr hielt und sonst nichts weiter von der Welt wollte. Als ob nichts sie etwas anginge, nichts sie länger als für ein paar Stunden oder ein paar Tage interessierte. Als ob ihre Vorstellung von Liebe darin bestand, geliebt zu werden, aber nicht zu lieben. Sie war ein Kind, das sah ich jetzt, ein großes Kind, das aktiviert werden wollte und nicht genügend Grips im Kopf hatte, um aus eigener Initiative etwas zu unternehmen, das plump und vulgär herumsaß und darauf wartete, dass ihm jemand ein neues Spielzeug in den Schoß legte, und das fünf Minuten später schon wieder ein neues Spielzeug brauchte. Sie war wie eine Prinzessin, die bedient werden wollte. Ein schmollendes Weibchen. Ein egozentrisches Kind.

Hätte ich das alles vielleicht schon damals erkennen sollen, als ich ihr von der Konferenz in Hannover erzählte? Hätte ich es vielleicht an der Art, wie sie meine indiskreten Hinweise aufnahm, merken müssen, an der kühl distanzierten Haltung, die sie einnahm? Hätte ich da schon alles erkennen und meine Einladung zurücknehmen, das Ganze abblasen, die Reise canceln sollen, um stattdessen zu Hause bei Eva, Stine und Ole-Jakob zu bleiben, meine Ehe zu retten, das Leben, sie alle vor dem, was danach kam, den Zug wieder aufs rechte Gleis zu setzen, bevor Eva Wind davon bekam, was sich anbahnte?

Oder war sie damals nicht kühl gewesen? War das erst später über sie gekommen, diese Unterkühltheit, die sie jetzt, auf ihrer armierten Betonwolke schwebend, mit rückwirkender Kraft um sich verbreitete? Sodass die Leidenschaft, die auch sie damals empfunden hatte, jetzt nachträglich zu etwas umgedeutet wurde, das sie gar nicht gewollt hatte, zu etwas, zu dem ich sie mit meinem eiskalten Kalkül lediglich überredet hatte? Aber das war egal. Es spielte keine Rolle, ob es schon so gewesen war oder sich dahin entwickelt hatte. Es machte nichts besser oder schlechter, es änderte nichts, es veränderte den shampooduftenden Muffel nicht, der sich dort mit einem Unbekannten unterhielt, es glich nicht das gemeine Wort aus, das in einem Moment alles in den Schmutz getreten hatte.

Ratlos, was ich tun sollte, blieb ich im Halbdunkel des Zimmers stehen, während ich ihr zuhörte, ihr und ihrem schamlosen Telefonat, mit einem Kloß im Hals, wie ich ihn nur aus Kindertagen kannte, wenn ich bei Spielkameraden zu Hause war und mich plötzlich das Gefühl überfiel, sämtlichen Tätigkeiten der Familie im Weg zu stehen, dem reibungslosen Ablauf von allem, was eingespielt war und erledigt werden musste, und von dem mein Freund ein Teil war, ich aber nicht. Um mich zu beschäftigen, zog ich ein Buch aus dem Regal, eins, das ich selbst besaß, aber noch nicht gelesen hatte. Auf die Titelseite hatte jemand mit Kugelschreiber geschrieben: *Für mein Schmusekätzchen. Love,*

Martin. Unter der Widmung die nicht sehr sorgfältige Zeichnung einer Katze mit etwas, das wohl Monas Gesicht darstellen sollte. Ich schaute zum Balkon. Mona saß mit gespreizten Beinen da und fuhr sich mit der freien Hand durch die Haare. Gerade lachte sie laut. Etwas muss zu Bruch gehen, dachte ich. Auch das. Auch das muss kaputtgehen. Und auf einmal war es keine Frage mehr, ich wusste, was ich wollte, ich wusste, was das einzig Richtige war.

Sobald mein Entschluss feststand, konnte ich es nicht mehr erwarten, wegzukommen. Ich sagte Mona kein Wort, stellte bloß in aller Ruhe das Buch an seinen Platz im Regal, nahm meine Jacke und ging, noch bevor sie ihr Gespräch mit demjenigen, den ich immer noch nicht kannte, beendete. Unten auf der Straße blieb ich stehen und warf einen Blick hinauf zum Balkon. Der Lärm einer vorbeigehenden Gang Jugendlicher schnitt mir ins Ohr. Einer von ihnen rempelte mich an, aber nicht einmal das brachte mich dazu, den Blick abzuwenden, ich konnte ihre eine Hand sehen, bildete ich mir ein, sie lag auf dem Geländer und sah ein bisschen wie ein Flügel aus.

Ich winkte einem Taxi. Ehe ich michs versah, hatte ich dem Fahrer die alte Adresse angegeben, die mir noch immer so locker auf der Zunge lag und so rhythmisch und wohlmoduliert über die Lippen kam wie das Natürlichste auf der Welt. Das Taxi fuhr mich durch die glitzernde Stadt wie in einem Traum. Mehrmals stampfte ich mit dem Fuß auf die Gummimatte auf dem Fahrzeugboden, spürte im Körper die wohlbekannten Kurven und lehnte mich bald zu dieser, bald zu jener Seite, die Streckenabschnitte, auf denen man Gas gab, die, wo man bremste, die Reifengeräusche, Asphalt, Schotter, wieder Asphalt, dann wieder Schotter. Ich bezahlte, stieg aus, schlug in der Hoffnung, gehört zu werden, die Wagentür laut zu, blieb mit der Jacke in der Hand stehen und betrachtete die gewohnte Umgebung, während das Geräusch des wegfahrenden Taxis verklang.

Ein asphaltierter Weg mit brüderlich auf beiden Seiten verteilten Straßenlaternen zog sich hinauf zu menschenleeren Wäldern, den Hang hinauf standen in Clustern etagenweise übereinander Einfamilienhäuser, und von diesem Punkt, an dem ich früher so oft gestanden hatte, sah ich nun zum ersten Mal, dass jedes Haus vor einem Stück Wald stand, wie in einem Rahmen. Ohne diesen Hintergrund, dachte ich, würden die Häuser irgendwie verloren und verlassen aussehen, es fehlte ihnen etwas, sie würden in der Luft hängen. Der Hang, das sah ich jetzt, war genau das, was dem Wohngebiet seinen eigenen einheitlichen Charakter verlieh, den ich gleich so gemocht hatte, etwas Gemeinsames, wenn schon nicht zwischen den Menschen, dann doch unter den Häusern.

Das unsere hob sich nicht sonderlich von den anderen ab. Das Spalier, das ich auf Evas Zureden hin gebaut hatte, stand noch, aber nicht mehr von fleißigen Händen gepflegt, vielmehr war es von einem Flechtwerk trockener, blattloser Ranken so dicht überzogen, dass es aussah, als hielten sie das Spalier und nicht umgekehrt. Durch das Fenster sah ich Ole-Jakob vor dem weit geöffneten Kühlschrank. Hatte er die Haare gefärbt? Nein, es war wohl nur das Licht. Ungekämmt wie üblich. Aber die unordentlichen Zotteln waren ein Stück länger, ein gutes Stück länger, stellte ich fest. Sie konnten seit meinem Auszug keine Schere mehr gesehen haben. »Lass die Tür nicht so lange auf«, wollte ich schon sagen, merkte dann aber, dass ich draußen stand und Ole-Jakob, wenn er einen Blick aus dem Fenster geworfen und mich entdeckt hätte, sicher vor Schreck aufgeschrien hätte.

Ich ging zur Haustür. Ich schwitzte, das Hemd löste sich an einer Stelle vom Körper und klebte dafür an einer anderen fest, im Westen wuchs über dem Höhenzug eine gewaltige schwarze Blume. Ich musste suchen, um den Klingelknopf zu finden. Der Ton der Klingel in der Tiefe des Hauses klang unangenehm. Ich wusste nicht, auf wen ich als Türöffner hoffte. Es dauerte lange; es war schon spät, sicher wunderten sie sich, wer das noch sein könnte, vielleicht hatten sie Angst und kamen gar nicht an die Tür, vielleicht standen sie zusammen hinter einer Gardine, um einen Blick auf den Fremden zu erhaschen, wenn er endlich gehen würde. Auf die orangefarbene Scheibe in der Tür fiel ein Schatten. Langer Hals, schmale Schultern. Ein vertrautes Klicken, dann stand sie da. Sie sah mich an. Zuerst, als würde sie mich nicht erkennen. Dann, als wünschte sie sich, dass es nicht ich wäre. Schließlich versuchte sie sich mit einem ausdruckslosen, forschenden Blick ein Bild davon zu machen, wen sie vor sich hatte.

»Karl«, sagte sie.

Und mich durchzuckte ein schreckliches Gefühl. Ich dachte: *Was habe ich alles kaputtgemacht! Und jetzt zerstöre ich es ein zweites Mal.* Ich hörte eine Stimme aus dem Innern des Hauses. Eva gab keine Antwort. Da tauchte über der Schulter ihrer Mutter Stines Kopf auf. Sie lachte laut auf, im nächsten Moment lag sie mir in den Armen. Fühlte sich anders an, als ich sie in Erinnerung hatte. Größer? Benommen schloss ich die Augen, fühlte die Jacke aus der Hand gleiten, alles begann sich zu drehen, große, karussellähnliche Kreise. Alle Freiheitswünsche beruhen auf einem Missverständnis, dachte ich.

Als ich die Augen öffnete, war Eva weg. Doch Stine nahm mich bei der Hand und zog mich ins Haus, machte die Tür zu und schloss ab.

Wir gingen durch den Flur. Der Geruch war noch der gleiche wie früher. Eva hatte sich in die Küche gesetzt. Da war auch Ole-Jakob, er lehnte an der Spüle, die Arme gekreuzt. Keiner von beiden sah mich an. Stine, weiter meine Hand festhaltend, zog mich zum Kühlschrank. An seiner Seite hing, von einem Magnet gehalten, ein Zeitungsausschnitt. Sie nahm ihn ab und reichte ihn mir. Er zeigte ein Foto von ihr und zwei Klassenkameradinnen, die zwischen sich einen seltsamen Gegenstand hielten, der wie ein Staubsauger mit einer Antenne auf dem Kopf aussah. Die Textzeile darunter besagte, sie hätten damit den ersten Preis in einem Erfinderwettbewerb gewonnen. Ich nickte anerkennend, strich ihr übers Haar und hängte den Ausschnitt zurück. Dann wandte ich mich Ole-Jakob zu, als erwartete ich, dass er das Gleiche täte, mir etwas vorwies, von einem Erfolg berichtete oder mir ein Papier in die Hand gab, das irgendein gutes Ergebnis dokumentierte, etwas, das mir zurückhalf. Aber er blickte nicht einmal in meine Richtung, starrte nur zu Boden, die Arme blieben verschränkt. Er hatte ein Loch in einem Strumpf, und der Nagel des großen Zehs ragte heraus. Bald würde Ole-Jakob achtzehn, und bei dem Gedanken bekam ich für einen kurzen Moment einen Schreck, als hätte ich dann etwas Schlimmes von ihm zu erwarten, einen brutalen Schlag, einen definitiven Bruch, eine Verurteilung, keine Ahnung, mein Sohn wurde alt genug, um über sich selbst zu bestimmen.

Ich konnte nichts sagen, nicht bevor Ole-Jakob etwas sagte, darauf schienen wir alle zu warten, der Junge hatte das entscheidende Wort.

Nach einer Weile meinte er, an seine Mutter gerichtet: »Ich glaube, ich geh ins Bett.«

Ich sah ihm nach, als er ging.

Eva forderte Stine auf, ins Bad zu gehen und sich fertig zu machen.

Sie protestierte.

»Dein Vater und ich müssen miteinander reden«, sagte Eva.

Von Stine kam ein Laut wie von einem gereizten Tier. Dann ergriff sie meine beiden Hände, küsste mich auf die Wange und zwinkerte mir zu, wie um mir viel Glück zu wünschen. Einmal, als sie noch klein gewesen war und ich hatte verreisen müssen, hatte sie sich in meinem Koffer versteckt, und als ich ihn öffnete, hüpfte sie mit einem freudigen Quieken heraus.

Eva saß auf der Bank am Kopfende des Tisches. Ich setzte mich auf den Stuhl ihr gegenüber. Als ich mich zurücklehnte, spürte ich im Rücken den wohlbekannten Druck des geschnitzten Ornaments. Aus meiner Achselhöhle sickerte ein Schweißtropfen. Ein dumpfes Poltern von oben ließ uns wissen, dass Stine im Bad zugange war. Die Korkpinnwand neben dem Kühlschrank war verschwunden, stattdessen hing dort ein Kalender. Die Wochentage bildeten Spalten, in der obersten Reihe namentlich gekennzeichnet mit »Stine«, »Ole-Jakob«, »Eva«, die Spalten darunter übersät mit hingekritzelten Einträgen, Namen, Zeitangaben, alles von Evas Hand. An einem von ihren Tagen stand etwas mit drei Ausrufezeichen dahinter. Eine Kaffeemaschine war nicht zu sehen. Aus der achtlos aufgerissenen Öffnung eines Weincontainers ragte schief der Zapfhahn, ein Streifen von Rotwein lief über die Schubladen nach unten und endete in einer ausgetrockneten Pfütze auf dem Fußboden. Eine neue Schürze hing am Haken neben der Spüle. Ein Geschenk? Die Farben konnte ich nicht mit Evas Geschmack in Übereinstimmung bringen; sie prangten so grell, dass sie die ganze Küche neu aussehen ließen, als hätte sich in ihrem Schein alles verändert. Vielleicht hat sie die Schürze genau deswegen gekauft, dachte ich. Nicht weil sie ihr gefiel, sondern weil sie anders war als alles, was sie sonst besaß, sie hatte sie ausgesucht, um etwas deutlich zu machen, einen Übergang zu etwas Neuem, sie hatte sie als sichtbaren Beweis dafür aufgehängt, dass von nun an sie allein in diesem Haus bestimmte und sagte, wo es langging.

Die kleinen Veränderungen flößten mir Scham ein. Ich schämte mich für das, was ich getan hatte, dafür, dass ich weggegangen war, alles ihnen überlassen hatte, ich schämte mich für meine

Wünsche und für das, was ich getan hatte, als ich ihnen nachgab, schämte mich für alles, was ich bis heute gesagt und gedacht und getan hatte.

Das war es, woraus mein Leben so lange bestanden hatte: eine endlose Kette von Fehltritten.

Ein lauter Knall ließ uns beide zusammenfahren, eine Windbö hatte etwas gegen die Fensterscheibe geschleudert. Ich sah Eva an. Ihr Gesicht war mir so vertraut, dass es schon fast wieder fremd wirkte. »Dein Vater und ich müssen miteinander reden«, hatte sie gesagt. Doch wir warteten noch ab, so unerträglich es sich einerseits auch anfühlte, andererseits auch wieder nicht. Bald fangen wir an, dachte ich. Gleich wird die Aussprache in Gang kommen, bald werden wir uns einiges gesagt haben. Bald werden uns die Worte gnadenlos zeigen, welche Optionen noch bleiben, welche Wege noch offenstehen. Vielleicht war sie nicht diejenige, die ich am meisten geliebt hatte, aber sie war der Mensch, bei dem ich gedacht hatte, es ist so, wie es sein soll, so soll es sich anfühlen, wenn zwei Menschen zusammenleben, die Liebe heruntergebrochen zu einer ehrlichen, respektablen Arbeitsgemeinschaft, solide genug, um Stürmen zu trotzen.

Ihre Hände lagen gefaltet auf dem Tisch. Ich legte meine Hand darauf. Sie waren eiskalt, als würde ich Stein berühren. Ich faltete sie auseinander, nahm eine Hand zwischen meine und drückte so fest, wie ich mich traute, umschloss ihre Hand mit meinen wärmenden Händen. Da hob sie den Blick und sah mich an. Endlich schaute sie mich an. Sie sah müde aus, ihr Gesicht war bleich und mitgenommen.

Ich setzte mich neben sie auf die Bank und legte meinen Arm um sie. Ein Donnerschlag ließ das gesamte Haus erzittern, im Wohnzimmer klirrte Glas. Im nächsten Augenblick setzte der Regen ein. Ich sah aus dem Fenster. Die Lichter der Nachbarhäuser verschwammen in großen Schlieren.

Es knarrte.

Stine stand in der Tür, blass und leicht erschrocken, die Haare zerwühlt.

»Na, Kleine«, sagte ich. »Kannst du nicht schlafen?«

Sie blieb lange stehen und sah uns an.

»Mmh ...«, machte sie nach geraumer Zeit. Dann rieb sie sich die Augen und wandte sich zum Gehen, blieb aber noch einmal stehen.

Mit dem Rücken zu uns fragte sie: »Bleibst du jetzt hier, Papa?«

»Ja«, antwortete ich, obwohl ich nicht die leiseste Ahnung hatte, was die nächsten Stunden, Tage, Monate und Jahre, die noch vor uns lagen wie Teile einer noch nicht zusammengebauten tödlichen Maschine, bringen würden. »Jetzt bleibe ich hier.«

DIE MASCHINE

Ich war nicht ertrunken. Aber ich lebte auch nicht richtig. Ich war in einem Zwischenraum gelandet. Es war der Raum, in dem ich den Rest meiner Tage zubringen sollte. Ich wusste nicht, was ich sagen sollte, weder zu Eva noch zu Ole-Jakob. Sie waren mir in jeder Hinsicht überlegen. Als ob die Großmütigkeit, die sie dadurch zeigten, dass sie mich wieder in ihre Leben einließen, ihnen ein grausames Übergewicht verliehen hätte. Ich hatte mich keiner der Rollen, die sie mir zugeteilt hatten, würdig erwiesen. Ich hatte sie in allem, wozu sie mich brauchten, enttäuscht. Ich war ein Fiasko. Ich war einer von zwei Söhnen im Haus, der hoffnungslose Fall, der, den sie im Namen der Anständigkeit so lange ertragen wollten, wie er in der Welt nicht allein zurechtkam.

Wenn ich ihn etwas fragte, gab Ole-Jakob Antwort. Das war aber auch alles. Es gab nichts mehr von mir zu lernen, es gab nur noch etwas, von dem er sich distanzierte. Ich taugte einzig noch als Vorbild dafür, wie er nicht werden wollte. Als ich vorschlug, nur er und ich könnten einmal zusammen verreisen, lehnte er dankend ab.

Mir fiel das Fahrrad wieder ein, das ich ihm gekauft und mit dem ich ihn lange nicht gesehen hatte. Eines Tages fragte ich ihn, ob er das Fahrradfahren aufgegeben habe, aber aus seiner Antwort wurde ich nicht klug. Wenig später fand ich das Rad unter einer großen Spanplatte. Es war in einem elenden Zustand, die

Kette rostete und hing schlaff durch, der Sitz war an den Seiten aufgeschlitzt, als wäre jemand mit einem Messer auf ihn losgegangen, und der gute Lack am Rahmen hatte einige böse Kratzer. Waren das nur Spuren intensiver Nutzung, oder hatte er das Rad willentlich ruiniert? Es tat mir weh, das weggeworfene Wrack zu sehen, aber ich wusste nicht, wie viel ich aus der Sache machen sollte. Die Pumpe lag im Gras und rostete ebenfalls vor sich hin. Der Lenker war mit mehreren Lagen von weißem Klebeband umwickelt, um es noch hässlicher zu machen.

Ole-Jakob war nach innen gekehrt, nicht nur mir gegenüber, auch Eva merkte es; lange war sie überzeugt, er würde Drogen nehmen, jeden Abend fing sie davon an, regte sich heftig auf, es war das Einzige, worüber wir sprachen, wenn wir allein waren. Aufgrund einiger ihrer Äußerungen wurde mir klar, dass sie sein Zimmer durchsucht hatte. Ich meinte, wenn zuträfe, was sie befürchtete, hätten wir das bemerkt, außerdem gäbe es dann mehr Symptome als sein Schweigen und seine Verstocktheit. Irgendwann schien sie sich dahingehend zu beruhigen, doch nur, um sich anschließend an seinem Sozialverhalten aufzuhängen, wie sie es nannte. Sie war der Ansicht, er befinde sich auf dem Weg in eine gefährliche Form von Isolation, es sei besorgniserregend, wie wenig er unterwegs sei, wie wenige Interessen er habe. Wo man uns früher andauernd die Bude eingerannt habe, tauche nun fast niemand mehr auf. Ich antwortete, das könne phasenweise einmal so sein, ich sei in seinem Alter auch so gewesen, hätte plötzlich das Interesse an allem um mich herum verloren, weil alles, was früher Begeisterung und Aktivität ausgelöst habe, auf einmal verblasst und nicht mehr spannend gewesen sei. Ich fände es ganz natürlich, dass es so gekommen sei, es sei eine Übergangsphase, in der man alles verwerfe, was einen früher interessiert habe, bevor man das finde, was an seine Stelle treten solle.

Ob ich wirklich glaubte, was ich sagte, weiß ich nicht. Das meiste kam als Reaktion auf ihre Äußerungen, wie ein impulsiver Drang, ihr zu widersprechen. Ganz gleich, welche Ursachen sie hinter seiner Verschlossenheit argwöhnte – mein erster Reflex war immer, erst einmal etwas anderes, weniger Gravierendes anzuführen. Ich machte meine Sache gut und schlug eine ihrer ängstlichen Hypothesen nach der anderen aus dem Feld.

Dann dachte ich: Wenn ich ihr alle nehme, steht sie am Ende nur noch mit der einen da, dass es meine Schuld ist.

Ich überlegte, wie weit ich zurückgehen musste, um zu einer Zeit zu kommen, in der ich noch Ole-Jakobs ganzes Vertrauen besessen hatte. Wie alt war er gewesen, als er zum letzten Mal nichts an mir auszusetzen hatte? Ich vertiefte mich ganz in diese Grübelei, und ich dachte: Wenn nichts von dem passiert wäre, was geschehen ist, wenn nichts daraus geworden wäre, wenn ich mit Eva zu Hause geblieben und nicht zu diesem blöden Fest gegangen wäre, stünde ich ihm dann jetzt noch nah genug, um ihn an dem zu hindern, was er sich vorgenommen hatte?

Erst klaute er eine Flasche Schnaps aus meinem Barschrank, dann nahm er Evas Autoschlüssel und setzte sich ans Steuer, entweder schon betrunken oder er betrank sich, während er fuhr, reichlich über hundert Stundenkilometer schnell, meinten sie hinterher berechnen zu können, bevor er auf die gegenüberliegende Fahrbahn wechselte und direkt in einen entgegenkommenden Laster raste; jedenfalls fanden sie die Flasche im Autowrack, zerschmettert wie alles andere darin. Das berichteten zwei Polizisten, die zu uns nach Hause kamen. Sie waren gerade gegangen, als ich nach Hause kam. Seitdem hegte ich die Vorstellung, einem Polizeiwagen begegnet zu sein, sicher war ich nicht, in den folgenden Tagen gab es so vieles, das ich rekonstruieren und dem ich einen Sinn verleihen wollte. Eva stand am Esstisch, eine Hand auf die Lehne eines Stuhls gestützt. Zuerst glaubte ich, sie lächele. Ich fragte, was los sei, und als sie keine Antwort gab, begriff ich, dass ich kein Lächeln gesehen hatte. Ich stellte die Tasche ab und ging zu ihr. Ihre Hand war weiß, fast blau, so fest umklammerte sie den Stuhl.

Mein erster Gedanke war, es hätte etwas mit Mona zu tun. Dass Eva auf etwas gestoßen war, das ich Mona geschrieben hatte, oder sie mir, und das ich beim Wegwerfen übersehen hatte. »Was ist denn, Eva?«, fragte ich und hatte eine Höllenangst vor ihrer Antwort. Dann öffnete sie den Mund, aber es kam kein Laut heraus, es öffnete sich lediglich ein Loch in das, was einmal meine Frau gewesen war, es aber nun nicht mehr war, sondern nichts als die Leerstelle, die sie hinterlassen hatte, als sie aus ihrem Leben gerissen worden war.

Ich bekam den Wagen zu sehen. Sie versuchten mir das zu verwehren, aber ich bestand darauf. Er stand in einer Werkstatthalle, keine Ahnung, wo, und glich einem zerbrechlichen Gegenstand, den irgendein Riesenwesen zwischen den Händen zerquetscht hatte und der erst dann hart, massiv und kompakt geworden war; alles, was er an Möglichkeiten und Bewegungen enthielt, eingesperrt in diesem zerknautschten Klumpen, der sich nicht öffnen ließ und den keine Kraft der Welt auseinanderfalten konnte, damit das, was in seinem Inneren eingeschlossen war, herauskommen und wieder zu leben vermocht hätte.

Ich bekam Ole-Jakob zu sehen. Davon wollten sie mich auch abbringen. Aber schließlich kam ich doch in die Leichenhalle, wo sie nach langen Einwänden und Bedenken zuletzt das Tuch von etwas zogen, das so wenig Ähnlichkeit mit allem hatte, was ich jemals gesehen hatte, dass es, als ich mich übergeben musste, nichts mit ihm zu tun hatte, sondern nur mit dem, was ich sah, einzig und allein das war der Grund.

Der Sarg wurde von meinen Schwestern und Evas Brüdern getragen. Eva und Stine, beide in Schwarz und beide exakt gleich groß, gingen rechts und links neben mir zu dem frisch ausgehobenen Loch, zu dem der Sarg das letzte Stück auf einem Katafalk gefahren wurde. Gleich hinter der Friedhofsmauer begann der Wald. Es war ein Kiefernwald an einem ziemlich steilen Hang, die Bäume standen so dicht, dass man schon von denen in der zweiten Reihe nur die Kronen sehen konnte, dann folgte nur noch Wipfel auf Wipfel. Während der Grabrede des Pfarrers hielt der Küster einen Schirm über ihn, dabei nieselte es nach dem kräftigen Schauer am Morgen nur noch leicht. Die Erde war nass, man hatte das Gefühl, langsam in sie einzusinken. Es war windig, aber kein Baum regte sich.

Das Beerdigungsessen fand im nahen Gemeindesaal statt. Im Gedränge verlor ich Eva aus den Augen, und als man sich zu Tisch setzte, stellte ich fest, dass wir an den einander gegenüberliegenden Enden des langen Speisesaals gelandet waren, sie saß ganz hinten, fast unsichtbar vor den Fenstern mit den weißen Gardinen, durch die nun die Sonne schien.

Ich legte die Hände in den Schoß und betrachtete sie ausdauernd, als wäre es wichtig, sie nicht aus dem Blick zu verlieren. Meine Füße waren eiskalt. Ich dachte an die schlammige Erde, in der wir gestanden hatten, und glaubte jedes Mal ein Schmatzen zu hören, wenn ich die Zehen bewegte. Es wurden einige Ansprachen gehalten. Doch nichts von dem, was die Redner sagten, hatte etwas mit meinem Jungen zu tun, keine der Charakterisierungen stimmte, es war, als ob sie von jemand anderem sprächen oder als ob sie gar nicht von einem bestimmten Menschen redeten, sondern einfach nur ein paar allgemeine Kennzeichen eines Achtzehnjährigen anführten, als ob sie sich an das Äußerlichste hielten, was man gemeinhin mit Jugendlichen dieses Alters in Verbindung bringt, ohne sich ins Zentrum vorzuwagen, wo er zu finden war. Alle sprachen gedämpft, einige flüsterten, die ganze Zusammenkunft verlief in dem Ton, ein leblos monotoner Strom von Wörtern rund um die Tische, als wäre Intonation ein Luxus, den sich zu gönnen taktlos gewesen wäre.

Als das Essen abgeräumt war, wusste ich, dass ich in Tränen ausbrechen würde, falls mich jemand ansprechen sollte; darum stand ich auf und ging nach draußen. Ich zündete mir eine Zigarette an, inhalierte tief und behielt den Rauch lange in der Lunge, bis ich ihn ausstieß. Ich fühlte ein Kratzen in Hals und Lunge wie den Beginn einer ersehnten Zerstörung. Dann kam der Rauch. Nicht mehr. Ich blickte hinauf zu den hintersten Fenstern, um vielleicht Eva zu erspähen. Warum, wusste ich nicht. Und dann musste ich plötzlich brechen. Ich blökte wie ein Kalb, während sich mein Magen zusammenkrampfte und von sich geben wollte, was er gar nicht enthielt, als hätte mir die umgebende Luft die Faust in den Rachen gestoßen, um sich zurückzuholen, was ich ihr gestohlen hatte.

Ich blieb eine Weile gebückt stehen, die Hände auf die Knie gestützt, und versuchte, meinen Atem wieder in eine Art Rhythmus zu bringen. Der asphaltierte Platz vor dem Gemeindehaus, voll großer Pfützen, glitzerte schön vom Regen. In einem kleineren Haus daneben war ein Frisiersalon, sonst gab es keine weiteren Gebäude. Die Autos, die unten auf der Hauptstraße vorbeirauschten, glichen Speedbooten auf einem Fluss, weit hinten konnte ich so etwas wie ein Gewerbegebiet erkennen, sonst waren wir auf allen Seiten von Wald umgeben. Stumm und mächtig stand er da und wuchs, unbeeinträchtigt von allem Geschehen, stets gleich herzlos grün, egal, wie viele Menschen starben, egal, wie viele weinten.

Ich zündete mir eine neue Zigarette an. Gerade in dem Augenblick kam Stine aus dem Haupteingang. Sie sah sich um, und sobald sie mich erblickte, kam sie geradewegs auf mich zu. Ich merkte, dass ich nervös wurde, als sie näher kam und ich erkannte, dass es nicht Stine war, sondern Eva, ihr Gang, ihre Art, sich zu bewegen, waren unverwechselbar dieselben, an denen ich sie zu Anfang unseres Zusammenseins erkennen gelernt hatte. Ich empfand es als eine Verbindung, die ich nicht wiederherstellen wollte. Dasselbe mit ihrem Gesicht, je näher sie auf mich zukam und je deutlicher es wurde, ganz so, wie es einmal gewesen war, so als würde sie auf dem Weg von dem Gebäude her zu mir alle Verzweiflung abwerfen. Meine Eva, ohne Zweifel. Die gute, alte Eva. Sollten wir es womöglich doch schaffen zusammenzuhalten?

Sie blieb erst unmittelbar vor mir stehen, stellte sich so nah vor mich, dass sich unsere Jacken berührten. So standen wir lange voreinander, ohne ein Wort zu sagen. Ich betrachtete sie verstohlen. In einem Mundwinkel klebte ein kleiner Rest Butter oder Mayonnaise. Es irritierte mich, dass sie etwas gegessen hatte, und ich verspürte den Drang, ihr zu berichten, wie Ole-Jakob ausgesehen hatte, als er vor mir auf dem bläulichen Metalltisch lag. Ihr seine Augen zu beschreiben, die bei dem Aufprall explodiert waren. Das Loch zu beschreiben, das einmal sein Mund gewesen war. Als hätte ihn ein rasendes Monster in Stücke gerissen, hätte ich gern gesagt, als ob ihn der grüne Troll eingeholt, totgeschlagen und mit seinen Riesenkräften malträtiert hätte.

»Wie geht es dir?«, fragte ich.

Sie gab darauf keine Antwort, starrte nur weiter über das grüne Meer auf der anderen Seite.

Ich hatte noch den Geschmack von Erbrochenem im Mund.

Auf der Straße unten fuhr ein Laster vorbei.

»Es geht«, sagte sie und sah aus, als würde sie im nächsten Moment umkippen.

Als wir am Abend heimkamen, wirkte das Haus wie neu. Als wären wir gerade frisch eingezogen. Die Bilder an den Wänden sahen aus, als hätten sie sich gerade erst entschieden, wo sie hängen wollten, die Küche so ordentlich und aufgeräumt wie eine Musterküche in einem Möbelhaus, so tot und gesichtslos alles, als ob die Gegenstände niemandem gehörten.

Als Stine zu Bett gegangen war, wollte ich noch einmal nach ihr sehen. Ich nahm mehrere Stufen auf einmal, rannte die letzten hinauf, blieb oben stehen und klopfte mir stolz über meine Leistung auf die Brust, worauf ich mit quakender Donald-Duck-Stimme verkündete: »Das hast du aber richtig gut gemacht, Karl!« Anschließend ging ich langsam die Treppe hinab, Stufe für Stufe, die Hand auf dem Geländer und mit aufgesetzter feierlicher Miene, wie jemand, der auf einem Galaempfang erscheint. Als ich unten ankam, stand Eva da und sah mich an wie einen Fremden.

Einmal sollte ich ihn zum Fußballtraining bringen, und wir waren spät dran. Gerade als ich fertig war und fahren wollte, war er plötzlich verschwunden. Ich rief ihn mehrmals, ohne eine Antwort zu bekommen. Dann klingelte es an der Tür. Ich fluchte und ging öffnen. Draußen stand Ole-Jakob in seinem Cowboykostüm und fragte: »Are Ol' Jakob at home?« Er hatte Mühe, ernst zu bleiben, sein ganzes Gesicht strahlte. Doch anstatt ihm die helle Begeisterung zu gönnen, die er sich von seinem Auftritt ganz sicher erwartete, flippte ich aus, schimpfte auf ihn ein, zog ihn am Ärmel ins Haus und brüllte ihn an, er habe genau eine Minute, sein idiotisches Kostüm auszuziehen, damit wir endlich fahren könnten.

Und dann die Gewissheit, welchen verschwindend geringen Teil das Erinnerte ausmachte, gemessen an all dem, was ich vergessen hatte. Hunderte Tage, Tausende Stunden. Die einmal existiert hatten, jetzt aber verschwunden waren, sodass ich im Begriff war, ihn ein zweites Mal zu verlieren, diesmal endgültig. Ich versuchte es damit, mir seine letzten Fotos anzusehen, aber das half nicht; es war, wie böswillige Karikaturen zu betrachten – alle Jugendbilder sind fürchterlich, als ob sie lediglich die verzweifelten Versuche dokumentierten, sich aus dem eigenen Selbst, seinem eigenen Gefängnis freizukämpfen. Mehr und mehr von dem, was sein Leben ausgemacht hatte, geriet in Vergessenheit. Sollte ich mich am Ende nur noch an seinen Tod erinnern?

Und dann auf einmal ein Erinnerungsbild, so deutlich, dass ich bloß die Hand auszustrecken brauchte, um es zu berühren.

Eines Vormittags ging ich hinauf zum Fluss. Der Aufstieg dauerte vom Haus aus fast eine Stunde. Nebelfetzen trieben über dem Wasser, entgegen der Strömung, dadurch sah es irgendwie nach einer Mogelei aus. Am Hang unterhalb von mir flatterten zwei Lachmöwen auf, kehrten aber gleich zurück. Schmutzige Aasfresser stöberten im Abfall am Flussufer, sie flogen auf, ein paar fette Elstern waren es, sie umkreisten mich mit flatterigen Flügelschlägen, und als sie abstrichen, stießen sie heisere Rufe aus, die wie menschliche Schreie klangen. Dann kam eine von ihnen noch einmal zurück und flog über mich hinweg, als ob ich auch etwas Totes und Verlockendes wäre, in das sie gern mit ihrem Schnabel hacken wollte. Sie flog so niedrig, dass ihr Flügelschlag surrte wie der Keilriemen eines Motors.

Auf dem Weg nach unten kam mir plötzlich Ole-Jakob entgegen, durch das Gegenlicht konnte ich sein Gesicht nicht sehen, aber ich erkannte ihn an seinem Gang. Als er auf meiner Höhe war, war er doch ein anderer, und er hatte etwas Feindseliges an sich, er sah mich nicht einmal an, sondern ging einfach stur weiter, so nah, das ich einen Sprung zur Seite machen musste, um nicht umgerannt zu werden. Als ich weitergehen wollte, stellte ich fest, dass ich mit einem Fuß in einen hohlen Baumstumpf getreten war. Der Schuh war mit stinkenden, gelben Spänen bedeckt, die wie Haare aussahen und an den Fingern kleben blieben, als ich sie abwischen wollte.

Die Dunkelheit kam, und mit ihr kamen die Sterne, so nah, als wären sie nicht einmal hundert Meter entfernt. Ein Güterzug passierte den Bahnübergang, für den die Anwohner beiderseits der Bahnlinie schon seit Jahren Schranken und Warnlampen forderten. Es waren mehr als achtzig Waggons, ich begann erst nach einer ganzen Weile, sie zu zählen. Die meisten waren mit Baumstämmen beladen und rochen intensiv nach frischem Holz, und jeder Waggon schien nach mir zu greifen und wollte mich mit sich schleifen, ich stand so nah an den Schienen, dass wenige Schritte gereicht hätten, und ich wäre überrollt worden. In der

Stille danach, als der Zug kleiner wurde und zu einer Modelleisenbahn schrumpfte, die keinem etwas antun konnte, bedauerte ich, eine einzigartige Chance nicht genutzt zu haben.

Ich suchte nach etwas, womit ich Stine aufmuntern konnte, etwas Einfaches, vollkommen Harmloses, etwas, das ein Versprechen enthielt, das ihr zeigte, dass die Gefahr vorüber war, dass sie nun wieder in Sicherheit weiterleben konnte. Ich hätte ihr gern etwas gesagt, das ihr einen neuen Weg aufgezeigt hätte, meinem kleinen Engel, der Einzigen, die ich über alles auf der Welt liebte. Doch mir fiel nichts ein. Und ich wusste auch nicht, wohin dieses »Weiter« führen sollte. Außerdem machte sie den Eindruck, als wolle sie in Ruhe gelassen werden. In ihrer Verschlossenheit war sie Ole-Jakob ähnlich. Und ich stellte mir vor, dass sie da drinnen irgendwo mit ihm zusammen war, dass es ihr Versuch war, ihn zu verstehen, dass sie ihm so eine Antwort entlocken wollte und deshalb von uns nicht gestört werden wollte. Dass wir sie beide nicht stören sollten.

Als sie am ersten Tag, an dem sie wieder zur Schule ging, nach Hause kam, schmiss sie ihren Rucksack genau dahin, wo ich ihr tausendmal eingeschärft hatte, dass er gerade da nicht liegen solle, schleuderte mitten auf dem Teppich die Stiefel von den Füßen und unternahm immerhin einen Versuch, ihre Daunenjacke aufzuhängen, doch der missglückte, und so landete die Jacke auf dem Heizkörper unter den Kleiderhaken, wo sie wie eine feuergefährliche Unförmigkeit liegen blieb. Ich wollte etwas sagen, doch da war sie schon nach oben in ihr Zimmer gegangen, und anstatt sie zurückzurufen, nahm ich ihre Jacke und hängte sie an ihren Platz, stellte die Stiefel ins Schuhregal, legte den Rucksack auf die Bank unter dem Spiegel und begriff, dass ich sie nie wieder für etwas zurechtweisen würde. Sie lebt. Sie soll einfach nur leben. Von nun an werden wir von ihr nichts weiter verlangen, als dass sie am Leben bleibt.

Unter unseren Bekannten gab es einerseits die, die uns so weit wie möglich aus dem Weg gingen, und andererseits die, die es im Gegenteil kaum übers Herz brachten, uns einmal uns selbst zu überlassen, sie standen morgens und abends vor der Tür, und waren sie erst einmal im Haus, wollten sie nicht mehr gehen, als wären sie von der Vorstellung besessen, wir würden nur überleben, wenn sie da wären und uns stützten. Vielleicht fühlten sie sich dazu verpflichtet. Oder sie hatten einfach das Gefühl, an etwas Großem teilzuhaben und dadurch selbst eine wichtige Rolle zu spielen, dass sie mit ihrem Mitgefühl und ihrem aufopferungsvollen Einsatz Aufnahme in die Geschichte fänden, die man später einmal über das Durchleben der Katastrophe in der Familie Meyer erzählen würde. Es war bestimmt ungerecht von mir, aber ich konnte es nicht lassen, mir vorzustellen, wie sie nach ihren Besuchen bei uns in die Welt hinausliefen und dort die letzten Neuigkeiten aus dem Trauerhaus verbreiteten. Ebenso sah ich vor mir, wie sie selbst wuchsen, während sie die Einzelheiten vor allen breittraten, die sich nicht trauten, Verbindung zu uns aufzunehmen, und ihr Mitgefühl auf vereinzelte Kurzmitteilungen beschränkten, so erbärmlich, dass ich es selten fertigbrachte, sie zu Ende zu lesen. Nicht dass die Mitleidsbekundungen, die uns persönlich ausgerichtet wurden, besser gewesen wären. Es war kaum zu fassen, wie viel einzelne Menschen auf dem Herzen hatten, Lebensweisheiten und kluge Sprüche, die wir besser formuliert hätten, wenn wir nur einmal in einer Illustrierten nachgeschlagen hätten. »Sie werden sehen, Sie werden stärker daraus hervorgehen«, hörte ich eine Frau zu Eva sagen. Wenn ich die Kraft dazu besessen hätte, dann hätte ich die Axt genommen, die noch immer im Fernsehapparat steckte, hätte der Alten einen

Arm abgehackt und ihr den mit den Worten gereicht: »Sie werden sehen, Sie werden gestärkt daraus hervorgehen.«

Ich überlegte, ob ich es nicht wie Stine machen sollte, mich isolieren als eine Möglichkeit, eine Verbindung zu Ole-Jakob herzustellen. Mich in seiner Welt aufhalten. Ganz darin leben, bis ich den Wunsch verstand, zermalmt zu werden.

Die Zeit verging. Ich sah, wie Eva sich wieder aufrichtete. Die Trauer machte sie stark. Vielleicht hatten die, die zu uns kamen und sie aufmunterten, doch recht. Innerlich legte sie einen Panzer an und genoss die Bewunderung, die sie für ihre aufrechte Haltung erhielt. Ihre Bewegungen wurden schneller, stellte ich fest, in der Küche, im Garten, in Geschäften, überall, alles, was zu tun war, wurde schleunigst erledigt, eins nach dem anderen, als ob alles, was sie tat, Teil eines großen Puzzles wäre, an dem sie arbeitete und dessen Gesamtbild unser Leben darstellte, wie es früher gewesen war. »Sie ist die Effizienz in Person«, hörte ich einmal jemanden sagen, und besser konnte man es nicht ausdrücken. Alles wurde rigoros durchgezogen, als wäre der ursprüngliche Grund für ihre Handlungen verloren gegangen und was blieb, war nur, sie dennoch auszuführen. Alles, bis aufs Autofahren, das verweigerte sie kategorisch, es war das Einzige, das sich in ihr festgesetzt hatte, gegen das sie nichts tun konnte. Ich erkannte sie bald nicht wieder. Sie war ganz die Alte und doch bis zur Unkenntlichkeit verändert, eine Art Roboter, der programmiert war durchzuhalten, ohne zu wissen, wozu. Sie arbeitete. Das war es, was sie tat. Ein liebloses Stück Lebensarbeit für den Rest ihrer Zeit. Was sie an Liebe in sich hatte, hatte ich ihr genommen. Erst ich, dann Ole-Jakob, die beiden Männer in ihrem Leben.

Ich versuchte, ihrem Beispiel zu folgen. Ich meldete mich zur Arbeit zurück und instruierte Lise, Patienten falls nötig bis weit in den Nachmittag und Abend hinein Termine zu geben, ich gönnte mir kaum eine Pause, hieß die einsetzende Benommenheit willkommen, tat alles, was ich konnte, um mich zu überarbeiten und zu erschöpfen, sodass mein Zittern gegen Ende solch überlanger Tage mich hätte meine Zulassung kosten können, wenn es den richtigen Leuten zu Ohren gekommen wäre.

Als ich an einem Sonntag verrückt wurde, weil ich nichts zu tun hatte, machte ich mich über sämtliche Handtücher und schmutzigen Wäschestücke her, die ich im Haus finden konnte. Ich blieb in der Waschküche, während die Trommel rotierte, und wartete mit einem Kribbeln in den Fingern auf die nächste Runde. Die Abdeckung der Waschmaschine strahlte Wärme ab, als sie zum vierten oder fünften Mal schleuderte. Ich legte meine Hände darauf, und es fühlte sich an, als würden sie mit der vibrierenden Maschinerie zusammenwachsen, das Rütteln wanderte durch die Arme in den Rest des Körpers, meine Beine zitterten bis in die Fußspitzen, und mit diesem Zittern kam eine Art Schluchzen, das Einzige, was noch fehlte, um das Bild komplett zu machen. Ich sah eine Zeichentrickfigur vor mir, irgendeinen Volltrottel nach dem Zusammenprall mit einem Fahnenmast, das Gesicht fast aufgelöst flimmernd in einem trockenen Weinen ohne Tränen.

Ich dachte: So kann es nicht weitergehen. Das geht nicht mehr so weiter.

»Wenn du schon so ein verdammter Trauerkloß sein musst«, sagte Eva, »dann ruf sie an und lass dich von ihr trösten!«

Jetzt wollte sie andauernd über Mona reden. Endlich kamen sie, all ihre Fragen, stundenlange Verhöre. Sie wollte alles wissen, worüber wir gesprochen hatten, wo wir gewesen waren, wie wir miteinander geschlafen hatten. Sie sagte, ich hätte ihr Leben zerstört. Für sie habe es nie einen anderen gegeben als mich. Was wir hatten, war alles, was sie besaß. Und indem ich es beschmutzt, in den Dreck getreten und lächerlich gemacht hatte, hätte ich alles kaputtgemacht. Mein »Abenteuer«, wie sie es bezeichnete, als etwas, das nicht ernst zu nehmen ist. Wenn ich das Gespräch auf etwas anderes lenken wollte, wollte sie es nicht hören und forderte mich auf, Mona anzurufen und es ihr zu erzählen. In meinem Kopf schwamm alles; ich hatte mir angewöhnt, mir während unserer Gespräche den einen oder anderen einzuschenken, das machte es leichter, es veränderte die Zeitwahrnehmung, ließ die Stunden verfliegen, anstatt sie im Schneckentempo dahinkriechen zu lassen. Eva meinte, das Erbärmlichste, das sie kenne, seien Leute, die aus Verzweiflung tränken. Ich prostete ihr zu und dachte, jetzt ertrinke ich, jetzt endlich ertrinke ich. Dann beugte ich mich vor und streichelte ihre Schulter, ihre schöne, gewölbte Schulter, und erhielt als Reaktion, wenn ich eine Möse bräuchte, wüsste ich, wo ich eine finden könne. Sekunden später stand Stine in der Küche, als hätte sie im Flur auf ihren Auftritt gewartet, und sagte zu Eva, sie solle sich einen anderen Mann suchen, sie habe etwas Besseres verdient als das. Ich sah sie an, sie hatte die Arme um ihre Mutter gelegt, beide waren sich so ähnlich, dass es aussah, als würde die junge Eva sich selbst als ältere trösten. Draußen wehte ein kräftiger Wind, das Geißblatt auf der Veranda raschelte und knirschte, als wollte es sich von dem Pfeiler, um den es sich rankte, losreißen und davonfliegen, auf dem Regalbrett davor stand eine Glückskatze und winkte.

Als sie zu Bett gegangen waren, ging ich nach oben in Ole-Jakobs Zimmer. Ich stand in dem Chaos, und mich überkam eine große Müdigkeit, eine nicht bloß große, sondern unwiderstehliche. Ich setzte mich aufs Bett und barg das Gesicht in den Händen, dann zog ich die Beine hoch, legte mich auf die Seite und deckte mich halb zu. Bald schlief ich. Als ich aufwachte, war es dunkel im Zimmer, abgesehen von der Wand, auf die vom Fenster ein silbriger Schimmer fiel. Er wurde von dem Spiegel zurückgeworfen, der dort hing und den ich auf dem Flohmarkt gefunden hatte, so einer mit vielen Glühbirnen im Rahmen, wie man sie aus den Garderoben von Schauspielern und Zirkusartisten kennt.

Gleich vor dem Bett stand ein massiger, schwarzer Gegenstand, eine Art Koloss, und ich begriff erst nicht, wo er herkam, bis ich sah, dass es die Spielkonsole war, die aus diesem Blickwinkel so sperrig aussah. Ich blieb lange so liegen, ohne mich zu rühren, und guckte bloß. Ein paarmal knisterten in dem brüchigen Kabel Funken wie ein kleines Feuerwerk. Ich überlegte, dass ich das so schnell wie möglich in Ordnung bringen sollte, doch dann überkam mich die Müdigkeit, und ich schlief ein und wachte aus einem Traum auf, von dem ich dachte, dass ich ihn mir merken solle. Doch kaum hatte ich den Gedanken gefasst, hatte ich ihn auch schon wieder vergessen.

In der ersten Dämmerung stand ich auf und ging, um Stine zu wecken, zur üblichen Zeit auf die übliche Weise, das heißt, ich öffnete die Tür einen Spalt und rief so oft »Hallo«, bis sie endlich reagierte. Schlaftrunken wälzte sie sich auf die Seite und grunzte irgendwas, als ob alles wie immer wäre. Am Frühstückstisch sagte keiner von uns ein Wort, Stine zeigte nur, wenn ich ihr etwas reichen sollte, ansonsten stierte sie auf ein Astloch in der Tischplatte, der aussah wie ein Sonnenaufgang. Wir frühstückten wie zwei einsame Kinder. Wie oft dachte sie an Ole-Jakob? Wie oft dachte Eva an ihn? Hatten sie damit aufgehört? Nicht aufgehört, aber es geschafft, ihn in der Erinnerung so weit in den Hintergrund zu schieben, dass er nur noch ab und zu plötzlich auftauchte wie ein Springteufelchen.

Sonnenaufgang draußen, Sonnenaufgang im Küchentisch, Sonnenaufgang in allen Sinnen. Ich fühlte mich leicht wie ein Ballon. Ich musste mich am Stuhl festhalten, um nicht abzuheben. In mir wurde es nur leerer und leerer, die zerkauten Bissen von Brot und Käse fielen durch mich hindurch und blieben ganz unten im Bauch wie kleine Steine liegen, schwappten in der kleinen Pfütze aus Kaffee, die sich dort gebildet hatte. Mir war, als wäre es noch nicht lange her, dass ich mit ihm herumgelaufen war und ihn getragen hatte und so alles andere an seinem Platz gehalten hatte. Kurz nach seiner Geburt war ich einmal nachts von einer tiefen Stille im Zimmer aufgewacht. Im nächsten Augenblick stand ich an seinem Bettchen und schüttelte ihn wie eine Puppe, bis ich ihn hicksen hörte. Danach blieb ich noch lange im Dunkeln stehen und hielt den kleinen Körper mit seinen Ärmchen, so dünn wie meine Finger. Er hatte vielleicht eine Minute nicht geatmet und wurde nun von meinem Brustkorb rhythmisch vor und zurück bewegt, als würde meine Lunge für ihn arbeiten.

Ich hätte wer weiß was getan, ich hätte egal wen und egal wie viele umgebracht, wenn ihn das ins Leben hätte zurückholen können.

Aber es konnte ihn nichts wieder zum Leben erwecken. Nicht einmal Schuldgefühle. Das einzige, was Schuldgefühle zum Leben erwecken konnten, waren weitere Schuldgefühle.
»Du weißt, dass das alles nicht hätte passieren müssen?«, frag-

te Eva eines Abends, als ob sie doch noch einmal einen neuen Versuch unternehmen wollte. Da ich keine Antwort gab, erklärte sie mir, wie es hätte vermieden werden können. Sie begann mit meinem ersten Rendezvous mit Mona und beschrieb, von da ausgehend und detailliert, wie alles gekommen wäre, wenn ich darauf verzichtet hätte, mein eigenes Bedürfnis nach Selbstbestätigung über sie und die Kinder zu stellen, was dann eben nicht dazu geführt hätte, dass wir eins der Kinder verloren. Stine saß im Wohnzimmer am Computer, und Eva sprach laut, als wollte sie sicherstellen, dass Stine alles hörte. War sie vielleicht der Meinung, ich hätte es verdient, sie auch noch zu verlieren? Als Eva fertig war, wollte ich darauf etwas erwidern und sagte, um all das zu verhindern, hätte sie einfach nur meine Einladung zum Chinesen ablehnen müssen. Sie antwortete, wenn es einen Gott gäbe, hätte er dafür gesorgt, dass sie das auch getan hätte. So hielten wir uns eine Weile dran, uns gegenseitig zu übertrumpfen.

Irgendwann ging ich ins Wohnzimmer und sah zu meiner Erleichterung, dass Stine Kopfhörer aufhatte. Dann dachte ich, sie habe sie vielleicht erst aufgesetzt, als sie mich ins Wohnzimmer kommen hörte. Sie schaute einen Film, und auch wenn es Zufall war, fühlte ich den Boden unter mir nachgeben, als ich einen Blick auf den Bildschirm warf und ein Auto von der Straße abkommen sah, es überschlug sich in der Luft und schoss dann in rasender Fahrt einen Abhang hinunter, bevor es von einem großen Stein abrupt gestoppt wurde und in einem Inferno aus Feuer und Rauch explodierte.

Ich hatte getrunken, aber trotzdem setzte ich mich ins Auto und fuhr los. Sollten sie mich doch schnappen, das wäre eine Befreiung gewesen. Besser noch, wenn ich auch von der Fahrbahn abkommen und in einem Flammenmeer sterben würde. Ohne nachzudenken, fuhr ich Richtung Friedhof. Als ich die Einfahrt zur Friedhofsallee erreichte, bog ich ab. Die Grabfelder wirkten in der Dunkelheit unheimlich und abweisend mit ihren schwarzen Dominosteinen, in annähernd regelmäßigen Abständen wie nach einem heimlichen System aufgestellt, das der fragilen Ordnung zugrunde lag, die man durcheinanderbrachte, wenn man sich dazugesellte.

Bis zur Höhe seines Grabes lief ich an der Außenseite der Einfassung entlang, dann kletterte ich hinüber. Auf der anderen Seite traf mich gleich der Gedanke an all die alten Menschen, von denen er umgeben war. Das war eine Kränkung. Als hätten wir ihn in der wilden Pracht seiner Jugend in einem Altersheim untergebracht. Ich blieb in einigem Abstand von seinem Grab stehen, traute mich nicht ganz hin. Die Erde war noch nicht eingesunken. Es sah aus, als hätten wir einen Übergewichtigen bestattet. Aber da lag kein dicker Mensch. Es war mein eigener schlanker und schlaksiger Sohn, mit einem Fußball in den Händen, den ich einmal im Keller gefunden hatte, es war einer der ersten, die er bekommen hatte, längst hinüber, große, abgeplatzte Flecken im mürben Leder, als hätte er voreilig mit der Zersetzung angefangen, die sie jetzt gemeinsam durchmachten.

Als ich mich wieder ins Auto setzte, fühlte ich mich mit einem Mal völlig kraftlos, der Zündschlüssel lag wie Blei in meiner Hand, ich war unsicher, ob ich es allein nach Hause schaffen konnte. Auch unsicher, ob ich überhaupt nach Hause wollte. Unsicher, ob ich mir vom Leben noch etwas erhoffte. Ich dachte an Eva. Wie war es möglich, wieder auf die Beine zu kommen? Woher kam ihr grotesker Wunsch, weiterleben zu wollen? Was gab es denn noch? Ganz gleich, was wir taten, es wäre immer dasselbe. Es würde sich alles wiederholen, wieder und wieder, bis wir nicht mehr konnten. Egal, was wir machten, es liefe bis auf das i-Tüpfelchen auf das Gleiche hinaus. Es gab keine Zukunft mehr. Nur Wiederholungen dessen, was wir schon hatten. Wir würden es nicht verhindern können, wir konnten bloß dabei zuschauen, observieren, kühl und gefühllos. Ich sah ganz klar vor mir, wie es kommen würde. Ich sah uns wie Schlafwandler herumlaufen, noch schrecklich viele Jahre lang, ohne ein anderes Ziel, als es hinter uns zu bringen. Ich sah, wie verzweifelt wir waren und es bleiben würden, wie sehr wir uns auch vormachten, es nicht zu sein, bis es endlich vorbei war. Ich sah die Verzweiflung, sah, wie sie zum Schrecken wurde, ich sah, wie das Auto mit Ole-Jakob darin vor dem aufragenden Führerhaus platt gequetscht wurde, als ob der ganze Sinn darin, die einzige Möglichkeit, der Verzweiflung Herr zu werden, nur darin bestand, sie in etwas noch Schrecklicheres zu verwandeln, in Angst, in schieren Schrecken, in Tod und Zerstörung, in einen verdammten, beschissenen Tod, der nichts anderes kannte, als alles, was lebte, so lange zu jagen, bis er es endlich zur Strecke brachte.

Was ich alles nicht mitbekommen hatte. Während er alles plante. Ich war nicht einmal auf den Gedanken gekommen. Trotz all der Jahre seines Lebens, in denen ich alles von ihm wusste. Die Wahrheit war, ich hatte keine Ahnung. Es war lange her, seit ich eine Vorstellung davon hatte, was in ihm vorging. Ganz gleich, was sich letztlich als seine Absicht herausgestellt hätte, ich wäre darauf nicht vorbereitet gewesen. Ich wusste von nichts. Ich verstand ihn nicht. Ich hatte keinen Einblick in seine Welt, schon lange nicht mehr. Egal, was passiert wäre, es hätte mich überrumpelt.

Aus der Position, alles zu wissen, war ich in die gerutscht, nichts zu wissen. Ich sah nicht, dass mein Junge in Gefahr schwebte. Die Kraft, die es braucht, weiterzumachen, hatte ihn verlassen. Er war an sein Ende gekommen, und ich war nicht zur Stelle gewesen, um ihn zurückzuhalten. Tat er es deshalb? Weil ich keine Ahnung hatte? Weil ich überhaupt nicht verstand, was los war? War es seine Art, das mitzuteilen, die ganze Welt darauf aufmerksam zu machen, dass ich einen Dreck kapiert hatte? War es sein letzter Protest gegen den ahnungslosen Scheißkerl von Vater, den er hatte?

Etwas hatte sich in ihm verschlossen, das nicht wieder aufzubekommen war. Genau wie das Autowrack, das ich gesehen hatte. Und ich dachte an das hübsche Mädchen, das unterwegs gewesen war, um ihn zu treffen, das ihn geküsst und ihm gesagt hätte, dass es ihn liebe, und das es ihm dadurch unmöglich gemacht hätte, sich den Tod zu wünschen; das aber zu spät gekommen war, das ihn noch nicht getroffen hatte, als er sich entschlossen hatte, sein Leben zu beenden.
 Mein liebster Ole-Jakob, hätte es gesagt, und das hätte gereicht.

Mein liebster Ole-Jakob.

3

WEIHNACHTSSTADT

Es war vorbei. Es ging trotzdem weiter. Es war wie eine Kraft, die sich nicht davon abhalten ließ, weiterzudonnern, genauso wie der Zug, der durch vorbeifliegende Streifen von Land und Wasser zog. Schneller und schneller ging es, während die Erde draußen die Farbe wechselte, von Gelb zu Grün zu Rot. Dann fuhren wir durch Städte, ganze Ketten von Städten, in denen Lichter strahlten und verloschen. Auf der Autobahn am Rand einer Stadt lag ein umgestürztes Auto, die Unfallstelle war abgesperrt, Menschen rannten im Blaulicht zweier Krankenwagen herum. Ich sah hin, ohne dass es mich berührte. Als wäre mein Vorrat an Gefühlen aufgebraucht. Als ob mich keine der rasenden Kräfte da draußen mehr erreichen könnte. Was sollte mir noch etwas anhaben? Alles, was mir passieren könnte, war mir bereits zugestoßen.

Ich dachte an Eva und Stine, die beide weinten, als ich abreiste. Das hatte etwas Unpassendes bis Unanständiges an sich. Jedenfalls was Eva betraf, wenn man bedachte, wie kühl und überlegt sie bis dahin reagiert und mit wie viel Verachtung sie mein Verhalten gestraft hatte. Welche kaum merkliche Veränderung in ihr vorgegangen sein musste, als ich sie zum zweiten Mal verließ: Als ich mit dem Koffer draußen auf dem Trottoir stand und auf das Taxi wartete, stürzte sie plötzlich aus dem Haus, gestikulierte mit den Armen und schrie, feuerrot im Gesicht, als ob das Haus in Brand stünde und sie sich gerade noch aus den Flammen gerettet hätte.

Ich zog das Handy hervor und öffnete die Inbox, scrollte durch die Liste, öffnete ein paar Mitteilungen und las sie. Die von Eva bestanden meist nur aus ein oder zwei Wörtern: *Ja. OK. In Ordnung. Bis bald.* Effektivität in Reinkultur. Eine gab es noch von Ole-Jakob: *Bin bald da!* Vor mehr als drei Jahren geschickt. Einige stammten auch von Stine. Ich konnte mich nicht erinnern, warum ich sie aufgehoben hatte. Und da war noch eine von Ole-Jakob, ebenso kurz und nichtssagend: *Auch voller Leben.*

Ganz unten, das wusste ich, fanden sich noch einige alte SMS von Mona, die ich nicht hatte löschen können, nicht einmal nachdem ich sie verlassen hatte. Ich wusste nicht mehr genau, was in ihnen stand, nur dass sie von ihr waren, so, wie sie am Anfang gewesen war, bevor sie sich veränderte (oder, dachte ich, bevor sie wieder sie selbst wurde). Dann aktivierte ich die Alle-markieren-Funktion und löschte sie, öffnete den Ordner *Gesendete Mitteilungen* und tat das Gleiche. Nachdem beide Ordner geleert waren, lag das Handy leichter in der Hand. Dann ging ich in den Ordner *Kontakte* und löschte eine Nummer nach der anderen, bis ich zu Ole-Jakob kam, ich übersprang ihn und löschte alle übrigen Namen, nur Stines nicht, den behielt ich ebenfalls.

Im Nachhinein überlegte ich, falls Eva mir nun eine Nachricht schicken sollte, stünde da lediglich eine mir unbekannte Rufnummer, da ich mir nie die Mühe gemacht hatte, ihre auswendig zu lernen.

An einem der Bahnhöfe unterwegs hielt der Zug lange. Aus dem Fenster hatte ich Aussicht über einen Teil einer Stadt, der beleuchtet ganz für sich lag, voll kleiner, gelber Häuser, wie Kulissen in einem Weihnachtsfilm. Ich hob den Koffer aus dem Gepäcknetz, schnappte mir meine anderen Sachen und schaffte es gerade noch, auszusteigen, bevor zur Abfahrt gepfiffen wurde. Die feuchte Luft fühlte sich kalt und rein an, und mit dem Koffer im Schlepp ging ich in die Richtung, in der das Viertel liegen musste.

Ich fand es bald, und zu meiner Überraschung sah es aus der Nähe genauso märchenhaft aus, wie eine Kulisse, ein Ort, von dem man sich absolut nicht vorstellen konnte, dass Menschen dort starben.

Ein Gasthof hatte noch Zimmer frei, und nachdem ich mich in der kleinen Kammer im Obergeschoss eingerichtet hatte, setzte ich mich ans Fenster und schaute hinaus. Der Anblick erinnerte mich an etwas, das hatte er gleich getan, als ich aus dem Zugfenster schaute, und erst jetzt fiel mir ein, woran: Er glich einer Zeichnung im *Prinz Unwissend*. Die Buchausgabe war von einer Frau illustriert worden, deren Namen ich vergessen hatte, jedenfalls hatte sie einen Straßenzug in der Hauptstadt von Tekirekki nicht unähnlich dem gezeichnet, was ich nun unten sah. Alles war so niedlich und klein, ich hätte mich nicht gewundert, wenn eine Schar von Zwergen lauthals singend anmarschiert wäre. Beim Hinsetzen hatte ich den Kopf eingezogen und den Rücken gebeugt, und ich merkte auf einmal, dass ich noch immer in dieser Stellung saß, obwohl es gar nicht nötig war, gerade so, als wäre ein Kindertraum von mir in Erfüllung gegangen, einmal in einem der Häuschen meiner Modelleisenbahn zu wohnen, die mein Vater zusammen mit einigen Arbeitskollegen gebastelt hatte und die im Keller einen ganzen Raum einnahm.

Die Geschäfte auf der anderen Seite hatten alle gleich große und gleich gestaltete Ladenschilder, schief und komisch, irgendwie naiv, offensichtlich waren sie alle nach dem gleichen Muster gemacht. Wie viel Mühe darauf verwendet worden war, alles gleich aussehen zu lassen. Nur wozu? Es ließ sich nicht ohne Weiteres feststellen, wie alt die Häuser waren; soweit ich sah, konnten sie auch recht neu sein, aber sie waren so gebaut und gestrichen, dass alles alt und rustikal aussehen sollte. Die Wirkung war zauberhaft, eine Welt für sich. Der Ort hatte durchaus eine gewisse Größe, das war mir bewusst, aber von meinem Platz aus war es schwer vorstellbar, dass es da noch mehr gab, und ausgesprochen still war es ebenfalls, kein einziger Laut, der eine lebhafte Stadt vermuten ließ.

Ich dachte an meine Patienten, vielleicht zweitausend Menschen alles in allem oder noch mehr, und ihnen allen, den Stammkunden ebenso wie den Notfallpatienten, war ihr bedingungsloses Vertrauen in mich gemein, sie hätten sich in ihren wildesten Fantasien niemals vorstellen können, dass ich urplötzlich so verschwinden könnte, wie ich es getan hatte: Gardinen zuziehen, die Tür abschließen und ohne Vorankündigung von der Bildfläche verschwinden. Ich, der Zahnarzt, für sie einer, der keine Fehler beging, der sie nie im Stich ließ. Nun hatte ich sie im Stich gelassen, hatte sie dem Elend ihrer Ungewissheit preisgegeben. Harald Holst wartete auf eine neue Prothese, der Abguss gehörte mit zum Letzten, das ich ausgeführt hatte, ob er noch ins Dentallabor geschickt worden war oder nicht, wusste ich nicht. Evald Møller, der immer noch irgendwo mit einer provisorischen Füllung herumlief. All die Schulkinder, die zu übernehmen ich mich bereit erklärt hatte, um Henrik zu entlasten, und die alle schon bestellt waren. Lise, die an dem Tag nichts Böses ahnend vor verschlossener Tür gestanden hatte.

Ich nahm das Handy und schrieb eine Nachricht: *Bin in Redenburg in Deutschland. Bleibe ein paar Tage hier. Alles okay? Grüß Mama und S.* Ich klickte auf Ole-Jakob als Empfänger, schickte die SMS ab und wartete lange mit dem Handy in der Hand auf das kurze Klingeln und das blinkende Lämpchen, das immer folgte.

Am nächsten Morgen unternahm ich nach dem Frühstück einen Spaziergang durch das Viertel, das ich mir, überwältigt von allen Details und Finessen, die zusammengenommen den Eindruck des Idylls verstärkten, immer noch nicht anders als eine von Ängsten und Misstrauen freie, in sich geschlossene Welt denken konnte. Es war noch früh, kein Geschäft hatte geöffnet. Soweit ich sehen konnte, deckte das Warenangebot das meiste ab, was man so brauchte, wie in einem normalen Ort. Es brauchte allerdings nicht viel Zeit, um das Netz von Straßen und Gassen zu durchqueren, und als ich aus diesen Sträßchen herauskam, stellte ich fest, dass ich keine Lust hatte, weiterzugehen in den Rest der vor mir liegenden Stadt mit ihren hohen Häusern, verstopften Straßen und dem hektischen Treiben überall.

Ich überlegte, umzukehren, doch dann biss ich die Zähne zusammen und ging weiter, wobei ich mich wie jemand fühlte, der auf dem Land aufgewachsen ist und gerade erst in die Stadt zieht.

Obwohl am Himmel noch der Mond zu sehen war, herrschte schon reger Betrieb auf den Straßen, die Autos fuhren mit großer Geschwindigkeit in einem unablässigen Strom, und als ich anscheinend eine der Hauptverkehrsadern überquerte, tat ich das in der Gewissheit, dass mich die Autofahrer schlechterdings überfahren würden, wenn ich nicht schnell genug wäre. An der Ecke einer breiten Straße, zwischen einem Platz mit Kastanien und der Einfahrt in ein Parkhaus, tauchte eine junge Frau auf einem Motorrad auf. Sie saß auf dem blauen Gefährt, die Haare lagen stramm um das hübsche Gesicht, die Augen waren starr geradeaus gerichtet, und mit einem frechen Satz über eine niedrige Betonschwelle am Ende des Platzes wurde sie Teil des großen Stroms. Ich blieb stehen und blickte ihr nach, sie sah aus wie ein mechanisches Spielzeug, die Räder drehten sich mühelos und durchsichtig. So verschwand sie leicht und lässig in dem lärmenden Inferno, in dem das geringste Nachlassen der Aufmerksamkeit ihr Haut und Fleisch in Fetzen vom Leib schinden, die Nägel ausreißen und Knochen brechen und ihre Hirnmasse über die Fahrbahn verspritzen würde.

Gerettet, dachte ich, vorerst. Doch wie viel ist die ganze Vorsicht, aus der unser Leben besteht, an dem Tag wert, an dem das Unglück dennoch geschieht, das sich als der totale Wendepunkt für alles erweist? All die Anstrengungen, die man unternimmt, um sich und seine Familie zu beschützen, und auf die man stolz ist, bis das Schicksal plötzlich zuschlägt wie ein Raubtier, das die ganze Zeit über im Schatten gelauert hat. Als Ole-Jakob sechs Jahre alt war, nahmen Eva und ich ihn mit auf eine zweiwöchige Reise an die Westküste der USA. Wir kauften ihm einen Cowboyhut, den wir ihm nicht mehr abluchsen konnten, außer wenn er schlafen sollte. Am stärksten beeindruckten ihn aber die zusätzlichen Displays unter den grünen Männchen an den Fußgängerampeln in Seattle, glaube ich, die die Sekunden bis zur nächsten Rotphase anzeigten. Einmal schrie er auf einer kleinen Verkehrsinsel in der Mitte einer vierspurigen Straße laut auf und hielt mich zurück, weil er fürchtete, uns bliebe nicht genug Zeit, um noch mit heiler Haut die andere Straßenseite zu erreichen.

Während ich durch die abwechselnd schmalen und breiten Straßen ging, hellte der Himmel auf, das Gewimmel nahm zu, und das Tageslicht spürte die Menschen in jeder Ecke und jedem Winkel auf und trieb sie an. Los, raus, alle Mann! Gehorsam nahmen sie mit einstudierter Sachkenntnis ihre täglichen Verrichtungen auf, wurden Teile eines Ganzen, wie unterschiedlich ihre Tätigkeiten auch sein mochten. Sie waren Mitglieder einer Gemeinschaft, in der keiner genau das Gleiche tat wie der andere, wo jede Aufgabe und Routine ihre Besonderheit hatte und doch alle das gleiche Ziel verfolgten, ihren Platz einzunehmen, ihn zu behaupten und zu verbessern, ihn so weit wie möglich zu vervollkommnen. Und bei allem, allem Ehrgeiz und Konkurrenzdenken, allem Neid, aller Verzweiflung, die gleiche Wachsamkeit wie bei der Motorradfahrerin, auf jeden Schritt Acht gebend, um sich keiner unnötigen Gefahr auszusetzen. Als wäre das die große Bewegung, deren Teil sie waren, deren Teil ich war, indem ich mich von dem Gewimmel aufsaugen ließ, die ewige Jagd nach der Vermeidung des Sterbens.

Ich kam zu einem Gebäude, das KUNSTHAUS hieß, ein palastähnlicher Komplex mit einem modernen Anbau, der zusätzlich zu allem, was kulturell Interessierte begehren konnten, auch mehrere Cafés und Restaurants beherbergte. Dort aß ich zu Mittag mit Aussicht auf den Fluss, in dem eine hohe Glasskulptur stand, das braun schäumende Wasser spiegelte sich in Hunderten von Glassplittern, es machte mich schwindelig, wenn ich zu lange hinsah. Einmal klingelte mein Handy, aber ich kannte die Nummer nicht und nahm den Anruf nicht an. Eine Frau und ein beträchtlich jüngerer Mann ein paar Tische weiter wurden gerade mit dem Essen fertig. Er rückte seinen Stuhl näher an ihren, und ohne das geringste Zeichen von Verlegenheit schob er ihr unter dem Tisch seine Hand zwischen die Beine. Irgendetwas sagte mir, dass die beiden gerade jemanden betrogen oder zumindest sie es tat. Widerlich, wie sie da zusammenhockten, er mit leicht gekrümmtem Rücken, miteinander redeten und so taten, als ließe sie die Lust, die sie sich gegenseitig weckten, gänzlich unangefochten.

Während ich sie beobachtete, überlegte ich, ob Eva in meiner Abwesenheit mit einem anderen zusammen gewesen war. Ich hatte sie das oft fragen wollen, es aber gelassen. Wie hätte es auch ausgesehen, wenn ich mir das herausgenommen hätte? Es stand ihr völlig frei, zu tun und zu lassen, was sie wollte, sie hätte hundert Kerle mit nach Hause schleppen können, ohne dass ich etwas hätte einwenden dürfen, sie hätte es mit ihnen vor meinen Augen treiben dürfen, und ich hätte mich damit abfinden müssen. Ich dachte an Florenz zurück, wo wir uns über unsere früheren Beziehungen ausgetauscht hatten, und daran, wie es in mir gewühlt hatte, obwohl ich mir Mühe gab, es vor ihr zu verbergen, es hatte sich angefühlt, als würde sie mir ein Messer ins Herz stoßen. Besonders bei einem, zu dem sie noch Kontakt hatte und den sie, so verstand ich sie, noch immer als einen ihrer besten Freunde betrachtete. Als ich ihm das erste Mal begegnete, musste ich mich hinterher, als wir wieder allein waren, beherrschen, um ihn nicht völlig schlecht zu machen. Aber ich schätze, sie durchschaute mich, weil sie mich provozierte, indem sie lange und wärmstens von ihm erzählte, all seine Vorzüge lobend hervorhob und sogar meinte, die, die ihn eines schönen Tages bekäme, könne sich glücklich schätzen.

Was hatte ich für eine Angst gehabt, sie zu verlieren, ihr nicht zu genügen. Eva im Labyrinth, die ich fand, als ich das Zentrum erreichte.

Ich beschloss, nicht länger daran zu denken.

Herausstehende Nägel werden mit dem Hammer eingeschlagen. Dasselbe gilt für Erinnerungen.

Ich ging und drehte eine Runde durch das modernisierte Palais, in dem es überall von Gesprächen summte. Über der Kasse eines kleinen Kinos stand auf einem Plakat ein HORRORFESTIVAL angekündigt. Ich kaufte eine Karte für die nächste Vorführung. Es war durchaus möglich, dass Ole-Jakob den Film auch gesehen hatte, er hatte sich alles reingezogen, was zu diesem Genre gehörte. Neugierig, was ich zu sehen bekäme, ging ich zu einer Reihe von gerahmten Filmplakaten an der Seitenwand, die meisten vierzig oder fünfzig Jahre alt. »Da packt Sie das kalte Grauen!«, stand auf einem in Goldbuchstaben über dem Bild eines alten, efeuumrankten Ziegelsteinhauses und einer Nahaufnahme des schreckverzerrten Gesichts einer gut aussehenden Frau vor einer Gruppe kleiner, merkwürdig aussehender Menschen, die aus einer Freakshow stammen konnten.

Als ich aus dem Kino kam, war es dunkel. In den Sockel der Glasskulptur eingelassene Scheinwerfer strahlten, es glitzerte auf den spiegelnden Oberflächen. Ich versuchte mir vorzustellen, wie

Ole-Jakob den Film wohl gefunden hätte und was ich dazu sagen würde, nachdem ich ihn jetzt gesehen hatte, und wir diskutierten eine Weile darüber. Bis ich merkte, dass die Stimme, die ich in meinem Kopf hörte, nicht seine war. Es war eine andere, fremde, ohne die geringste Ähnlichkeit. Ohne die geringste Ähnlichkeit womit? Mit Schrecken ging mir auf, dass ich es nicht wusste. Ich versuchte mich zu erinnern, doch es funktionierte nicht, als ich seine Stimme hören wollte, hörte ich nichts, dabei stand mir sein Gesicht doch so lebendig vor Augen. Ich gab mir alle Mühe, aber an dieser einen Stelle in meinem Gedächtnis war ich wie taub. Kein Laut. Grabesstille. Gieriges Vergessen, wird es denn niemals satt, frisst es nur immer weiter, was einmal war?

Den Abend verbrachte ich wieder am Fenster. Ich fühlte mich wie in einem Märchen. Gleichzeitig merkte ich, wie ich das Weihnachtsdörfchen langsam mit anderen Augen betrachtete, wie ich, zunächst ohne mir dessen bewusst zu sein, nach irgendetwas suchte, das nicht stimmte. Als ob alles zu schön wäre, um wahr zu sein. Es war nur eine Frage der Zeit, bis ich ein Detail fand, das genau das enthüllte.

Ein offensichtlich betrunkener Mann kam die Straße entlang. Kurz sah es aus, als würde er fallen, so schwankte er, doch mit enormer Kraftanstrengung schaffte er es, sich mit schweren Schritten wie in Zeitlupe weiterzuschleppen. Einmal hatte ich Ole-Jakob betrunken gesehen. Er hatte eine Klassenfete besucht, zusammen mit einem Freund, der anschließend bei uns übernachten sollte. Die beiden waren vierzehn oder fünfzehn gewesen, und um elf Uhr abends standen sie plötzlich wieder vor der Tür, der Freund so voll, dass er kaum auf den Beinen stehen konnte. Ich sprach ihn an, bekam aber nur ein gurgelndes Grunzen zur Antwort. Auch Ole-Jakob hatte kräftig geladen, merkte ich, aber er war im Kopf noch klar, als hätte ihn der erbärmliche Zustand seines Freundes gerade so nüchtern gemacht, wie es nötig war, um ihn sicher nach Hause zu bringen. So zuständig hatte er sich gefühlt, und es hatte sicher eine Menge Kraft gekostet, den nahezu bewusstlosen Freund zu uns zu bugsieren, denn es war mitten im Winter, und es hatte den ganzen Tag und Abend über geschneit, wahrscheinlich war sein heftigster Rausch im Verlauf des anstrengenden Heimwegs verflogen, ich ging davon aus, dass sie bei ihrem Aufbruch beide ungefähr gleich volltrunken gewesen waren, doch, verbrüdert in der Gefahr, war der Alkohol Schritt für Schritt aus Ole-Jakob gewichen und hatte sich in seinem Freund angereichert, mit jedem Meter, den sie sich im Schneetreiben vorankämpften, wurde der eine immer nüchterner und der andere immer besoffener. Nachdem wir den Freund ins Bett gepackt und uns versichert hatten, dass er fest schlief, wiesen wir Ole-Jakob den Ohrensessel im Wohnzimmer an, Eva und ich nahmen gegenüber auf dem Sofa Platz. Als ich eine Gardinenpredigt vom Stapel lassen wollte, wusste ich auf einmal weder, was ich sagen sollte, noch, ob wir ihm nur Vorhaltungen machen oder nicht auch ein wenig Anerkennung hineinmischen sollten in Anbetracht seines heldenmütigen Einsatzes für den Freund, der ihn dazu bewogen hatte, lieber Farbe zu bekennen und sich zu Hause eine Standpauke abzuholen, anstatt in Heimlichkeiten und im Vollrausch unterzutauchen, der die beiden auf der Party plötzlich überwältigt hatte, wo immer sie auch stattgefunden hatte. (Am nächsten Tag saß der Freund, grün im Gesicht, auf demselben Sessel und bekniete uns, dermaßen dem Heulen nah, bloß seinen Eltern nichts zu sagen, dass wir uns am Ende trotz starker Zweifel damit einverstanden erklärten.)

Am folgenden Tag regnete es. Ich verließ mein Zimmer nur für einen Gang zu einem Lebensmittelgeschäft, das ich am Vortag gesehen hatte. Dort kaufte ich Brot, Käse und ein Glas Marmelade, die mir von dem netten Verkäufer sehr empfohlen wurde. Außerdem bekam ich eine Packung Kekse, für die er kein Geld annehmen wollte. Er bedauerte das schlechte Wetter und wünschte mir noch einen schönen Tag. Wäre er mürrisch oder unfreundlich gewesen, dachte ich auf dem Rückweg, hätte er alles verdorben.

Ich bestellte an der Rezeption eine Tasse Kaffee, nahm sie und eine der ausliegenden Zeitungen mit aufs Zimmer, setzte mich auf meinen Stammplatz und begann eine gründliche Lektüre der Zeitung, Seite für Seite, von den längsten Artikeln bis zur kleinsten Notiz. Der Regen, der gegen das Fenster prasselte, gab mir ein Gefühl wie in der Kindheit ein, wenn ich krank war und nicht zur Schule gehen konnte. Danach schrieb ich eine SMS an Ole-Jakob: *Horrorfilmfestival in Redenburg! Habe mir gestern Hexensabbat angeschaut. Hast du den gesehen? Bisschen schräg mit deutscher Synchronisation. Aber trotzdem gut, finde ich. Grüß die anderen.* Draußen nahm der Regen noch zu, die Fensterscheibe sah aus wie mit einem dünnen Gelfilm überzogen. Kein Mensch war zu sehen, nur Regenschirme in verschiedenen Farben wippten vorbei wie Blumen auf einem Fluss. Ich dachte, das Einzige, was noch fehlte, um mein neues Zuhause komplett zu machen, war ein wenig Schnee. Ich beschloss, an dem Tag abzureisen, an dem es zu schneien anfinge, denn so wollte ich es am liebsten im Gedächtnis behalten.

Abends ging ich nach unten ins Fernsehzimmer. Im Kamin brannte ein Feuer, es herrschte eine gemütliche Atmosphäre in dem kleinen Raum, an dessen Decke massive, schwarze Balken verliefen. Ich bestellte ein Bier und einen Schnaps bei meiner weißhaarigen Wirtin, die sich auf der Suche nach der richtigen Flasche durch die Regale tastete, als wäre sie blind, und auf einem der Kanäle lief ein Bundesligaspiel zwischen zwei Vereinen, von denen ich noch nie gehört hatte. Das Spiel hatte eine fast hypnotisierende Wirkung, zu den präzisen weiten Pässen, den mühelos angenommenen Bällen, gelegentlichen blitzschnellen Spielzügen und aggressiven Kopfballduellen in Zeitlupe fehlte nur ein Wiener Walzer, um das Ganze wie eine komplexe Tanznummer aussehen zu lassen. Allmählich döste ich darüber ein, das Getöse von den Tribünen im Hintergrund brachte mich dem Schlaf näher und näher, und kurz bevor ich wegdriftete, dachte ich noch, ich könne ewig so sitzen bei den Geräuschen eines Unentschieden, in dem zum unisono anhaltenden Rauschen des Jubels ein Angriff den anderen ablöste.

Dieses Dösen vor dem Bildschirm – ein paar Sekunden lang träumte ich auch etwas – war so behaglich, dass ich zu meinem Ärger aufwachte, als der Kommentator wieder und wieder »Tor« brüllte, als hätte er sich vorgenommen, alle zu wecken, die vor dem Bildschirm eingeschlafen waren. Doch nachdem ich widerwillig zu mir gekommen war, teilte ich ohne Weiteres die Begeisterung für den Torschuss; der Stürmer hatte einen Steilpass in die Mitte erhalten, und obwohl ihm zwei Verteidiger am Trikot klebten, konnte er den Ball annehmen und verarbeiten, indem er die beiden durch eine überraschende Körperdrehung abschüttelte und den Ball in der langen Ecke versenkte, der Torwart guckte noch mit offenem Mund hinterher, als neben ihm der Jubel losbrach.

Das Feuer war heruntergebrannt, ich stand auf und legte ein paar Scheite nach, wobei ich feststellte, dass ich immer noch keine weiteren Gäste gesehen hatte. War ich etwa der einzige? Die Wirtin saß an der Rezeption und klappte die Augen auf und zu, sie konnte unmöglich viel von dem mitbekommen, was um sie herum vorging. Im Fernsehen war eine Rauferei zwischen zwei Spielern im Gange, und der Schiedsrichter hatte alle Mühe, die beiden Streithähne auseinanderzubringen, als ob das 1:0 die fein austarierte Ausgeglichenheit der beiden Mannschaften, die dem Spiel sein Gepräge eines ebenso endlosen wie bedeutungslosen Hin und Her gegeben hatte, zerstört hätte. Alles, was mich daran angesprochen hatte, war weg. Zurück blieb ein simpler Krieg, in dem die Gegner an nichts anderes dachten als daran, einander, soweit sie konnten, fertigzumachen.

Wie um mich zu bestrafen, verfolgte ich den Kampf bis zum Ende. Ich erinnerte mich, wie langweilig ich es gefunden hatte, Ole-Jakob zu seinen Spielen auf den Sportplatz zu begleiten, und welche Mühe ich mir gegeben hatte, das vor ihm zu verbergen. Mal um Mal an der Seitenlinie zusammen mit den anderen Vätern, keine Ahnung, was ich sagen sollte, um mit ihnen ins Gespräch zu kommen, und so standen wir in der Regel stumm nebeneinander und taten so, als würden wir gebannt dem Treiben auf dem Aschenplatz folgen, erleichtert, wenn endlich der Abpfiff kam und die Jungen jeweils auf ihre Seite rannten, um ihre unverdiente Huldigung in Empfang zu nehmen.

Im Auto auf dem Heimweg aber kam immer eine muntere Unterhaltung zwischen uns in Gang, vielleicht aus Erleichterung, weil es für diesmal überstanden war. Ja, nie waren wir sonst so redselig wie bei diesen Anlässen. Am laufenden Band wurden Situationen rekapituliert, und immer forderte er von mir Ausblicke, welche großartigen Chancen sich ihm für die Zukunft in einem der berühmten Vereine böten, am liebsten in einem englischen Club. Seine Ambitionen gingen mit der souveränen Missachtung des zeitlichen Aspekts einher, die ich mich nie zu korrigieren traute: Eines schönen Tages, er sah es schon vor sich, würde er am Anstoßpunkt stehen und den Ball auf Ian Rush, Dennis Bergkamp oder Eric Cantona spielen.

Ole-Jakob Meyer als gewölbter Schriftzug über der Sieben anstatt über einer Jahreszahl.

Ich wurde vom Telefon geweckt. Soweit ich erkennen konnte, dieselbe Nummer wie am Vortag. Diesmal ging ich ran, weil ich dachte, das sei die einzige Möglichkeit, das infernalische Klingeln abzustellen. Es war Boris. Er erkundigte sich, wo zum Teufel ich stecke, und meinte, er versuche mich seit Tagen zu erreichen. Ich hörte seiner Stimme an, dass er getrunken hatte. Ich sah auf die Uhr. Aha, sagte er, als ich ihm erklärte, wo ich mich aufhielt. Wenn du meinst, dass es dir guttut. Dann erzählte er etwas von einem Schriftsteller, von dem er neulich ein Interview gelesen habe, in dem er erklärte, dass er die ganze Aufmerksamkeit, die ihm zuteil werde, hasse und er lediglich seine Ruhe haben wolle und zeit seines Lebens kein Interview mehr geben werde. Laut Boris hatte er das in allen Interviews der letzten Jahre gesagt. Ich fühlte mich zu müde, um seine Verärgerung zu teilen, und beließ es bei einigen eingestreuten Kommentaren, die sich dahingehend deuten ließen, dass ich seine Meinung teile. Draußen war es noch dunkel. Ich wollte ihn fragen, ob ihm eigentlich klar sei, wie früh am Morgen es war, doch dann dachte ich, er würde das bloß damit parieren, zu jammern, wie spät es sei. Er quasselte lange, kam von einem aufs andere und hatte so viel zu erzählen, dass er nicht einmal merkte, wie wenig ich zum Gespräch beitrug. Urplötzlich, nach fast einer Stunde, fragte er: »Störe ich? Du klingst so mürrisch.« Ich sagte, das komme daher, dass es sechs Uhr am Morgen sei und er mich mit seinem Anruf aus dem Schlaf geholt habe. »Aber was zum Teufel hast du in Redenburg verloren?«

Ich wollte mir etwas einfallen lassen, um ihn von der Frage abzulenken, auf die ich keine gute Antwort geben konnte, und kam darauf, ihn nach jenem geheimnisvollen Haus zu fragen, von dem er mir erzählt hatte, und bat ihn, mir noch einmal zu sagen, was man tun müsse, um es zu finden.

»Sag mal ehrlich, Karl, was treibst du eigentlich?«

Ich bat ihn, einen Moment zu warten, ging zum Tisch am Fenster und notierte auf der Zeitung, die dort lag, die Details, an die er sich erinnerte. Anschließend war es für eine Weile still.

»Boris?«

Er stöhnte. »Scheißkorken!«

»Hast du nicht längst genug?«

Neuerliche Pause. Gluckerte da eine Flasche?

»Du hast recht«, sagte er nach einem ausgiebigen Schluck. »Du kannst mir eine Ansichtskarte schicken, wenn du hinkommst. Und denk dran, was du auch tust, bloß nicht einschlafen, solange du dich dort aufhältst. Gute Nacht!« Damit legte er auf. Mir war kalt, ich hatte eine Gänsehaut, aber mein Ohr fühlte sich so heiß an, als käme es aus der Mikrowelle. Ich sah mir an, was ich notiert hatte, unsicher, wozu ich es überhaupt aufgeschrieben hatte.

Zagreb
Bratislava
Reduta
Neusohl
Corgoň
Ich möchte den Ort sehen, an dem Hoffnung zu Staub wird.

Da ich nichts Besonderes zu unternehmen wusste und auch kein großes Bedürfnis verspürte, etwas zu unternehmen, suchte ich den einzigen Ort auf, den ich kannte und zu dem ich den Weg sicher fand. Die Luft war kalt, alle Gerüche besaßen die gleiche Intensität. Auf dem Platz vor dem KUNSTHAUS stand eine ganz weiß angemalte Frau auf einem Sockel, ohne sich zu bewegen, aber was sie wirklich wie eine Statue aussehen ließ, war das Paar Kontaktlinsen, die ihre Augen ebenfalls weiß färbten. Da packt sie das kalte Grauen, dachte ich, beeindruckt von ihrem Durchhaltevermögen bei dem kalten Wetter.

Die Treppe war voller Menschen, viele von ihnen in Ole-Jakobs

Alter. Gescheite Menschen, die das Leben noch vor sich und etwas unter dem Hintern hatten, anscheinend alle, jemand war so umsichtig gewesen, kleine Styroporplatten zum Draufsitzen mitzubringen. Ich zündete mir eine Zigarette an und fühlte mich auf einmal alt und war, wie ich feststellte, voller Bewunderung für das jugendliche Schauspiel vor meinen Augen. Überall redete, gestikulierte, erläuterte, lächelte, lachte jemand, schnitt Grimassen, riss die Augen auf oder schlug die Hand vor den Mund, man schüttelte den Kopf, umarmte oder küsste sich und schrie laut vor Begeisterung. Was für ein Unternehmungsgeist, dachte ich. Was für ein Enthusiasmus. Mir wurde fast schwindelig, umgeben von dieser ganzen Lebenslust, die mir unendlich, unerschöpflich, unaufhaltsam vorkam, wie sie aus all den Köpfen vor mir förmlich sprühte und Funken schlug. Studium, Musik, Theater, Kunst, Liebe, alle beschäftigten sich mit etwas, alle brannten darauf, im Leben dies oder jenes zu erreichen, etwas, für dessen Verwirklichung sie alle Kräfte aufboten. Und ich dachte, darin liege der Sinn, weshalb man Kinder in die Welt setzte, dass man durch sie noch einmal die Jugend erleben könne, während man selbst sich weiter und weiter von ihr entfernte.

Ein junger Mann kam auf mich zu und drückte mir einen Flyer in die Hand. »Du solltest kommen«, sagte er, »heute Abend letzte Vorstellung.« Ich besah mir das Papier, die Ankündigung eines Theaterstücks mit der Abbildung einer Skulptur, die ich kannte. Als ich aufblickte, sah ich, dass der junge Mann zu der weißen Frau gegangen war und die beiden lebhaft miteinander sprachen. Sie war von ihrem Sockel gestiegen, hatte eine Daunenjacke übergezogen und steckte sich gerade eine Zigarette an. Sie erschien mir wie eine römische Vestalin, die sich, nachdem sie aus der Zeitmaschine geklettert war, nicht schnell genug an die moderne westliche Kultur anpassen konnte.

Am Abend folgte ich der Wegbeschreibung auf der Rückseite des Flyers und fand so zu einem zweigeschossigen Gebäude mit hohen Glasfassaden, das früher offenbar ein Einkaufszentrum mit Eisenbahn- oder U-Bahn-Station gewesen war. Ein Durchgang mit Hinweisschildern zu den Gleisen war zugemauert, die Mauer mit Graffiti vollgesprüht. Auf den Scheiben über dem Eingangsportal stand in großen Buchstaben: DER TURM VON BABEL, darunter: PLANET DER AFFEN. Ich wusste, dass ich beide Filme in Ole-Jakobs Zimmer gesehen hatte, sie gehörten zu einer ganzen Serie in einem Schuber mit der amerikanischen Freiheitsstatue vor einem blutroten Sonnenuntergang auf dem Cover. Eine Schiebetür glitt auf, drinnen war eine kleine Absperrung zum Kassenschalter aufgebaut, dahinter trat man in eine Art offener Halle. In der Mitte befanden sich zwei Aufzüge und eine Rolltreppe zu beiden Seiten. Beide Rolltreppen liefen, eine aufwärts, eine abwärts, und das verlieh dem Raum etwas Ungemütliches bis Unheimliches, es sah aus, als hätten die dort Arbeitenden ihre Läden Hals über Kopf verlassen. In einem Schaufenster hingen noch einige Kleider an einer fahrbaren Kleiderstange, auf der Rückseite des Kartenschalters wechselten auf einem Werbebildschirm die Reklamen ungefähr alle fünfzehn Sekunden mit einem unangenehmen Geräusch. Vor den Aufzugtüren stand die weiße Frau wieder auf ihrem Sockel in exakt derselben Positur wie vorhin vor dem KUNSTHAUS. Drei Reihen Stühle standen aufgebaut. Zur angegebenen Anfangszeit saßen außer mir noch vier Personen im Saal, und ich sah es vor mir, wie die Mitarbeiter des Theaters im Gleichtakt mit ihren enttäuschten Erwartungen an jedem Vorführungsabend eine weitere Stuhlreihe entfernt hatten. Bevor ich das Handy ausschaltete, setzte ich noch eine SMS ab: *Du wirst es kaum glauben, aber ich bin in einem coolen Bau, der Turm von Babel heißt, und sehe mir eine Theaterinszenierung von Planet der Affen an. Oder umgekehrt.* Erst nachdem ich die

Nachricht abgeschickt hatte, fiel mir ein, wie sich Ole-Jakob jedes Mal peinlich berührt gedreht und gewunden hatte, wenn ich Ausdrücke wie »cool«, »fett« oder »krass« benutzt hatte, wie in einer allergischen Reaktion auf Versuche seines Vaters, sich zu ihm auf seine Ebene zu begeben, meine Smileys, das wusste ich, ließen ihn vor Fremdscham rot anlaufen.

Dann ging die Beleuchtung aus, und ein Mädchen in Schuluniform kam die Rolltreppe herab und hielt einen langen Monolog: »Endlich wurde es Nacht in der Welt der Untoten. Aus allen Ecken und Winkeln kamen sie …« Während es sprach, schwebten weitere Gestalten von oben herab oder tauchten aus dem Dunkeln auf, machten groteske Bewegungen und verschwanden wieder. Ständig traten neue Figuren auf, doch nach einer Weile erkannte ich einige der Schauspieler wieder und begriff, dass es sich vermutlich um eine sehr kleine Theatergruppe handelte, deren Mitglieder jeweils mehrere Rollen spielten, bei denen es sich anscheinend um verschiedene Spielzeuge, Kreisel, Puppen, Aufziehtiere und so weiter, handelte. Einige von ihnen waren ganz witzig, und einmal musste ich lachen, als ein glatzköpfiger Mann in einer winzigen Karre übers Parkett gezogen wurde. Solange die Karre in Bewegung war, schüttelte er den Kopf, sobald die Karre stehen blieb, hörte er damit auf. Außerdem gab es eine Art Zaubernummer, die ich nicht durchschaute: Eine Frau betrat einen der Aufzüge und kam im nächsten Moment aus dem anderen heraus. Alles wurde von altmodischer Zirkusmusik begleitet, und ich dachte, abgesehen von ein paar sexuellen Andeutungen hätte das Ganze eine Kindervorstellung sein können.

Dann nahm die nostalgische Unterhaltung nach und nach eine dunklere Färbung an. Die Handlungen gingen allmählich in Gewalttaten über, zwei Teddybären versuchten sich gegenseitig mit Messern umzubringen, ein Soldat in deutscher Uniform mit einer Totenkopfmaske vor dem Gesicht richtete eine Maschinenpistole auf uns, dann kam das Girlie in der Schuluniform und wollte, dass er ihm den Lauf der Waffe zwischen die Beine steckte. Außerdem war die Zirkusmusik von so etwas wie Militärmärschen abgelöst worden, die allerdings so verlangsamt gespielt wurden, dass es sich wie Klagelaute eines untröstlichen Riesen oder Trolls anhörte, lang gezogenes, wimmerndes Jaulen. Als ein Clown aus dem Aufzug kam, der ein Modell des World Trade Center auf den Schultern trug und ein Modellflugzeug in der Hand hielt, stand der Zuschauer neben mir auf und verließ unter vernehmlichem Protest den Saal.

Gerade als ich dachte, sie hätten ihren burlesken Einfallsreichtum erschöpft, tauchte aus dem Dunkel unter einer der Treppen ein nackter und erschreckend magerer Zwerg mit so etwas wie einer großen Geschwulst am Kopf auf. Sein ganzer Körper war weiß bemalt, und auf den Schultern hatte er Engelsflügel, die sich im Takt seiner Schritte entfalteten und zusammenklappten. Er war wirklich magersüchtig dürr, ausgemergelt wie die Miniaturausgabe eines KZ-Häftlings, sein Brustkorb glich einem Vogelschädel, und wo die Rippen endeten, fiel der Bauch so ein, als hätte sich sein Magen an seinem verwachsenen Rückgrat festgesaugt. Ohnehin schon so klein, und trotzdem der Wunsch, noch weniger zu werden? Das einzig normal Große an ihm waren seine Arme, die fast bis zum Boden reichten. Ich merkte, wie mir bei seinem Anblick unwohl wurde, und ich überlegte, ob ich dem Beispiel meines Sitznachbarn folgen sollte. Doch etwas hielt mich zurück, und wenn es nur der Wunsch war, den Wendepunkt zu erleben, an dem das Ensemble das Treiben, das inzwischen den bedrohlichen Charakter von etwas Realem angenommen hatte, beenden und uns zu Narren erklären würde, die alles schluckten, was man ihnen an Widerwärtigkeiten vorsetzte.

Das kleinwüchsige Knochengestell erreichte jetzt die erste Stuhlreihe. Da blieb es stehen und starrte jeden von uns einzeln an. Die langen, dürren Arme hingen herab, während die Fingerspitzen, wie es schien, sich anstrengten, den Boden zu erreichen, wobei sie schwach zitterten. Sein Blick war wie der eines lebendig Eingemauerten, der gerade durch einen schmalen Spalt ins Freie sehen kann. Auf einmal beschlich mich ein Gefühl der Angst. Was, wenn es sich um eines dieser Stücke handelte, bei denen das Publikum irgendwann in die Handlung einbezogen wurde, wo es zur Vorstellung gehörte, dass sich einer von uns vor aller Augen der Lächerlichkeit preisgab? Ich warf einen Blick auf die anderen Köpfe. Die anderen schienen gar nicht mehr zu leben, so reglos hockten sie da, dass gar kein Zweifel bestand, wen sich die Schauspieler im Fall des Falles von uns vieren aussuchen würden.

Doch nach einer Weile wandte sich der Zwerg glücklicherweise ab. Die federgeschmückten Bumerangs schlugen, als er zu dem Platz ging, an dem die Vestalin gestanden hatte. Dort wartete er lange ab, dann stieg er auf das Podest. Dabei hätte er fast das Gleichgewicht verloren, unmöglich zu entscheiden, ob das einstudiert war oder nicht, jedenfalls sah es für einen Moment so aus, als könnte er fallen und auf dem Boden in tausend Scherben zerschellen, dann gewann er die Kontrolle über seine knochigen Glieder zurück und nahm eine Haltung ein, mit der er vermutlich so gut wie möglich die Vestalin nachahmen wollte. Unterschiedlicher hätten die beiden lebenden Statuen allerdings nicht sein können. Wo die römische Schönheit in ihrer Erhabenheit reglos gethront hatte, stand der Zwerg zitternd, als koste es ihn seine letzte Kraft, die monströs verwachsenen Arme in die Höhe zu halten. Wo ihr Gesicht mit den toten weißen Augen wie in Marmor gemeißelt ausgesehen hatte, verzerrte sich seins vor Schmerz, er kniff die Augen zusammen und verzog den Mund, dass alle Zähne sichtbar waren. Ihre graziöse Eleganz gegen seine unbeschreibliche Anstrengung. Selbst sein kleines Geschlechtsteil zitterte. Minuten vergingen. Ich merkte, dass ich in Erwartung, der weiße Körper auf dem Podest werde zusammenklappen, die Fäuste geballt hatte. Die Musik war verstummt, die Beleuchtung bis auf den einen Scheinwerfer, der ihn anstrahlte, vollständig gelöscht, durch die Glaswände sahen wir den Mond über Redenburg.

Ich weiß nicht, wie lange er da stand. Gefühlt waren es Stunden. Das Zittern ließ nach und nahm wieder zu, aber nie schaffte er es, einmal ganz still zu stehen. Es sah so aus, als halte er den Atem an, und zwar seit er aus dem Dunkel getreten war, die Rippen wölbten sich unter der dünnen Haut, ich dachte, man könne darauf spielen und es würde die gleichen Töne hervorbringen wie ein Xylofon. Sein Gesicht war nach oben gewandt und durchlief eine seltsame Veränderung, doch so allmählich, dass es lange dauerte, bis ich es registrierte, die knochigen Gesichtszüge flossen mehr und mehr ineinander. Es dauerte noch einmal eine Weile, bis ich begriff, was geschah. Erst als eine Mischung aus Schminke und Tränen auf seine Vogelbrust zu tropfen begann. Ich wäre am liebsten losgelaufen, um etwas zu tun, was seine Schmerzen lindern konnte, doch gleichzeitig war mir klar, dass es wahrscheinlich das Schlimmste wäre, was man ihm antun konnte, unsere einzige Hilfe bestand darin, ihn anzusehen, nicht wegzuschauen, den Anblick auszuhalten, wie er an seinem unsichtbaren Kreuz hing, während ihm die Tränen die Maske abwuschen und ihn unkenntlich machten, das Zwergengesicht in einem schmelzenden Brei von Haut und Knochen aufgelöst.

Dann war es endlich vorbei. Das Licht im Saal ging an, die Knochenskulptur ließ die Arme fallen und stieg von ihrem Podest. Ich atmete erleichtert auf. Alle Schauspieler, zusammen waren es nicht mehr als sieben, kamen nach vorne, um in Empfang zu nehmen, was sich mehr nach den Schritten eines sich Entfernenden als nach Applaus anhörte; von den verbliebenen Zuschauern blieb einer auch sitzen, ohne zu klatschen. Das Ensemble wäre ein drolliger Anblick gewesen, hätte es nicht die letzte Stunde systematischer Demontage aller Anflüge von Komik gegeben, sie sahen aus, als wäre jeder von einem anderen Planeten gekommen, wie eine repräsentative Auswahl von Arten aus dem Tierreich, aus Traumwelten, aus Zukunftswelten und so weiter, von einem launischen Entdeckungsreisenden nachlässig und mit schrägem Humor zusammengetragen. Der Planet der Affen, dachte ich, sollte das am Ende vielleicht der Sinn des Ganzen sein?

Als ich aufstand, kam der junge Mann auf mich zu, der mir den Flyer in die Hand gedrückt hatte. Er trug noch das Kostüm, in dem er zuletzt aufgetreten war, ein paar zusammengehakte Metallplatten, die ihn wie einen Zinnsoldaten aussehen lassen sollten.

»Du bist also gekommen«, sagte er und strahlte, als wäre ich zu einer Weihnachtsfeier erschienen. »Wie hat's dir gefallen?«

»Den ersten Teil fand ich gut«, sagte ich, nicht gerade stolz auf mein eingerostetes Schuldeutsch.

»Aber den zweiten Teil nicht?«

»Der zweite Teil …« Ich zögerte.

»Na, jedenfalls bist du gekommen«, sagte er freundlich und kam mir einmal mehr wie ein Lehrer vor, der alle Eltern begrüßt. Als ich ging, machte ich mir Vorwürfe, weil ich ihm nichts Aufmunternderes hatte sagen können und es nicht wenigstens versucht hatte. Nach einem Weilchen blieb ich stehen, aktivierte das Handy und schrieb: *War doch nicht so cool*, und schloss mit einem sauer dreinblickenden Smiley. Nachdem ich es abgeschickt hatte, konnte ich mir bei dem Gedanken an Ole-Jakobs mutmaßliche Reaktion eine leise Freude nicht verkneifen. Während ich noch dastand, kam ein junger Typ auf einem Fahrrad vorbei; er hatte den Lenker losgelassen und die Arme gekreuzt, um mir zu imponieren. Nein, nicht mir, sondern seiner Freundin, die gleich dahinter auf einem klapprigen Drahtesel angeschlingert kam, der wohl bald auseinanderfallen würde.

Ich meinte, den gleichen Weg zurückzugehen, den ich gekommen war, aber nach einigen Häuserblocks stand ich auf einem gepflasterten Platz, den ich noch nie gesehen hatte, in der Mitte ein Springbrunnen mit drei Fröschen, die sich gegenseitig die Zunge rausstreckten. Vor einem Café auf der anderen Seite saßen Menschen unter einer grün und weiß gestreiften Markise und rauchten in der Wärme einer rot glühenden Lampe. Gleich daneben spielte jemand Harfe. In der Abendkühle klang es wie das spröde Geklimper auf den Saiten eines Eierschneiders. Ich ging näher, und da hörte es sich an, als bekämen die Töne des Instruments mehr Resonanz und ähnelten mehr und mehr Musik. Die Spielende sah mich an und lächelte. Sie hatte eine Wintermütze mit Ohrenklappen auf dem Kopf, dicke Stiefeletten an den Füßen und trug einen gefütterten Overall mit leuchtenden Reflektorstreifen; so sah sie aus wie ein Kindergartenkind, dem man die Hände einer Harfenistin transplantiert hatte. Solange ich stehen blieb und zuhörte, sah sie mich an und nickte und lächelte jedes Mal, wenn sie ihrem großen Goldkamm wieder einen Schauer besonders schmelzender Töne entlockt hatte.

Ich blieb, bis sie das Stück zu Ende gespielt hatte, und beneidete sie um ihre unglaubliche Fingerfertigkeit und dachte daran, für welche glanzlosen Zwecke ich meine eigenen Finger benutzte. Sie richtete sich auf und schlug die Arme um sich, um Wärme in den Körper zu bekommen.

»Möchten Sie es einmal probieren?«, fragte sie.

Ich schüttelte den Kopf, erwiderte aber das freundliche Lächeln. Dann zückte ich mein Portemonnaie und reichte ihr einen Geldschein. Nun war es an ihr, den Kopf zu schütteln.

»Die Musik ist gratis«, sagte sie. Ich fürchtete, sie brüskiert zu haben. Doch dann machte sie ein paar Tanzschritte, drehte sich ein paarmal und verbeugte sich, wahrscheinlich um wärmer zu werden, ich nahm es jedenfalls als Zeichen, dass sie nicht beleidigt war.

Ich ging mit einem Gefühl, dass sie mir eigentlich noch mehr hatte sagen wollen, es dann aber entweder aus Schüchternheit oder um mich zu verschonen unterlassen hatte. Nach einigen Metern drehte ich mich um. Die Frau stand mit dem Rücken zu mir und streifte ein blaues Futteral über das große Instrument. Ich ging weiter, und als ich mich ein zweites Mal umdrehte, war sie verschwunden. Ich sah zu dem Café, vor dem die rauchenden Gäste noch unter der Markise saßen, einer von ihnen lachte gerade, und nichts wies darauf hin, dass sich vor ihren Augen gerade etwas Ungewöhnliches ereignet hatte, ja, der ganze Platz wirkte wie der normalste, friedlichste und unschuldigste Ort der Welt.

Beunruhigt ging ich ohne ein bestimmtes Ziel weiter. Der Mond, den ich durch die Glaswände des geschlossenen Einkaufszentrums gesehen hatte, leuchtete wie eine Lampe über dem Ort, nirgends war es ganz dunkel. In mehreren Häusern hatte man Kamine oder Öfen angefeuert, bläulicher, grauer oder gelblicher Rauch stieg aus den Schornsteinen, ballte sich in der Luft und trieb davon wie der Qualm einer Dampflok.

Eine Weile ging ich hinter einem Mädchen her. Auf ihrem Hosenboden stand ILLINOIS. Es machte mich neugierig, ihr Gesicht zu sehen. Aber sie verschwand in einem Hauseingang. Es sah aus, als würde sie geradewegs durch die Wand gehen. Die unabsichtliche Zaubernummer erinnerte mich an einen Roman, den mir Boris zu lesen gegeben hatte. Er handelte von einem Mann, der aufwacht, nachdem er geträumt hat, er habe jemanden umgebracht, und danach nicht mehr weiterleben kann wie zuvor.

Den Rest der Geschichte hatte ich vergessen, aber wie der Autor gerade das beschrieben hatte, hatte Eindruck auf mich gemacht. Es war etwas nicht wieder Gutzumachendes passiert, und gleichzeitig war überhaupt nichts passiert. Ich dachte an Boris und merkte, dass ich ihn vermisste, wollte ihn anrufen, ließ es aber doch. Dann versuchte ich mir vorzustellen, welches Urteil er wohl über die bizarre Theatervorstellung gefällt hätte, die ich besucht hatte, kam aber zu keinem anderen Ergebnis, als dass er entweder schwer begeistert oder total negativ gewesen wäre.

Irgendwo fanden Erdarbeiten im Untergrund statt, aus einem Loch im Asphalt stieg Dampf auf und bildete eine hohe, pilzförmige Wolke. Eine Straßenlaterne warf den Schatten eines kleinen Baums auf die Dampfsäule, die hin und her wogte, bewegt vom Wind und rhythmischen Aufwallungen aus der unterirdischen Baustelle.

Ein unbeleuchteter Bürgersteig, von der Straße mit einer Kette abgeteilt und so schmal, dass man kaum darauf gehen konnte, brachte mich zu einem breiten Kanal, auf dem in Reih und Glied Hausboote lagen. Die hohen Steinhäuser auf der anderen Seite standen schief und schräg, entfernte man eins aus der Front, stellte ich mir vor, fielen die anderen auch in sich zusammen. Ich ging am Kanalufer entlang. Die Oberfläche war so glatt, dass es aussah, als stünde das Wasser still wie in einer Wanne oder einem Trog, doch gleichzeitig schuf vorbeitreibendes helles Laub den Eindruck eines reißenden Stroms, weder das eine noch das andere schien zu der wirklichen Fließgeschwindigkeit des Wassers zu passen. In einigen Hausbooten brannte Licht, manche hatten Gardinen vor den Fenstern. Auf einem Deck standen ein Mann und eine Frau. Sie umarmte ihn, und er sah sie freudig an, doch als er sie seinerseits umarmen wollte, drehte sie das Gesicht weg.

Ein Stück weiter führte eine Brücke mit einem Aufsatz aus Trägern und Trossen über den Kanal. Beim Näherkommen entdeckte ich eine dunkle Gestalt ganz hoch oben in der ausgeklügelten Konstruktion. Erst dachte ich mir nichts weiter dabei, als dass da eben jemand stehe. Dann rannte ich los. Ich wollte rufen, dachte dann aber, das könne den Sprung erst recht auslösen, und als ich die Brücke erreicht hatte, erklomm ich die mächtige Eisenkonstruktion so leise wie möglich. Eine Frau stand dort oben, eine Hand an einer der Trossen. Endlich war ich hoch genug geklettert, und nachdem ich mich an einem der Träger über mir festgeklammert hatte, schlang ich den freien Arm um die Frau und hielt sie fest. Sie zuckte zusammen und schrie auf, als wäre sie aus tiefem Schlaf aufgeschreckt. Etwas löste sich von ihr und fiel mit einem dumpfen Platschen ins Wasser. Ich musste meine ganze Kraft aufwenden, um sie zurückzuhalten, sie drehte und wand sich, und mir wurde klar, dass meine Rettungsaktion der letzte Anstoß war, den sie noch brauchte, um ernst zu machen. Nach einiger Zeit beruhigte sie sich, ihr ganzer Körper fiel ein Stück weit in sich zusammen. Sie schimpfte auf mich ein und wollte, dass ich sie loslasse. Ich hielt sie noch fester. »Verdammt noch mal!«, schrie sie. »Lass mich los! Lass mich los, verdammt!« Aber ich hielt sie weiter fest und erklärte ihr, sie solle zuerst herabsteigen, ich würde sie nicht loslassen, bevor sie innerhalb des Brückengeländers in Sicherheit sei. Sie protestierte. Ich packte sie noch einmal fester. Schließlich gab sie nach und sagte, sie werde tun, was ich gesagt hätte. Ich fragte, ob ich ihr trauen könne. Sie antwortete, das könne ich, mit einer Verärgerung in der Stimme, die mich davon überzeugte, dass sie im Moment keine Gefahr mehr für sich darstellte. Vorsichtig hob ich sie auf die richtige Seite des Geländers und hielt ihren Mantel fest, bis sich ihre Schultern auf Höhe meiner Füße befanden. Dann ließ ich sie los und kletterte selbst herab.

Sie wartete auf der Brücke, kam ein paar Meter auf mich zu und blieb dann stehen. Es sah aus, als könne sie sich nicht entscheiden, ob sie auf mich losgehen oder voller Angst vor mir davonlaufen solle, ihre Augen glänzten unter einem kohlschwarzen Pony.

»Wer zum Teufel bist du?«

Ich wollte es ihr erklären, wusste aber nicht, wo ich anfangen sollte. Nachdem die Dramatik vorbei war, war die ganze Situation nur noch peinlich.

»Ist dir eigentlich klar, was du getan hast?«

»Ich konnte nicht ...«, sagte ich. »Ich konnte dich das nicht tun lassen.«

»Was tun?«, fauchte sie. Mein Zaudern und mein jämmerliches Auftreten, die sie sicher längst miteinander verband, machten sie mutiger. »Fotos von dem Kanal zu machen?«

Ich begriff nicht, was sie meinte.

»Stimmt mit dir etwas nicht? Hast du irgendwas?«

Sie sah erschrocken aus.

»Sollte ich besser vor dir weglaufen?«

»Entschuldigung«, sagte ich, noch immer unsicher, ob ich richtig verstand, was sie sagte.

»Die Kamera«, sagte sie und zeigte nach oben zu der Stelle, wo wir uns festgeklammert hatten. »Die Kamera hat mich siebentausend Euro gekostet.«

Endlich dämmerte es mir. »Um Gottes willen!«, rief ich.

Ein Windstoß blähte ihren Mantel. Im selben Augenblick hupte irgendwo in der Nähe ein Auto, und ich hörte plötzlich wieder Geräusche, Stimmen, Musik, als hätte der Windstoß die Stadt zum Leben erweckt.

Ich breitete die Arme aus.

»Herrgott! Wie ...?«

Die deutschen Sätze zerbrachen mir im Mund, bevor ich sie aussprechen konnte.

»Es tut mir leid, wirklich«, sagte ich auf Englisch, in dem sie mir zu meiner Erleichterung mühelos antwortete.

»Es tut dir leid? Siebentausend Euro und zwei Wochen Arbeit. Und dir tut es leid?«

»Nein, ich werde dir das selbstverständlich ersetzen. Ich kaufe dir eine neue Kamera. Mein Gott, es tut mir leid, ich dachte ...«

»Eine Canon EOS 1Ds Mark III«, sagte sie kalt. »Gibt es bei Karstadt am Heidelberger Platz.«

»Gut«, sagte ich. »Wir treffen uns morgen irgendwo, und dann gehen wir und kaufen eine neue, okay?«

Sie funkelte mich böse an.

»Und du kommst natürlich auch.«

»Selbstverständlich! Das ist doch das Mindeste.«

»Erzählst du mir jetzt. Und dann setzt du dich in den nächsten Zug nach Hause.«

»Du kannst meine Adresse haben«, sagte ich, »und meine Telefonnummer. Ich kann dir meinen Pass zeigen, damit du siehst, dass ich dich nicht anlüge.«

»Du kannst mir deine Kreditkarte geben. Du bekommst sie morgen wieder, nachdem ich einkaufen war.«

Dazu grinste sie, aber der freche Vorschlag brachte mich auf eine Idee. Ich zog mein Handy aus der Tasche und hielt es ihr hin.

»Hier, nimm mein Mobiltelefon und behalt es, bis wir uns treffen.«

»Ein Handy für zehn Euro?«

Ich zog meinen Pass aus der Innentasche.

»Und meinen Pass dazu. Nimm beides, dann weißt du ganz sicher, dass ich nicht abhauen werde.«

Sie zögerte einen Moment lang, dann nahm sie ihn.

»Dann haben wir also jetzt eine Verabredung?«, fragte ich.

Sie blätterte den Pass auf.

»Karl Christian Andreas Meyer«, sagte sie und sah auf. »Norweger.«

Ich nickte.

»Wir haben eine Verabredung«, sagte sie, ohne ganz überzeugt auszusehen.

»Aber«, sagte ich und erklärte ihr, dass ich weder wusste, wo wir uns befanden, noch, wo der Heidelberger Platz war, doch wenn sie mir erklärte, wie ich zum KUNSTHAUS käme und von dort zum verabredeten Ort, würde ich mich zurechtfinden.

Meine Hilflosigkeit schien sie milder zu stimmen.

»Wir können zusammen gehen«, meinte sie und steckte mein Eigentum in die Manteltasche wie zur Bekräftigung, dass mein Schicksal von nun an voll und ganz in ihrer Hand liege.

Während wir einen offensichtlich kurzen Weg zu meinem einzigen Orientierungspunkt im Zentrum einschlugen, hätte ich gern eine Unterhaltung in Gang gebracht, doch sie ging stets ein, zwei Schritte voran, als wolle sie genau das vermeiden, und manchmal musste ich ein paar Schritte laufen, um sie einzuholen.

»So«, sagte sie, als wir um eine Ecke bogen und ein voll erleuchtetes KUNSTHAUS wie ein Märchenschloss zwischen all den funkelnden Lichtern der Stadt erblickten.

Wir blieben noch kurz voreinander stehen.

»Um zehn Uhr?«, fragte sie. »Wir können uns hier treffen. Es ist nicht weit zum Heidelberger Platz.«

»Prima«, sagte ich. »Hier, morgen um zehn.«

Sie schenkte mir so etwas wie ein Lächeln.

»Moment«, rief ich, als sie ging. »Wie heißt du?«

Sie drehte sich halb um und zeigte mir im Weitergehen den Mittelfinger.

»Fuck you!«

Als es am nächsten Tag auf halb elf zuging und sie noch immer nicht erschienen war, hatte ich gedanklich schon einige Szenarien durchgespielt, was sie wohl mit meinem Pass angestellt haben konnte und was ich unternehmen musste, um an einen neuen zu kommen. Ich durchforstete die wachsende Menschenmenge immer wieder mit Blicken, konnte sie aber nicht entdecken. Am Ende hatte ich so viele Ausgaben von ihr erspäht, dass ich nicht mehr wusste, wie sie wirklich aussah. Vielleicht geht es ihr genauso, dachte ich. Vielleicht stehen wir an zwei entgegengesetzten Enden des Platzes und halten vergeblich nach einander Ausschau, ohne uns zu erkennen.

Komme bald!!

Dann versetzte mir jemand einen Kick in die Kniekehle, dass mein Bein einknickte. Ich drehte mich um, da stand sie, anders als ich sie in Erinnerung hatte, aber sie war es.

»Sollen wir?«

Während wir zum Kaufhaus gingen, suchte ich wieder nach etwas Passendem, was ich sagen könnte. Über der Stadt lag ein graues Licht, das Menschen und Gebäuden ein trostloses Aussehen gab, und ich dachte, wäre ich nicht nervös wegen meiner Verabredung mit einer fremden Frau, dann würde mich das ziemlich deprimieren.

An ihrer Seite zu spazieren, gab mir ein seltsames Gefühl der Vertrautheit, als wären wir alte Freunde oder Vater und Tochter, auch wenn ich mich noch nicht hatte festlegen können, für wie alt ich sie halten wollte. Sofern sie schon etwas älter sein sollte, hatte sie etwas jugendlich Frisches an sich, und sofern sie noch jung war, verfügte sie über einen rührenden Ausdruck von Abgeklärtheit und großem Lebensernst. Noch immer hatten wir, abgesehen von unserem hektischen Wortwechsel auf der Brücke, kaum miteinander geredet. Wie konnte da bereits etwas zwischen uns entstanden sein? Vielleicht war es aber auch bloß das unvermeidliche Gefühl von Zusammengehörigkeit, das zwei Menschen spüren, wenn sie sich nah beieinander aufhalten.

Nachdem der Einkauf erledigt war, erhielt ich zurück, was mir gehörte.

»Danke«, sagte sie, legte aber nicht die Eile, zu verschwinden, an den Tag, auf die ich mich eingestellt hatte. Wir blieben vor dem Klotz eines Kaufhauses stehen, ohne zu wissen, was wir miteinander anfangen sollten, sie die große Einkaufstasche zwischen ihren Beinen auf dem Boden abgestellt, ich die Hand um mein Handy geschlossen, das sich von seinem Aufenthalt in ihrer Manteltasche noch kalt anfühlte.

»Du bist trotz allem ein anständiger Kerl«, sagte sie.

Ich wurde verlegen.

»Sag mal, darf ich dich vielleicht zum Mittagessen einladen?«

Sie gab keine Antwort, schien aber darüber nachzudenken.

»Für die Aufnahmen, die du verloren hast«, schob ich nach.

»Okay.«

Überrascht, wie leicht sie sich hatte überreden lassen, bat ich sie um einen Vorschlag für ein Lokal. Dann fragte ich sie wieder nach ihrem Namen.

»Leni Riefenstahl«, antwortete sie. Wenigstens zeigte sie mir diesmal nicht den Mittelfinger.

Die Kaffeebar, in die sie mich führte, war ganz auf Amerikanisch getrimmt, Porträts von Baseballstars an den Wänden, eine Kaffeemaschine lärmte, als wir eintraten, und die Tafel mit der Speisekarte war zum Teil unleserlich vor Dampf. Wir bestellten die empfohlene Spezialität des Hauses und setzten uns in eins der vielen Abteile mit kleinen, ovalen Zinktischen. Jetzt musste allmählich einer von uns eine Unterhaltung eröffnen.

»Du machst also Fotos«, sagte ich.

»Mmhh.«

»Wovon?«

»Wasser.«

Ich musste grinsen. »Sorry.«

Zur Antwort klopfte sie mit der Hand auf den großen Karton in der Einkaufstüte.

»Kannst du mir vergeben?«, fragte ich und wollte es ironisch klingen lassen, aber es fiel doch viel zu feierlich aus.

»Es waren Wasseraufnahmen aus vier verschiedenen Städten in der Kamera.«

»Dann schulde ich dir vier Mittagessen«, sagte ich und wusste nicht, warum ich damit nicht noch gewartet hatte, es könnte ja schließlich sein, dass sie das Angebot annahm.

Das Essen kam, ein kleines Stars-&-Stripes-Fähnchen in das Brot auf jedem Teller gesteckt. Während wir aßen, wurde ich auf einen Mann aufmerksam, der allein in einem anderen Abteil saß und ganz in seine Mahlzeit versunken war. Er schlang nicht gierig, aß nur mit schnellen, routinierten Bewegungen, nahm zwischendurch kleine Schlucke von seinem Kaffee, betrachtete eingehend jeden Bissen und führte ihn mit einem Gesichtsausdruck zum Mund, der auf eine große Liebe zu allem Essbaren schließen ließ.

»Warum Wasser?«, fragte ich, als wir fertig waren.

»Wasser und Gesichter«, antwortete sie. »Für eine Ausstellung. Abwechselnd ein Wasserbild und ein Porträt.«

»Du bist also Kunstfotografin?«

Sie zog ein Gesicht und zuckte mit den Schultern.

»Ich stehe auf Falten«, sagte sie. »Falten im Wasser und Falten in der Haut. Gleichheitszeichen. Das Wasser verschwindet, und die Gesichter verschwinden. Erst bekommen sie Falten, dann verschwinden sie. Ich überlege, die Ausstellung ›Ähnlichkeitszüge‹ zu nennen. Wie findest du das?«

»Ich finde, das hört sich unglaublich gut an«, sagte ich und lächelte. »Beides, der Titel und die Bilder.«

Sie brummelte etwas, das ich nicht verstand, stand auf und schlängelte sich aus der Sitzgruppe. Glücklicherweise blieben die Plastiktüte und ihr Mantel genauso als Pfand zurück, wie mein Pass und mein Handy es getan hatten. Ich sah zu dem Mann hinüber, und jetzt blickte er zurück, er hatte vielleicht zu seiner Zufriedenheit entdeckt, dass da noch jemand allein für sich saß. Aus dem Abteil hinter ihm ragte ein Frauenbein und wippte auf und ab. Ich hielt nach der Namenlosen Ausschau, sie war nun schon eine Weile weg, konnte sie aber nirgends sehen.

Dann war sie zurück, in jeder Hand eine Tasse.

»Der Kaffee ist das Beste hier«, sagte sie und reichte mir eine.

»Wäre interessant, ein paar von deinen Fotos zu sehen«, sagte ich.

»Zu mir nach Hause gehen und meine Briefmarkensammlung ansehen, meinst du?«

Idiot, dachte ich und fühlte mich gleich niedergeschlagen, als ob alles nichts half, was man auch sagte oder tat, früher oder später kämen immer nur Missverständnisse und Unglück dabei heraus.

»Entschuldigung, so habe ich es nicht gemeint.«

Aus ihrer Miene schloss ich, dass sie mir glaubte.

Ich trank einen Schluck Kaffee, der schon lauwarm geworden war.

»Wie heißt du denn nun?« Und da sie nicht antwortete: »Aller guten Dinge sind drei.«

Mir wurde klar, dass wir an einer Grenze standen; antwortete sie auch diesmal nicht, hätte es keinen Zweck, noch weiterzumachen.

Sie zog etwas aus der Innentasche ihrer Jacke und reichte es mir. Es war ein Pass voll heller Risse im dunkelbraunen Einband.

Falten, dachte ich und schlug ihn auf. Auf dem Bild guckte sie streng, fast böse, ungefähr so, wie sie auf der Brücke ausgesehen hatte. Das Licht reflektierte auf der Plastiklaminierung und hob die transparenten Felder hervor, die ein Fälschen unmöglich machen sollten, für einen Augenblick sah ihre Gesichtshaut wie von Schuppen überzogen aus. Caroline Wondell, las ich und merkte in dem Moment, in dem ich ihr den Pass zurückgab, dass ich die Gelegenheit verpasst hatte, nachzusehen, wie alt sie war.

»In der Nacht hat dreimal dein Handy geklingelt«, sagte sie. »Hat gar nicht wieder aufgehört. Ich wollte es ausschalten, wusste aber nicht, wie.«

»Das war sicher meine Tochter. Typisch. Sie denkt nie an die Uhrzeit.«

»Hast du mehrere Kinder?«

Ich wollte antworten, merkte aber, dass ich nicht wusste, was ich sagen sollte. Eins oder zwei, raste es mir im Kopf rund. Eins oder zwei? Eins oder zwei?

»Nein«, sagte ich schließlich. »Nur sie.«

Ich blickte aus dem Fenster und hielt in der Menge nach Stine Ausschau, unsicher, wie ich reagieren würde, wenn ich sie plötzlich draußen vorbeigehen sähe. Gleich vor dem Fenster befand sich eine Treppe zu einer Fußgängerunterführung, andauernd verschwanden Passanten schnell aus dem Blickfeld nach unten, während andere ebenso plötzlich auftauchten, das Erste, was man sah, waren die Köpfe, die auf einmal in dem großen Fensterviereck erschienen.

»Und du?«

»Was?«

»Hast du Kinder?«

»Einen Jungen. Acht Jahre.«

Ich hatte nichts gehört, aber plötzlich begann sie hektisch in einer Manteltasche zu kramen.

»Wenn man vom Teufel spricht«, sagte sie, als sie das Telefon in der Hand hielt. Dann holte sie tief Luft und nahm das Gespräch an. So lange es dauerte, schaute sie in die Luft, als wisse sie schon im Voraus alles, was der Junge sagen werde.

»Verrückt«, seufzte sie, nachdem sie aufgelegt hatte. »Mitten in der Stunde! Es ist mitten im Unterricht, und er ruft mich an! Sorgt denn da keiner mehr für Ordnung?«

Was sie sagte, brachte mir einen Schulaufsatz in Erinnerung, den Ole-Jakob einmal schreiben musste, als er im selben Alter war wie ihr Sohn: »Wie stelle ich mir ein besseres Leben vor«. Von allem, was er auflistete, sein Aufsatz bestand aus einer langen Liste von Vorschlägen mit einem Sternchen vor jedem Punkt, erinnerte ich mich noch an Folgendes: dass es niemals regnet, dass man auf einer Insel wohnt, dass Autos nicht abgeschlossen werden, damit man sich jederzeit in eins setzen und wegfahren kann, und dass man immer vier Freunde hat.

»Ständig muss er mindestens zwei Dinge auf einmal tun, eine Sache allein reicht nie«, sagte Caroline. »Er will nicht essen, wenn er nicht gleichzeitig lesen darf. Auf dem Küchentisch liegt immer ein Stapel Comics.«

Ich versuchte mir die beiden vorzustellen, wie sie in einer kleinen Küche vor einem Topf mit leckerem Essen saßen, sie mit einer Zeitung und er mit der Nase in einem Comic, und beide führten geistesabwesend den Löffel zum Mund, ohne wahrzunehmen, was sie gerade aßen.

»An dem Tag, an dem er nichts mehr zu lesen hat, wird er sich zu Tode hungern«, sagte sie.

Ich fand auf einmal, dass sie überhaupt nicht nach einer Mutter aussah, etwas an ihrem Wesen wirkte so frei und ungebunden und impulsiv, leichtsinnig, zügellos, verantwortungslos, und ich dachte, wer sie zur Mutter habe, dürfe sich glücklich schätzen, weil sie eben nichts Mütterliches an sich hatte. Mir fielen noch mehr Punkte von Ole-Jakobs Liste wieder ein, ich konnte das linierte Blatt mit Schönschrift geradezu vor mir sehen:

* Man darf selbst bestimmen, wann man ins Bett geht.
* Man muss nicht essen, darf es aber, wenn es etwas gibt, das man lecker findet.
* Weihnachten viermal im Jahr.
* Es gibt kein Geld.
* Man kann unsichtbar werden.
* Es gibt keine bösen Menschen.
* Man hat Häuser in vier verschiedenen Ländern.
* Man kann alle Sprachen.
* Man weiß alles, braucht nichts mehr zu lernen.
* Jede Reise dauert vier Minuten, egal, wohin.
* Es gibt Superhelden.

»Hallo?« Caroline wedelte mit der Hand vor meinen Augen.

Wie lange war ich abwesend gewesen?

Unsere Gedanken sind wie ein Film, dachte ich, vierundzwanzig Bilder pro Sekunde, und zwischen den Bildern ist es jedes Mal schwarz, nichts, totale Leere.

Wie war er ausgerechnet auf die Zahl Vier gekommen?

Und wozu brauchte man Superhelden, wenn es keine Schurken gab?

Caroline machte einige seltsame Zuckungen mit dem Oberkörper, dann lachte sie. Madonna: »Like a Prayer«. Vor der Jukebox, aus der die Musik kam und die im Gang zu den Toiletten leuchtete wie ein Raumschiff, stand ein Kind, gerade so groß wie die blinkende Maschine. Das Kind hörte vollkommen hingerissen zu, während seine Eltern, die schon am Ausgang standen, es einige Male riefen und mit einem etwas unglücklichen Lächeln die Gäste für sich und ihre Nachkommenschaft um Verzeihung baten, bis das Lied zu Ende war und das Kind, voll Ernst und Würde, an Mama und Papa vorbei auf die Straße stolzierte.

»Wollen wir?«, fragte Caroline.

Auf dem Weg nach draußen warf ich einen Blick in das Abteil des einzelnen Gastes. Sein Teller war abgeräumt, und er sah nun noch einsamer aus als zuvor, hatte die Arme auf die Tischplatte gelegt und betrachtete seine Hände, als wisse er nicht, woher sie gekommen seien oder was er mit ihnen anfangen solle.

Auf der Straße steckte ich mir eine Zigarette an. Caroline zog ihre eigene Schachtel aus der Tasche, und ich entschuldigte mich, dass ich ihr keine angeboten hatte. Ein in mehrere Jacken dick eingemummelter Mann saß schlafend auf dem kalten Trottoir, zwischen seinen Beinen breitete sich ein großer, dunkler Fleck aus. Wenn er aufwacht und aufstehen will, dachte ich, wird er festgefroren sein.

»Du hast ein besonderes Gesicht«, sagte Caroline. »Traurig.«

Ich versuchte, eine fröhlichere Miene zu ziehen.

»Ich könnte mir vorstellen, dich zu fotografieren.«

»Meine Falten?«

Eine Frau kam aus dem Café, für einen Moment hielt ich sie für die Harfenistin vom Vorabend, bevor sie weiterging, starrte sie uns lange an, als hielte sie unser Zusammensein für unpassend. Auf einmal fühlte es sich an, als würden wir von allen Seiten beobachtet. Ich dachte an die gut hunderttausend Blicke, aus denen die Stadt bestand und die täglich umherschweiften, um so viel wie möglich von dem mitzubekommen, was vor sich ging. Hunderttausend Blicke, zweihunderttausend Augen. Was, wenn von jedem einzelnen Auge ein Lichtstrahl ausginge, wie würde die Stadt dann nächtens aussehen, alle Straßen, Plätze und Gebäude von einem wilden Wirrwarr doppelläufiger Scheinwerfer kreuz und quer durchleuchtet, das nie zur Ruhe kam?

»Komm!«, sagte Caroline und ging zu einem Taxistand neben dem Eingang zur Fußgängerunterführung. Ich trat die Zigarette aus und folgte ihr zu dem Taxi, in das sie bereits einstieg. Ich wollte mich auf den Beifahrersitz setzen, doch als ich den Türgriff anfasste, kam von innen ein Bellen. Ein Hund, der auf dem Boden gelegen hatte, sprang auf den Sitz und starrte mich wütend an. Caroline nannte den Namen einer Straße. Sie hielt die Tasche mit der Kamera auf dem Schoß wie ein kleines Kind, das ein Geschenk bekommen hat. Sie musste dem Fahrer den besten Weg zu ihr nach Hause erklären; bei allem, was sie sagte, schüttelte er den Kopf. In seinem Rückspiegel sah ich mein eigenes Gesicht und fragte mich, ob ich auf dem Foto, das sie von mir machen wollte, genau so aussehen würde. Mager und mitgenommen, und auch wenn ich gar nicht auf irgendwelche Vergleiche aus war, fielen mir doch ein paar Tiere ein. Oder war es lediglich ausdruckslos, wie man es von einem Dahergelaufenen erwarten durfte?

Der Hund des Fahrers knurrte plötzlich, und mir lief es kalt den Rücken runter. Die warme Luft aus der Heizung fächelte uns den Geruch des Tieres zu. Dann kam ich auf den Gedanken, der Hund fahre aus Sicherheitsgründen mit, er sei ein Wachhund, weil der Fahrer vielleicht einmal überfallen worden war und sich seitdem nicht mehr traute, das Taxi ohne das Biest an Bord zu fahren.

Hinter einem langen, öden Streifen am Rand eines Wohngebiets, der die Außengrenze der städtischen Bebauung zu markieren schien, kam ein Gewerbegebiet. Caroline bat den Fahrer, dort zu halten. Als das Taxi nach dem Wenden an uns vorbeifuhr, sah ich den Hund aus dem Fenster gucken wie ein Mensch. Caroline ging voraus und führte mich zwischen roten Ziegelgebäuden hindurch, die alle leer aussahen. Das Ganze wirkte wie eine evakuierte Stadt. Ein Schornstein ragte in die Höhe, auf einem daran angelehnten Schild stand MADAGASKAR mit einem Pfeil nach rechts. Dann kamen wir zu einem Bürogebäude, in dem einige Fenster erleuchtet waren. Wir betraten es und nahmen den Aufzug, der uns im Schneckentempo in die oberste Etage brachte. Dort führte eine Treppe noch einmal ein halbes Stockwerk höher. Zwei Fotos hingen an einer Tür, das eine zeigte einen Himmel in intensivem Blau und mit weißen Wolken, und ich erkannte erst auf den zweiten Blick, dass es sich um eine Spiegelung in stillstehendem Wasser handelte. Das zweite war die starke Vergrößerung eines Passautomatenfotos, das die Gesichter von Caroline und einem Jungen mit frechen Fratzen zeigte.

Die Tür öffnete sich zu einem einzigen langen Raum mit massiven, weiß gestrichenen Balken im Schrägdach, die nach hinten optisch so dicht aufeinanderfolgten, dass sie von meinem Standpunkt aus eine durchgehende Fläche bildeten wie eine zweite Decke. Aus dem Fußboden ragte eine Anzahl dicker Eisenrohre, anscheinend einem geometrischen Muster folgend, die ein paar Zentimeter über dem Boden abgesägt und mit aufgeschweißten runden Deckeln abgedichtet waren. Darauf standen Kerzenleuchter und Topfpflanzen. Ich fragte Caroline, worum es sich handle, und sie erklärte, das Ganze sei einmal ein Labor gewesen und die Rohrleitungen hätten Gas zu den ehemaligen Arbeitsplätzen geführt.

Sie stellte die Tüte auf einem langen Tisch ab, dessen eines

Ende mit einer weißen Tischdecke geschmückt war. Im Schatten einer Blumenvase mit Chrysanthemen lag ein Stapel Comics.

»Du wohnst hier auch?«, fragte ich.

»Das ist eigentlich nicht legal«, sagte sie.

Ich blickte mich um und sah Matratzen auf dem Boden, einen Herd und einen Kühlschrank, einen Flachbildschirm mit einer angeschlossenen Spielkonsole und noch mehr Utensilien des Alltagslebens, die aufgrund der großen Abstände zwischen ihnen alle etwas Isoliertes und Verlassenes an sich hatten, so als stünde man in einer großen Wohnung, in der alle Zwischenwände entfernt worden waren.

Caroline öffnete die Schachtel. Die Kamera war in unzählige Schichten von Umverpackungen eingeschlagen, es sah aus, als schälte sie die Hüllen von etwas, das in der großen Box gezüchtet worden war. Nachdem sie die Batterie eingesetzt hatte, probierte sie einige Male den Blitz aus.

»Zufrieden?«, fragte ich und fühlte mich wie ein Vater.

»Sollen wir es ausprobieren?«, fragte sie.

Während wir durch den Raum schritten, erzählte ich ihr von einem deutschen Maler, von dem ich gelesen hatte, er habe sein Atelier in einer alten Lokhalle und fahre von einem Ende zum anderen mit dem Rad. An der hinteren Wand stand eine kleine Ansammlung von Stativen und Scheinwerfern mit weißen Schirmen. Caroline holte einen Hocker, stellte ihn mittig vor die weiße Wand und bat mich, Platz zu nehmen. Dann schraubte sie die Kamera auf ein Stativ, befestigte einen Drahtauslöser und stöpselte die Kabel der Scheinwerfer ein. Ihr Licht brannte mit einer schwachen Wärme auf meinen Wangen.

»Soll ich ein bisschen Musik anmachen?«, fragte sie nach einem Blick durch den Sucher und nachdem sie alles arrangiert hatte, wie sie es haben wollte.

Sie ging zu einem Regal, in dem CDs in mit dem Lineal gezogenen Reihen aufgestellt standen wie eine blitzende, blanke Wand.

»Was möchtest du hören?«

»Weiß ich nicht.«

»Irgendwas, das du magst.«

»Keine Ahnung.«

»Keine Ahnung? Aber jeder kennt doch wohl irgendwelche Musik, die er mag.«

Ich dachte an Evas und meinen Musikgeschmack, der in großen Zügen übereinstimmte und doch verschieden war. Jedes Mal, wenn einer von uns eine Platte kaufte, fanden wir unterschiedliche Stücke darauf gut, oft so, dass ich ihr Lieblingslied am wenigsten leiden konnte und umgekehrt.

»Im letzten Jahr konnte ich überhaupt keine Musik hören«, sagte ich.

Caroline guckte verärgert.

»Und was hat es dir ein ganzes Jahr lang unmöglich gemacht, Musik zu hören?«

Ich holte tief Luft. Der Hocker unter mir fühlte sich zerbrechlich an.

Dann vertraute ich ihr den Grund an.

Hinterher verfluchte ich mich selbst, es erzählt zu haben, und sie, weil sie jetzt bestimmt glaubte, etwas sagen zu müssen.

»Tut mir leid«, sagte ich und merkte, dass meine Hände zitterten.

Caroline blieb am CD-Regal stehen und schien nach etwas Passendem zu dem zu suchen, was sie soeben erfahren hatte.

»Mein Bruder hat sich das Leben genommen«, sagte sie nach einiger Zeit.

Sie hatte sich hingehockt und strich mit der Hand über die unterste Reihe von CDs.

»Du hast also die falsche Person zu retten versucht.«

Ich sah sie an. Sie lächelte, dann stand sie auf und ging wieder zur Kamera.

»Wenn du möchtest, können wir die Aufnahmen verschieben«, sagte sie. »Aber eigentlich ... eigentlich könnte ich mir auch gut vorstellen, jetzt welche zu machen. Wenn du nichts dagegen hast.«

Ich nehme an, um mich zu beruhigen, erzählte sie etwas von einer amerikanischen Fotografin, die ihre eigenen Kinder fotografierte und umstritten war, weil sie sie oft nackt aufnahm. Den größten Skandal hätte sie allerdings mit einem Bild von ihrer Tochter ausgelöst, die aus der Nase geblutet habe. Was für eine Mutter war das, die ihre Kamera zückte anstatt ihrer Tochter beizuspringen?

Während sie sprach, betätigte sie einige Male wie unabsichtlich oder gedankenlos den Auslöser, als wollte sie sich ebenso wie mich davon ablenken.

Das trockene Klicken des Auslösers, das warme Licht, das wie eine Feder mein Gesicht streichelte und mich an die Engelsflügel des langarmigen Zwergs denken ließ, die unangestrengte Art, mit der sich Caroline bei ihrer Arbeit bewegte, all das gab mir das befreiende Gefühl, in guten Händen zu sein und selbst nichts tun und an nichts denken zu müssen. Gedankenlos ließ ich mich dirigieren, drehte mich nach Carolines Anweisungen mal ein wenig mehr zu dieser Seite, mal etwas mehr zu jener und konnte die Enttäuschung nicht verhehlen, als sie sich nach dem, was ich für ein paar Probeaufnahmen hielt, vorbeugte, die Aufnahmen durchsah, die Kamera abnahm und meinte: »Das war's. Möchtest du eine Tasse Kaffee?«

Ihr Sohn kam nach Hause, während wir am Tisch saßen. Caroline hatte eine Illustrierte mit Bildern der Fotografin gefunden, von der sie mir erzählt hatte, und ich blätterte sie gerade durch. Der Junge war es gewohnt, Fremde in seiner Wohnung anzutreffen, jedenfalls deutete ich so seinen erstaunlichen Mangel an Neugier, denn er würdigte mich kaum eines Blicks, obwohl er sich auf den Platz mir genau gegenüber setzte, an Verlegenheit lag es nicht, das war an der selbstsicheren Art zu hören, mit der er die Fragen seiner Mutter nach dem Tag in der Schule beantwortete. Sie schimpfte ihn aus, weil er mitten im Unterricht angerufen hatte, und fragte, wie denn die Lehrer darauf reagierten. Jede Frage nervte ihn, und am Ende stand er auf: Lass es oder ich gehe. Mit düsterem Blick stellte er sich neben den Stuhl. So glich er dem wütenden Mädchen in dem knittrigen Ausweis.

Caroline kochte ihm das Mittagessen, während der Junge etwas aus einer Schublade holte und damit zum Tisch zurückkam, wo er sich daranmachte, sich in vollster Konzentration die Fingernägel so rund wie möglich zu schneiden. Ich nahm das oberste Heft von dem Stapel Comics und fragte, ob das seine Lieblingsserie sei. Auf dem Umschlag sah man einen Mann im Anzug mit schmalem Gesicht und spitzem Kinn, der eine lange Peitsche schwang, die sich über seinem Zylinder zu einer Spirale formte. Er antwortete nicht gleich, erst glaubte ich, er habe nicht gehört, was ich gesagt hatte, dann leierte er eine Reihe Namen von Helden herunter, ohne ein Auge von seiner Tätigkeit zu wenden. Wie nett es sich anhörte, wie leicht und flüssig die deutschen Namen aus einem Kindermund kamen. Im Gegensatz zur Nagelschere, die kalte, knipsende Töne von sich gab. Caroline kam mit dem Essen und schimpfte den Jungen wegen der über das Tischtuch verstreuten Nagelschnipsel aus. Er zog einen Comic aus dem Stapel und fing an zu futtern, ohne hinzusehen, was er überhaupt auf dem Teller hatte.

Caroline hatte sich eine Zigarette angezündet und den Ventilator über dem Herd eingeschaltet. Es sah aus, als würde sie ihre Haare trocknen. Für eine kurze Weile gab es keinerlei Verbindung zwischen uns. »Zu zweit allein« – ich erinnerte mich nicht, woher ich den Satz hatte. Ich warf einen Blick auf die Matratzen, die mit ein paar Metern Zwischenraum auf dem Boden lagen. Neben beiden häufte sich ein Sammelsurium persönlicher Dinge, Leselampe, Tassen, Tageszeitungen und Magazine, Bücher, eine Schachtel Papiertaschentücher, eine Tube Creme, und ich dachte an all die Herausforderungen, die in diesem Einraumloft noch auf sie warteten, wenn der Junge älter würde. Sechzehn Jahre und keine Wand zwischen deinem und dem Schlafzimmer deiner Mutter? Dann dachte ich an die umstrittene Fotografin und die Reaktionen, die sie ausgelöst hatte, sowie an alles, was sich in Familien abspielt und an das man sich gewöhnt, Dinge, die auf andere merkwürdig oder erschreckend wirken, an die sich die Beteiligten aber längst gewöhnt haben. Rachel hatte in ihrer Jugend eine Phase, in der sie alles, was sie aß, erbrach. Manchmal konnten wir sie auf der Toilette im Obergeschoss hören, ohne dass einer von uns etwas dazu sagte. Meine Mutter fragte mich einmal mit völlig ruhiger Stimme, ob ich alles habe, und im Hintergrund hörte man Rachels Brechgeräusche.

Ich beobachtete den Jungen beim Essen. Er war so konzentriert in seine Lektüre vertieft, dass ich meine Zweifel hatte, ob es ihn aus der Geschichte von *John Carter vom Mars* reißen könnte, wenn das Haus in Brand geriete. Das ein oder andere Mal, wenn er gekaut und geschluckt hatte, blieb er mit offenem Mund sitzen, als wartete er darauf, gefüttert zu werden. Die Oberlippe zierte nach dem ersten, gierigen Schluck Milch ein weißer Rand.

Die Blumen rochen nach Kampfer, die Vase stand gleich neben mir, der Geruch erinnerte mich an meine Klinik, er hatte eine Art reinigende Wirkung, die dem Essensduft den Weg bereitete. Alles hier drinnen hatte etwas Helles und Reines an sich. Das weiße Glas Milch auf dem weißen Tischtuch, das weiße Porzellan und die weißen Chrysanthemen, die weißen Wände und sein weißes Gesicht, alles war so weiß, sogar Caroline strahlte ein weißes Licht aus, als sie sich über den Jungen beugte und ihn auf den Kopf küsste. Er sah zu seiner Mutter auf und wischte sich mit dem Ärmel den Milchbart ab, als hätte sie ihn genau darauf aufmerksam gemacht. Und ich hatte auf einmal das Gefühl, die in dem Atelier herrschende friedvolle Ruhe allein durch meine Anwesenheit zu zerstören. Ich fühlte mich überflüssig wie ein Einbrecher und machte Anstalten, zu gehen.

»Ich würde gern auch noch ein paar Aufnahmen im Freien machen«, sagte sie.

»Wirklich?«

»Morgen vielleicht. Falls du Zeit hast?«

»Zeit habe ich im Überfluss«, sagte ich, froh, mir keinen Vorwand ausdenken zu müssen, um sie wiederzusehen.

»Ich rufe dir ein Taxi.«

Ich stand auf und widerstand einem Drang, den Kopf des Jungen zu berühren, ich hätte ihn erreichen können, wenn ich den Arm ausgestreckt hätte. Caroline brachte mich zur Tür. Wir verabredeten uns für den folgenden Tag und tauschten unsere Handynummern aus. Hinter ihr wurde der Fernseher eingeschaltet, zu den Tönen einer dynamischen und rasanten Musik erschien ein grünes Monster auf dem großen Bildschirm.

»Oskar!«, rief Caroline. »Erst die Hausaufgaben!«

Im Treppenhaus hallte es enorm, sodass ich nicht alles verstand, was sie noch sagte, bis sie die Tür schloss. Das Letzte, was ich hörte, war der Junge, der einen lauten Schrei ausstieß.

In der Nacht träumte ich von Eva. Sie trug das rote Kleid und half mir beim Verlegen von Eisenbahnschienen irgendwo in der Wildnis. Als ich aufwachte, konnte ich noch immer den Duft geteerter Schwellen riechen.

Mehr als ein Jahr und noch immer kein Traum von Ole-Jakob. Wo blieb er, wenn ich in Schlaf fiel? Wo im Reich der Träume steckte er nur?

Ich stand auf, schaltete das Handy ein und bekam gleich eine Nachricht: *Wie geht's?* Nummer unbekannt. Ich glaubte aber zu wissen, von wem die Nachricht kam. Hatte sie geträumt, ich helfe ihr beim Verlegen von Eisenbahnschienen?

Gut, schrieb ich zurück. *Und selbst?*

Gut, antwortete sie.

Stolze, standhafte Eva.

Wenn sie es war.

Draußen trat ich in ein Gewirr von Düften. In einem halbierten Eisenfass, das er an seitlich angebrachten Handgriffen über einer Flamme schwenkte, röstete ein Türke Esskastanien. Gleich daneben ordnete ein asiatisches Paar eine große Anzahl frisch frittierter Frühlingsrollen in schnurgeraden Linien auf einem weißen Tuch mit dunklen Flecken vom Fett. Zigarrenrauch. Waffeln. Hausgemachte Marmelade. Würstchen. Frikadellen. Und eine Frau, die das gleiche Parfüm wie Mona benutzte, sie streifte an mir vorbei wie ein Gespenst.

Diesmal kam ich zu spät. Auch wenn es nichts bedeuten musste, freute es mich, als ich sah, dass sich Caroline an denselben Tisch wie am ersten Tag gesetzt hatte.

Sie sah abwesend aus, tief in Gedanken versunken.

»Wie hieß er?«, fragte sie. »Dein Junge?«

Anstelle einer Antwort zückte ich das Handy, suchte seinen Namen im Adressverzeichnis und zeigte ihn ihr.

»Ole-Jakob«, sagte sie. Wie sie den Namen aussprach, hörte er sich an wie das Pseudonym eines Zauberkünstlers. »Ole-Jakob und Stine.«

Ich wusste nicht, warum ich den Umweg über dieses alberne Manöver genommen hatte, und bedauerte es, als sie fragte: »Nur die beiden?«

»Wie?«

»Keine weiteren Kontakte? Keine Freunde?«

»Ich versuche, so viel wie möglich loszuwerden«, sagte ich und fragte mich, wie ernst ich das genommen hätte, wenn mir jemand das Gleiche gesagt hätte.

Sie hing wieder ihren Gedanken nach.

»Vater war im Nachhinein dermaßen wütend auf meinen Bruder. Er sagte die grässlichsten Dinge über ihn, nannte ihn einen Schwächling, einen Egoisten. Mutter ebenso; sie war nicht ganz so wütend, aber sie warf ihm dasselbe vor. Als glaubten sie beide, er habe sich keine Gedanken gemacht und es aus Mangel an Rücksichtnahme getan, auf sie, auf uns.«

Mach weiter, dachte ich. Rede nur weiter, bitte sei so nett! Nicht aufhören. Erzähl mir, wie das ist! Erzähl mir, wie man damit umgeht!

Und wie als Antwort auf meine Gedanken: »Das Schlimmste war, dass sie mich auf ihrer Seite haben wollten. Nicht, dass sie es gesagt hätten, aber die Aufforderung war deutlich herauszuhören, dass ich in diese schrecklichen Beschimpfungen einstimmen solle. Sie meinten, wir, die Hinterbliebenen, sollten auf diese Weise zusammenstehen. Indem wir uns von ihm distanzierten, ihn verstießen. Aber wie hätte ich ihm böse sein können? Ich war einfach nur traurig. Ganz krank vor Trauer. So krank, dass ich auch nicht mehr leben wollte.«

Darauf lächelte sie.

»Ich konnte lange keine Musik mehr hören. Ich ertrug es nicht.

Nicht einmal die Musik, die ich geliebt hatte, von der ich nie genug bekommen konnte, die meine gewesen war. Es fühlte sich an, wie lange, spitze Nadeln in die Ohren gestoßen zu bekommen, als würde man sie mir in den Hals stopfen.«

Ich dachte an die Musik der Harfenistin auf dem Platz, die erste seit wer weiß wie langer Zeit, der ich zuhören und die ich als schön empfinden konnte.

»Einige Zeit später nahm einer seiner Freunde Kontakt zu mir auf. Er eröffnete mir, die beiden seien ein Paar gewesen. Und dass er eine Woche vor dem Selbstmord meines Bruders mit ihm Schluss gemacht habe. Keiner hatte von ihrer Beziehung gewusst, wir nicht, seine Familie nicht, ihre Freunde nicht. Sie hatten es geheim halten können, obwohl es über eine längere Zeit gegangen war. Darum hatte er sich gemeldet. Weil seine Trauer ebenso heimlich war wie ihr Verhältnis. Er war am Boden zerstört, musste aber so tun, als ob nichts wäre. Das hielt er nicht länger aus. Er vermisste meinen Bruder so, dass er glaubte, sterben zu müssen, konnte aber mit niemandem darüber reden. Er bedauerte, Schluss gemacht zu haben. Auch wenn er wusste, dass es nicht seine Schuld war, konnte er nicht aufhören zu denken, er habe meinen Bruder zu seinem Entschluss getrieben. Mein Bruder sei vom Tod ganz besessen gewesen, sagte er, das sei mit ein Grund gewesen, weshalb er die Beziehung beendet habe, weil er seine Traurigkeit einfach nicht mehr aushielt, seine Fixierung auf den Tod; es verging fast kein Tag, sagte er, an dem mein Bruder nicht davon gesprochen hätte, sich umzubringen.«

Ich hätte sie gern gefragt, wie er sich getötet hatte, dachte aber, dann bekäme ich dieselbe Frage zurück. Und ich überlegte, wie dämlich ich es fand, wenn die Zeitungen nach dem plötzlichen Tod von Prominenten nicht die Todesursache angaben, was natürlich alle stets glauben ließ, es sei Selbstmord gewesen oder irgendeine Überdosis. Als wäre Selbstzerstörung das letzte Tabu.

»Wenn man sich entscheidet, sich das Leben zu nehmen, ist man allein auf der Welt«, sagte Caroline. »Man kann nirgends hin. Einen solchen Entschluss fasst man, lange bevor man ihn umsetzt. Eines Tages passiert etwas, und da beschließt man, zu sterben. Auf diese Weise konnte ich ihn verstehen.«

»Wie hieß er?«

Sie sah mich mit Kummer im Blick an wie eine Mutter ihr krankes Kind.

»Oskar.«

Ich dachte: Trauer ist eine Gabe. Menschen, die nicht unglücklich sind, haben nichts, was sie erzählen können.

Ihr Blick glitt an mir vorbei und heftete sich auf etwas in meinem Rücken.

»Am Abend wird sie erleuchtet«, sagte sie. »Das ist ganz schön. Aber das kennst du ja schon.«

Ich drehte mich um. Auf dem Fluss hatte ein flacher Prahm an der Glasskulptur festgemacht. Zwei Männer in Overalls standen an Bug und Heck und schaukelten bei ihrer Arbeit, wenn der eine in die Höhe stieg, sank der andere nach unten.

»Das Schlimmste ist«, fing ich an, wurde aber gleich unsicher, was ich hatte sagen wollen.

»Ja?«, fragte sie mit einer Sanftheit in der Stimme, die mich fast erschreckte und die, so dachte ich, mehr war, als ich verdiente.

Dann erzählte ich ihr von dem einen Mal, als Ole-Jakob in seinem Cowboykostüm vor der Tür gestanden und ich ihn dafür ausgeschimpft, ihm ins Gesicht gebrüllt hatte, dass er ein Idiot sei, ein klotzköpfiger Bengel.

Nachdem ich das gesagt hatte, fühlte ich, wie kalt meine Hände geworden waren und der Rest meines Körpers auch, als hätte jemand mit einem Knopfdruck alle Wärme in mir ausgeschaltet.

Carolines Gesicht hatte einen eigenartigen Ausdruck angenommen, aus dem sich nicht das Geringste herauslesen ließ, als ob ihr das Gehörte noch im Kopf herumginge und sie sich nicht entschließen könne, wie sie damit umgehen sollte.

»Früher hat man für einen Selbstmordversuch die Todesstrafe bekommen«, sagte sie schließlich. »Aber das dürfte man wohl als billig davongekommen bezeichnen.«

Wir lachten beide lange und herzlich. Das trieb mir die Kälte aus dem Leib, als wäre ich für einen Moment tot gewesen und nun wieder zum Leben erweckt worden. Von ihr, meinem rettenden Engel.

Danach fiel mir erst auf, wie still es trotz der zahlreichen Gäste in dem Lokal war. Ich hatte mich darauf gefreut, Caroline wiederzusehen, doch jetzt fühlte ich mich mit einem Mal völlig leer, in meinem Kopf gab es nichts, was ich zu etwas Vernünftigem hätte formulieren können. Ich sah Caroline an, besorgt, dass sie es merken könnte. Doch sie saß nun selbst ebenso leer da.

Dann schlug sie vor, wir sollten losgehen, um ein paar Aufnahmen zu machen, und auch wenn wir beide auf dem Weg nach draußen nichts sagten, fühlte sich das Schweigen nicht mehr so drückend an. Wir hatten etwas vor, etwas, das von allein lief, ohne dass wir etwas erklären oder umständlich erläutern mussten.

Und ich fühlte, dass es mir Spaß machte, mit ihr zusammen zu sein, mit ihr zusammen etwas zu unternehmen. Ich fühlte mein Herz klopfen und etwas, das im Takt mit diesem Herzklopfen wuchs. Ein wachsendes Verlangen, dass etwas geschehen sollte, etwas, das es ermöglichte, weiterzuleben. War das das Gefühl, von dem ich geglaubt hatte, es käme nie zurück, und wenn doch, dann würde ich es hassen? Ich dachte an den alten Tagtraum: *Nicht spurlos verschwinden, sondern spurlos auftauchen.* Alles hinter sich abbrechen und als Fremder ankommen, von allem, was einen bis dahin ausmachte, befreit, von allen Sorgen, von allem, was einen beschwert und niederdrückt, mit dem Zweck, unter dem verjüngenden Licht der neuen Welt aufzuerstehen. Hochgestimmtheit, Hoffnung und Erleichterung, das war es, was ich fühlte. Erleichterung über alles, was geschehen war, was es ermöglicht hatte, hier mit ihr unterwegs zu sein, jetzt, genau so, an diesem klaren, kalten Tag, und das anzugehen, was vor uns lag und von dem keiner von uns wusste, wohin es uns führen würde. Eine Erleichterung, die auch die Tatsache umfasste, dass es meinen Sohn nicht mehr gab, als ob das Loch der Trauer notwendigerweise ein Teil meines neuen Lebens, meines neuen Glücks wäre, den ich von nun an jederzeit mitdenken müsste.

Viele Passanten betrachteten mich eingehend, weil ich fotografiert wurde und sie in ihrem Gedächtnis nach einem bekannten Gesicht kramten, das erklären konnte, warum. Nach einer Weile glotzten alle, viele blieben eigens stehen, als ob etwas ganz Außergewöhnliches vor sich ginge. Das Licht schwand im Lauf der Zeit, Caroline benutzte den Blitz, und die Dunkelheit ließ das Blitzlicht in allen Augen widerscheinen. Die nächtlichen Lichter all der verfluchten Raubtiere, dachte ich und bereitete mich innerlich auf den ersten Angriff vor.

Doch dann sah ich mitten in dem Hin und Her feindseliger Blicke ein Mädchen am Fuß der Treppe, das ebenfalls guckte, sich aber nicht an der allgemeinen Feindseligkeit beteiligte, in dessen Blick etwas lag, das es von den anderen unterschied, eine Mischung aus Überraschung und Wiedererkennen, oder lagen die bei mir?, dachte ich, als mir allmählich dämmerte, wer es war.

Bevor ich mich zu erkennen geben konnte, trat eine Frau zu ihm, die den Blickkontakt unterbrach, und Sekunden später waren sie beide verschwunden, verschluckt in dem unruhigen Meer menschlicher Köpfe.

»Warte einen Moment!«, rief ich der knienden Caroline zu, die ihre Kamera wie eine Maske vor dem Gesicht hielt, und ging mit raumgreifenden Schritten in die Richtung, in der die beiden verschwunden waren. Ein paarmal sah ich sie weit vor mir, doch das Gedränge nahm immer weiter zu, als ob Menschen von allen Seiten herbeiströmten, um ihnen beim Untertauchen behilflich zu sein, und obgleich ich so schnell ging, wie ich konnte, schien sich der Abstand jedes Mal, wenn ich einen Zipfel ihrer Mäntel erspähte, noch vergrößert zu haben. Schließlich blieb ich mit dem Gefühl stehen, sie mit meinem Nachlaufen nur immer weiter von mir wegzuschieben, und umgekehrt kämen sie vielleicht wieder näher, wenn ich anhielt. Erst nach einigen Minuten kam mir der naheliegende Gedanke. Und kaum hielt ich das Handy in der Hand, klingelte es auch schon. Aber es war nicht Stine. Verdattert hörte ich Carolines Stimme mit einem Anflug der wohlbekannten Verärgerung im Tonfall.

»Wo steckst du denn?«

»Tut mir leid, ich dachte, ich hätte jemanden gesehen, den ich kenne.«

Sie schnaubte.

»Ich würde eher glauben, ein Gespenst.«

»Genau«, sagte ich. »Du hast recht. Wahrscheinlich war es das.«

»Wo bist du?«

»Ich bin …« Ich sah mich um. »Keine Ahnung.«

»Schon wieder?«

»Bist du noch da?«

»Ja, aber ich muss los. Oskar ist allein.«

»Verstehe.«

»Aber sag mal, was ist mit morgen? Nachmittags habe ich einen Job, den ich ganz vergessen hatte, aber wenn du morgens zu mir kommst, könnten wir die letzten Aufnahmen machen, und dann habe ich überlegt, falls du Zeit hast, könntest du vielleicht hinterher noch bei uns bleiben, mit Oskar, bis ich nach Hause komme.«

»Selbstverständlich, gern.«

»Super.«

»Wann soll ich kommen?«

»Können wir nicht telefonieren? Ich muss jetzt los. Wir verabreden uns dann.«

»Geht in Ordnung.«

»Tschüss!«

Nachdem sie aufgelegt hatte, beeilte ich mich, Stine im Telefonbuch zu suchen, und während ich mir das Handy so fest ans Ohr presste, dass jedes Klingeln in meinem Kopf vibrierte, stellte ich mir vor, wie die Signale von meinem Standort aus wie ein Feuerwerk in den Himmel stoben, das sich ausbreitete und als Funkenregen überall auf dem Globus niederging, wie sie hektisch nach ihrem Handy suchte, während die Zeit verging und die Funken des Feuerwerks langsam verglühten, bis nichts mehr übrig war bis auf ein paar magere Lichtfäden, die dann auch erloschen. Als ich auflegte, merkte ich, wie kalt es geworden war, meine Beine fühlten sich so taub an, als hätten sie die Verbindung zum Rest des Körpers verloren, während ich mitten im Kundenstrom vor einem Supermarkt stand, dessen Fenster mit Bildern von überdimensioniertem Gemüse beklebt waren, meine Füße schienen nicht zu mir zu gehören, ich hatte keine Ahnung, wo ich mich befand oder wohin Eva und Stine verschwunden sein könnten.

Um sich zu verdrücken, dachte ich, denn es konnte kein Zweifel bestehen, dass Stine mich erkannt hatte, als sie an der Treppe auf ihre Mutter wartete.

Was hat das an sich, jemanden zu lieben, das so fürchterlich schiefgehen kann?

Mit einem Gefühl, hinter den Armaturen im Führerhaus eines Fahrzeugs zu sitzen, stolperte ich auf tauben Beinen los und bog bei jeder sich bietenden Gelegenheit links ab; die Überlegung war, wenn ich im Kreis ging und jedes Mal in einem etwas größeren Kreis, müsste ich früher oder später an einen Punkt gelangen, an dem ich schon einmal gewesen war. Ich weiß nicht, wie lange ich solche Runden drehte, doch endlich fand ich mich vor einem gelben Rokoko-Steinhaus wieder, das ich zu erkennen glaubte. Und ganz richtig kam ich ein paar Blöcke weiter zu dem kleinen Platz mit der Kastanie, wo ich am ersten Tag die Motorradfahrerin beobachtet hatte.

Beruhigt ging ich denselben Weg zurück zu einem Restaurant, an dem ich vorbeigekommen war und das sich als eine Art Fischerkneipe erwies. Die Wände waren mit Regalen voller Bierseidel bedeckt, die nach allen Regeln der Kunst meist mit Schiffsmotiven bemalt waren. So viel konnte ich sehen, als ich nach unten in die dunkelgelbe Kajüte trat. Ich nahm eine einfache Mahlzeit zu mir, die die letzten Reste von Aufgewühltheit aus dem Körper vertrieb. Gut versorgt blieb ich sitzen und trank noch etwas, wobei ich mich für den lächerlichen Anblick schämte, den ich geboten haben musste, als ich mit wehenden Mantelschößen durch die Straßen gehastet war, die flatterten wie ein Paar zum Abheben zu schwerer Flügel. Ich dachte auch an meine Kindheitsträume vom Fliegen und wie schön es wäre, wenn ich mit einem Blick über die Menschenmenge durch die Luft schweben könnte, bis ich die beiden fand, die ich gesehen zu haben glaubte und die es doch nicht gewesen waren, meine Frau und meine Tochter. Meine Ex-Frau und meine Ex-Tochter. Ich sah ihre verblüfften Gesichter vor mir, wenn ich landen und mitten im Gedränge plötzlich vor ihnen stehen würde. Es dauerte aber nicht lange, bis die Vorstellung etwas Unangenehmes bekam, denn ihre überrumpelten Gesichter wollten sich nicht in Wiedersehensfreude verwandeln lassen, vielmehr schien die Überraschung immer größer zu werden, je länger ich dastand und sie mich ansahen, bis sie sich zum Schluss nicht mehr als Freude darüber, mich zu sehen, deuten ließ, sondern als *Furcht*!

In einem Versuch, den unangenehmen Anblick abzuschütteln, nahm ich das Telefon und rief noch einmal Stine an, doch als ich im Ohr den ersten Ton hörte, durchzuckte es mich, denn im selben Moment klingelte ein Telefon irgendwo im Lokal.

Mir wurde unmittelbar schlecht. Es fühlte sich an, als wäre das Essen in meinem Magen aufgequollen und zu viel geworden. Ich dachte an Oskar, den zu betreuen ich versprochen hatte. Als ich Caroline sagte, ich täte das gern, hatte ich es ernst gemeint. Doch jetzt fand ich etwas Erschreckendes an dem Gedanken, mit ihm allein zu sein. Ich erinnerte mich, wie gern ich ihm übers Haar gestreichelt und mich über ihn gebeugt und ihn geküsst hätte, wie Caroline es tat. Aber was konnte ich denn wissen, welche Neigungen seine selbstsichere Haltung verbarg? Konnte ich denn, dachte ich, überhaupt noch mit Jungen seines Alters umgehen? Ich kannte ihn doch gar nicht, und es war gut möglich, dass ich ihm unrecht tat, aber er sah aus wie einer, von dem man sich vorstellen kann, dass er je nach Situation und Person, mit der er es zu tun hat, eine komplette Persönlichkeitswandlung an den Tag legt. Einer, der sich, nachdem er seiner Mutter brav auf Wiedersehen gesagt hat, mit einem völlig andersartigen Augenausdruck zu seinem Babysitter umdreht. Und wenn ich es genauer bedachte, hatte ich dann mehr Grund, Caroline zu vertrauen als ihrem Sohn? Worauf ließ ich mich eigentlich gerade ein? Was hatte ich in ihrer Mutter-und-Sohn-Welt verloren? Und umgekehrt, aus welchem Grund wollte sie mir, einem Mann, mit dem sie nicht mehr als ein paar Stunden verbracht hatte, für einen ganzen Abend ihren Jungen anvertrauen? Während ich austrank, die Rechnung bestellte und mich zum Gehen fertig machte, fand ich alles, worauf ich mich eingelassen hatte, von Anfang bis Ende völlig aussichtslos, inklusive der zauberhaften Hoffnung auf ein anderes Leben an einem anderen Ort, dem Glauben an einen neuen Anfang und dem Glauben überhaupt an irgendetwas.

Lieber Ole-Jakob, kannst du mir verzeihen?

Als ich ins Freie kam, fühlte ich etwas Feuchtes auf der Nasenspitze. Ich blickte nach oben. Für einen Moment sah es so aus, als hätten sich alle Sterne vom Himmel gelöst und würden auf mich herabfallen. Bevor ich mein Gasthaus erreichte, fiel Schnee in dichten Flocken, die Dächer waren schon von einer dünnen, durchsichtigen Schicht bedeckt, während der Bürgersteig noch zu warm war, als dass der Schnee liegen geblieben wäre. Es fühlte sich an, als kämen mir die Schneeflocken zu Hilfe. Ich sollte nicht zu Carolines Haus fahren. Ein anderes, von dem ich nicht wusste, wo es stand oder ob es überhaupt existierte, für das sich aber etwas in mir bereits entschieden hatte, war das Ziel von allem, so wie man in einem Traum wissen kann, dass man träumt, und trotzdem an all das Schreckliche und Seltsame glaubt, das einem widerfährt. Oder man glaubt zu träumen und weiß, alles, was geschieht, ist real. Ole-Jakob. Ich weiß, dass du da bist. Irgendwo, und ich werde dich finden.

Ich packte meinen Koffer und ging zu Bett, raffte die Decke um mich zusammen und machte mir einen warmen Hohlraum darin. Ein Sammelsurium kleiner Nippesfiguren auf den Regalen auf der anderen Seite des Zimmers ließ die ganze Wand blinken wie die Instrumententafeln in einem Cockpit. Ich sah mir das eine Weile an. Dann stand ich auf und schlug die Abfahrtszeiten der Züge nach. Zu meiner Erleichterung fand ich einen in aller Frühe fahrenden Zug und beschloss, am Bahnhof zu warten. Beim Gedanken an Caroline stach mich kurz ein schlechtes Gewissen. Wenigstens hatte ich klar Schiff gemacht, dachte ich, bevor ich sie im Stich ließ. Als ich mich am oberen Ende der Fußgängerzone umdrehte und ein letztes Mal die Weihnachtsstadt betrachtete, hatte ich mit einem Mal das klare Gefühl, etwas schon hinter mir gelassen zu haben, denn da lag sie, von allem abgesondert und unerschütterlich unter einer dicken Lage von weißem Puderzuckerschnee, genau wie ich es vor mir gesehen hatte.

WO HOFFNUNG
ZU STAUB WIRD

Das Hotel Lucia war nicht schlechter, als man für den Preis befürchten musste, und doch platzierte ich mit einem beklemmenden Gefühl meine Utensilien auf dem Regal im Bad, nur wenige Minuten nach dem vorigen Gast, und als ich mich im Spiegel besah, der von kleinen, weißen Punkten übersät war, tat ich das, wie um mich zu vergewissern, dass wirklich ich dort stand. Gleichzeitig empfand ich etwas daran als gar nicht weiter schlimm. Ich stand in einem Zusammenhang. Ich war einer in einer Reihe. Nach mir würde ein weiterer kommen. Dem meine kleinen, unabsichtlichen Vergesslichkeiten unbehaglich oder angenehm wären. Eher müde als vom Schlaf erholt, drehte ich den Kaltwasserhahn auf und wusch mir das Gesicht. Bei meinem Eintreffen war es dunkel gewesen, und ich hatte nur noch ins Bett fallen können, draußen lockte nichts, der kalte Wind fegte die geschlossenen Fenster entlang, die Perlenreihen roter und blauer Lichterketten eine Etage weiter oben an den gleichförmigen Gebäuden sagten dasselbe wie in allen Städten. Ich leerte das Glas, das vom Vorabend noch halbvoll war, beim Trinken waren im Spiegel meine Zähne sichtbar. Aus dem Lüftungsabzug neben dem Spiegel drang ein Geruch, als wäre jemand hineingekrochen und drinnen gestorben. An der tapezierten Zimmerdecke verlief ein dunkler Fleck zu rostbraunen Tropfen.

Ein großes Stück der Straße vor dem Hotel war aufgerissen, die Gäste mussten sich damit abfinden, nur die Hälfte des ohnehin schmalen Bürgersteigs nutzen zu können, wenn sie das Hotel betreten oder verlassen wollten, dabei erstreckte sich die Baugrube hinter einigen zusammengesteckten Absperrelementen mit dicken Streben über mindestens fünfzig Meter in jeder Richtung. Aus den geborstenen Rohren flossen die ganze Zeit über Wasser und Abwasser, auf dem Boden des Lochs bildete sich ein Sumpf, und ich empfand Erleichterung, als ich das Ende der Absperrung erreichte.

Die Straßen, die ich passierte, ähnelten denen in Prag, wo ich einmal mit Ole-Jakob gewesen war. Ich hatte ihn zu einem Kongress mitgenommen, für die Teilnahme erhielt ich ein Honorar, und er nahm nicht zu viel der Zeit in Anspruch, die wir in der Stadt verbringen sollten. Trotzdem hatte Ole-Jakob mich an einem Abend, an dem wir im Hotelzimmer saßen und Karten spielten, gefragt, ob es für mich nicht langweilig sei, niemanden außer ihm als Gesellschaft zu haben. Die ganze Zeit über war er mit seinen Wünschen und Forderungen auffällig bescheiden, als wollte er um jeden Preis vermeiden, mir ein Klotz am Bein zu sein. Als ich ihn fragte, ob wir ins Kino gehen sollten, um uns *König der Löwen* anzusehen, meinte er, nein, das könnten wir noch zu Hause.

An einer Mauer neben einem Schuhgeschäft klebte ein großes Reklameplakat mit dem Bild eines Apfels, groß wie ein Auto. Der Apfel war in zwei Hälften geteilt, auf der einen prangte ein Tropfen, der aus dem weißen Fruchtfleisch quoll. Daneben saß ein riesiges Baby, ein mehrere Quadratmeter großes Monster mit aufgeblähten Backen, kahlem Schädel, platter Nase und großen Augen, schwarz wie Metallkugeln, und in diesen Riesenaugen sah man die Spiegelung des saftigen Fruchtfleischs. Unter der Abbildung stand in fetten Buchstaben:

DENNE KUS JABLKA
CHOROBU VYL'AKÁ

Als ich vor dem Plakat stand, hörte ich von irgendwoher ein merkwürdiges Quietschen. Ich ging dem Geräusch nach. Etwas federte rhythmisch, lauter und lauter, je näher ich kam. Ich sah schon eine gigantische Matratze mit zwei sich liebenden Riesen vor meinem geistigen Auge. Als ich das Ende des schmalen Durchgangs erreichte, weitete sich der Bürgersteig zu einem großen Platz mit Grünflächen und einem Spielplatz mit bunten Turngeräten aller Art, umgeben von einigen düsteren, viergeschossigen Wohnhäusern. In der Mitte des Spielplatzes stand ein Trampolin mit fünf, sechs Kindern darauf. Das Quietschen stammte von ihnen. Ich blieb stehen und sah den hüpfenden Knirpsen zu. Etwas an der Art, wie sie zusammen sprangen und aus dem Rhythmus kamen, hielt mich fest. Ein paar Sprünge lang blieben sie im selben Takt, was der Schnellkraft der straff gespannten, schwarzen Matte maximale Wirkung gab, doch immer kamen ein oder zwei von ihnen aus dem Takt, und dann hing die Matte durch, der gemeinsame Schwung stockte, ihre Kooperation funktionierte nicht mehr, und es hakte, bis sie sich durch ein glückliches Zusammentreffen alle zur gleichen Zeit abstießen und wie fröhliche kleine Raketen, jauchzend vor Freude, in den Himmel katapultiert wurden.

Die ganze Zeit über waren sie mehr in der Luft als auf dem Trampolin, abgesehen von einigen ganz kurzen Berührungen der Füße mit der Sprungmatte schwebten sie. Als hätten sie ein Naturgesetz überwunden.

Ich nahm auf einer der Bänke Platz. Eins der Kinder drehte sich und landete auf dem Rücken, wo es wie ein Ball zwischen den Beinen der anderen titschte. Eine Mutter stürzte hinzu, der Kleine fing erst an zu heulen, als er die Mutter sah. Die anderen hatten mit dem Hüpfen aufgehört. Es galt wohl alle oder keiner. Oder warteten sie darauf, ausgeschimpft zu werden? Während die Mutter mit ihrem Kind auf dem Arm im Kreis herumging, hallten Schreie von den Hauswänden wider. Ich dachte an Oskar und Caroline. Als ich aus Redenburg abgefahren war, hatte ich im Knistern der elektrischen Oberleitung, das den Schnee wie mit den Blitzen einer kolossalen Kamera erhellte, das Industriegebiet gesehen, in dem sie wohnten. Das brachte mich dazu, Caroline eine SMS zu schicken, in der ich – zum wievielten Mal eigentlich? – mein Bedauern ausdrückte, bevor ich auch sie aus der Liste löschte, auf der wieder nur zwei Namen stehen blieben.

Ein Labyrinth aus kurzen Straßen und engen Gassen beraubte mich der Orientierung, die ich bei meinem Aufbruch vom Hotel noch gehabt zu haben glaubte. Das Warenangebot eines alten Mannes auf einem Klappstuhl in einem Hinterhof, er verkaufte Keramikminiaturen von Bratislavas historischen Gebäuden, verwirrte mich noch mehr. Doch schließlich stand ich vor einer einladenden Tür mit einem Schild darüber: U DEŽMÁRA. Ein Kellner hielt mir die Tür auf, als würde ich erwartet, zu einer Spelunke, die im Kontrast zur Außenbeleuchtung wie ein Kerkerloch wirkte.

Ich fand einen leeren Tisch in der Nähe der Theke. Rund um mich her schwirrten die Unterhaltungen so lebhaft, dass ich an das Gefühl als junger Mann erinnert wurde, als ich nicht begriff, wie man in fremden Sprachen, die so schwer zu erlernen waren, Witze reißen und lustig sein konnte. Ich bestellte ein Bier und einen Schnaps und bekam eine Speisekarte in die Hand gedrückt, auf der alles auf Slowakisch stand. Ich sah mich im Lokal um. Am Nachbartisch saß ein alter Mann mit einem seltsam zweigeteilten Gesicht, was an seinen Augen lag, wie ich herausfand, nachdem ich ihn eine Weile betrachtet hatte; während das eine nämlich unter einem dick geschwollenen Lid unter der Augenbraue fast verschwand, war das andere weit geöffnet und starrte, als hätte er eine hellwache und eine todmüde Gesichtshälfte. Bevor ich ihn um Rat fragen konnte, löste er mein Problem und riet mir in leidlich gutem Englisch zu Nummer drei, Schweinefleisch mit Pfirsich und Schafskäse. Dankbar winkte ich dem Kellner. Danach gab mir der Alte die Hand: Johanides. Meyer. Ján. Karl.

»Spielst du Schach?«

Ich hätte gern mit Ja geantwortet, traute mich dann aber nicht. Erst jetzt stellte ich fest, dass das Muster auf seiner Tischplatte ein Schachbrett darstellte und er eine Schachtel mit Figuren neben sich stehen hatte.

Der Kellner kam mit meinen Getränken.

»Wenigstens bist du ein Säufer«, griente Johanides. »Prost!« Nachdem wir getrunken hatten, hielt er sein Glas erhoben.

»Das ist mein Abendessen«, sagte er. »Ich mache nämlich Diät. Eine, die ich mir selbst verordnet habe. Ich werde den Quacksalbern, die hinter meiner Leber her sind, beweisen, dass es geht.«

»Dass was geht?«, fragte ich.

»Nur von Alkohol zu leben. Es kommt nur darauf an, zu wissen, was die verschiedenen Sorten an Vitaminen, Proteinen und so weiter enthalten. Zurzeit nehme ich einen Borovička mit Tonic zum Frühstück und, wenn ich sehr hungrig bin, noch ein Glas kaltes Bier. Mittags reichlich Bier, das man ja als eine Art Suppe rechnen kann, zum Abschluss einen Rum. Bermuda-Rum, lecker und gesund. Weißwein und Schnaps oder einen Kräuterbitter zum Abendessen, eigentlich jede Art von Kräuterschnaps, das ist Nahrung für die Därme.«

Er legte die Hand auf den Bauch und ließ sie kreisen.

»Danach Rotwein, massenhaft, bis man abends im Sessel einschläft.«

Er lachte.

»Ich bin es sowieso nicht gewohnt, tagsüber zu essen. Als ich klein war, hat meine Mutter immer nachts gekocht, weil es am Tag nicht genug Gas gab. Außerdem roch dann die ganze Wohnung gut. So kam es, dass wir nachts aßen.«

Er versank in Gedanken.

»Obwohl, an den besten Tagen haben die Mahlzeiten natürlich die Tendenz, ineinander überzugehen«, sagte er. »Aber das bedeutet ja nur, dass man bei guter Gesundheit ist, oben wie unten, vorne und hinten.«

Er klopfte mit den Knöcheln auf das Schachbrett.

»Jeden Mittwoch, etwa ab halb vier«, er sah auf die Uhr, »spiele ich fünf Partien mit Martin Loboda. Er kommt immer, wenn der Tag für ihn herum ist. Aber Schach spielen will er nur mittwochs.

Loboda ist ein guter Kerl, nett, zu nett, er hat schon oft eine Runde geschmissen, kann ich dir sagen, selbst für Wildfremde unten in der Bahnhofskneipe. Ein guter Alkoholiker. Ich habe versucht, ihn zu meiner Diät zu überreden. Ich habe sogar eine eigene für ihn entwickelt, bei der er nebenher auch etwas hätte essen dürfen. Aber er hält stur an seinem eigenen Plan fest. Ein verdammt guter Schachspieler ist er auch. Er gewinnt jedes Mal. Trotzdem spielt er mit keinem anderen als mit mir. Aber vielleicht gerade deshalb?«

Johanides lachte. Ich merkte, dass ihm das Lachen locker saß; allerdings nahm nur das eine Auge an seiner Fröhlichkeit teil, das andere hing ein bisschen traurig herunter.

Er nahm einen Läufer aus der Schachtel und zeigte ihn mir.

»Den nennen wir auf Slowakisch ›Schütze‹.«

Er hielt ihn eine Weile in der Hand, hoffte wohl, die Figur würde mich umstimmen. Dann legte er sie mit einem tiefen Seufzer in die Schachtel zurück.

»Loboda ist ein umgeschulter Klempner. Hat vier Jahre im Knast gesessen, weil er versucht haben soll, die Republik mit Wasser zu untergraben.«

Der Kellner brachte das Essen. Da ich hungrig war und essen, aber nicht seine Gesellschaft verlieren wollte, stellte ich, bevor ich das Besteck aus der Serviette zog und zu essen begann, Johanides die Frage, auf die er vermutlich spekuliert hatte.

»Wie gesagt, ein verdammt guter Schachspieler. Seit er zwölf oder dreizehn war, hat man aber über ihn gesagt, er sei ›nicht ganz in Ordnung‹. Der Grund war seine Mutter. Sie war eine Prostituierte und wurde von einem Kunden vergewaltigt. Als er fertig war, schlug er ihr mit einem Bügeleisen den Schädel ein. Der Junge stand Todesängste aus, war vor Panik von Sinnen. Er hatte nämlich alles mit angesehen. Die Mutter übte ihr Gewerbe zu Hause aus. Das war wohl auch der Grund, weshalb er, als er älter wurde, Frauen aus dem Weg ging und immer auf der Hut war. Ist er im Übrigen heute noch. Wahrscheinlich hilft ihm das beim Schachspielen. Es ist vermutlich der Grund, weshalb er ein so guter Spieler ist. Die ewige Angst stärkt sein Erinnerungsvermögen. Das ist jedenfalls meine Theorie.«

Mein Handy klingelte. Ich bat um Entschuldigung und drückte das Gespräch weg.

»Aber Loboda hat sich tatsächlich strafbar gemacht. Das war, als er vom Leiter des Kombinats, Ignać Kejlárikov, damit beauftragt wurde, in dessen herrschaftlicher Villa neue Wasserleitungen zu legen. Kejlárikov hatte eine Tochter, Iveta, seinen kleinen Augenstern, und er hatte eine Heidenangst vor dem, was Loboda, der zu der Zeit sicher ziemlich ungepflegt war, an Läusen, Flöhen und sonstigem Ungeziefer ins Haus schleppen könnte. Darum verlangte man von ihm, dass er jeden Morgen vor Aufnahme der Arbeit in ihrer Wanne ein Bad in einer starken Desinfektionslösung nahm.«

Das Telefon klingelte wieder. Diesmal schaltete ich es aus und entschuldigte mich noch einmal bei Johanides, der guckte, als habe er die endgültige Bestätigung für seinen Abscheu gegen jede Form moderner Technologie bekommen.

»Nach einiger Zeit bekam Loboda von dem Desinfektionsmittel Hautausschlag«, fuhr er fort. »Er sagte aber nichts, sondern fand sich damit ab und wartete mit seiner Revanche, bis die Kejláriks in den Sommerferien nach Malta fuhren und er das Haus für sich allein hatte. Da machte er sich daran, das gesamte Leitungssystem so umzubauen, dass er von der Hauptleitung Abzweigungen in nahezu jeden Raum legte, die mittels Winkelstücken frei in den Raum ragten. Mehr als eine Woche verwandte er darauf. Als er sein Werk vollendet hatte und es noch mehr als eine Woche bis zur Rückkehr der Kejláriks hin war, drehte er den Haupthahn auf und ging. Es heißt, als die Herrschaften nach

Hause kamen, habe das Wasser bis zum schmiedeeisernen Portal am Ende der Eichenallee gestanden, die zu ihrer vordem so prächtigen Villa aus dem neunzehnten Jahrhundert hinaufführt.« – »Ahh«, grinste Johanides und prostete mir mit einem der frischen Halblitergläser zu, die der Kellner soeben vor uns abgestellt hatte, ohne dass ich etwas von einer neuen Bestellung mitbekommen hätte. »Ein gesunder Appetit heute, stelle ich fest.«

Dann leerte er das halbe Glas in einem Zug und strich sich mit einer kräftigen Faust den Schaum aus seinem wochenalten Bart.

»Die Anklageschrift fiel lang aus. Mildernde Umstände wurden keine angeführt. Keiner verteidigte ihn vor Gericht. Nach der Urteilsverkündung rief er: ›Bei euch gibt es für Mord drei Jahre, aber für Wasser vier!‹ Darauf bekam er noch ein Jahr zusätzlich aufgebrummt, und nur dank einer Begnadigung durch den Präsidenten wurde ihm dieses zusätzliche Jahr erlassen.«

Ich holte Zigaretten aus der Tasche und bot ihm eine an, die er dankend annahm. Als ich ihm zuerst Feuer gab, empfand ich dabei eine kameradschaftliche Freude.

»Was ist denn mit dir?«, erkundigte er sich. »Was hat dich denn zum Schlagbaumwärter gebracht?«

Damit zeigte er auf einen Bierdeckel, auf dem der Name der Kneipe stand.

Ich überlegte ein paar Sekunden lang, was für eine Geschichte ich mir ausdenken sollte, sah dann aber ein, dass sich seine Mitteilungsfreude nur mit Aufrichtigkeit, das heißt mit der ganzen Wahrheit beantworten ließ. Ich erzählte ihm von dem Haus, von dem ich gehört hatte, und von dem Mann, den ich zu finden hoffte, und da Johanides bei nichts, was ich sagte, große Augen machte, nicht einmal das eine, das er hätte aufreißen können, aufriss, fragte ich, ob ihm die Geschichte bekannt sei und ob er die Existenz jenes mystischen Hauses bestätigen könne.

»Sicher existiert es«, antwortete er, hörte sich aber nicht sehr überzeugt an. »Zumindest habe ich darüber reden gehört. Von mehreren. Von recht vielen sogar, wenn ich genauer nachdenke. Aber gesehen habe ich es nie. Und dann kommt es ja darauf an, wie viele einem eine Sache bestätigen müssen, bevor man sie für wahr hält.«

»Was hast du denn darüber gehört?«

»Dass es wie eine Art Depressivum wirkt.«

Ein Funke glomm in seinem gesunden Auge.

»Kein Antidepressivum, sondern ein Depressivum, ha, ha. Und dass alle, die hineingehen, verzweifelt wieder rauskommen.«

»Wieso?«

»Das weiß ich nicht. Genauso wenig wie ich weiß, warum jemand überhaupt Lust haben kann, einen solchen Ort aufzusuchen.«

Er trank sein Glas aus und zeigte auf meins. Ich lehnte die Einladung ab, hatte erst ein paar Schlucke getrunken, weil ich merkte, dass sich in den Eingeweiden jedes Mal etwas rührte, wenn ich etwas zu mir nahm.

»Weißt du, wo es steht? Ist es hier in der Stadt?«

»Keine Ahnung. Das ist das Komische daran. Alle haben davon gehört. Aber ich habe noch keinen getroffen, der mir sagen konnte, wo es ist, geschweige denn einen, der selbst da war.«

»Aber du glaubst daran? Glaubst du, es gibt ein solches Haus?«

»Ich habe jedenfalls keinen Grund, das nicht zu glauben«, sagte er und winkte dem Kellner.

»Wenn ich einmal reingehen sollte«, fuhr er fort, »würde ich im Klassenzimmer meiner Grundschule landen.«

Wir lachten beide.

Und Mona würde in einer Zahnarztpraxis landen, dachte ich, in der ich sie in grünem Kittel mit einem hinterlistigen Lächeln begrüßen würde.

Und Eva? Sie würde wahrscheinlich auch auf mich treffen, am hintersten Tisch in einem Chinarestaurant.

Und ich selbst? Zuerst in einem unaufgeräumten Jungenzimmer? Dann, im Raum dahinter, bei einem ruinierten Fahrrad? Im nächsten Raum bei einem Autowrack? Und schließlich im innersten Zimmer bei einem in Stücke gerissenen Skelett, das sich an einen Fußball klammert?

»Falls ich stattdessen nicht einfach Benzin über das Haus gießen und es anzünden würde. Damit wäre das Problem ein für alle Mal gelöst. Im Übrigen ist dieser Zagreb, nach allem, was ich gehört habe, kein Mann, in dessen Hände man sein Schicksal legen sollte.«

»Was meinst du?«

»Nicht mehr, als ich gerade gesagt habe.«

Für einen Moment strahlte er etwas Aggressives aus, als hätte ich einen wunden Punkt berührt. Er trommelte mit den Fingern auf dem Schachbrett und reckte den Hals vor, ungeduldig wegen der erwarteten Partie. Dann hatte er sich wieder im Griff.

»Wie willst du ihn denn finden?«, fragte er.

Ich zog den Zeitungsschnipsel mit den Notizen aus der Innentasche und reichte ihn ihm.

Ein Lächeln huschte über Johanides' Gesicht, während er sich zurücklehnte, um dem Kellner Platz zu machen.

»Ich glaube, ich weiß, wo dieses Haus liegt«, sagte er.

»So?«

»Aber ich werde Zagrebs Pläne nicht durchkreuzen. Ich habe nicht vor, mich mit dem Kerl anzulegen, wenn ich nicht dazu gezwungen werde. Im Übrigen ist es Zeit, dich mit Martin Loboda bekanntzumachen.«

Ohne dass ich es gemerkt hatte, war ein Mann hinter uns getreten. Zwei traurige Augen mit einem leicht umnebelten Ausdruck, wie von jemandem, der gerade seine Brille abgenommen hat, musterten mich erstaunt, vielleicht ein wenig irritiert darüber, einen Fremden in der Gesellschaft seines Spielpartners anzutreffen. Ich entschuldigte mich und stand auf. Johanides protestierte halbherzig, stellte aber schon die Figuren auf, und wenn ich es richtig sah, bedauerte er meinen Aufbruch nicht viel mehr als Loboda.

Ich ging zur Theke und zahlte, betrübt darüber, dass die Unterhaltung zu Ende war. Ich hätte gut noch einige Stündchen mit dem alten Mann zusammensitzen können. Mir wurde klar, dass ich mich so gern mit ihm unterhalten hatte, weil er über das gebotene Maß hinaus mitteilsam war und auch mir Fragen gestellt, nicht bloß auf die meinen geantwortet hatte, sodass ich bis ganz zum Schluss darauf hoffen konnte, er würde mich fragen, wozu ich gekommen sei, warum um alles in der Welt ich in dieses schreckliche Haus wollte.

Draußen blieb ich stehen und blinzelte in den grellen Tag, der brutal meine Erwartung eines milden Schummerlichts wie im dunklen Schankraum von U Dežmára in Stücke schnitt. Als ich endlich losging, fiel mir ein, dass ich vergessen hatte, Johanides nach dem Weg zum Neusohl zu fragen, aber dann dachte ich, so wichtig sei es nicht, es bleibe genug Zeit und es gebe sicher genügend andere, die ich fragen könne.

Unterwegs hatte ich immer wieder das Gefühl, mich auszukennen und vorher schon an einem Ort gewesen zu sein, aber dann kam ich doch irgendwo anders heraus, als ich gedacht hatte. Nicht einmal als ich die Miniaturstadt des alten Mannes wiedersah, half das meinem Orientierungssinn, denn hinter den Keramikhäuschen saß nun ein Zigeunermädchen, und die Häuschen waren ganz anders aufgestellt. »Ja, genauso ist es«, murmelte ich vor mich hin, »jedes Mal, wenn ich vorbeigehe, organisieren sie die ganze Stadt um, bauen alles in einer anderen Reihenfolge auf, damit ich nie wieder den Weg hinaus finde!«

Eine der Gassen führte auf einen großen, offenen Platz. Ich musste einen Umweg einschlagen, um ihn zu erreichen, weil die Straße wegen Bauarbeiten gesperrt war. Auch hier floss Wasser aus geplatzten Kunststoff- und Betonrohren in einen beträchtlichen Krater, was mich an Loboda denken ließ, ich sah vor mir, wie er mit dem Schraubenschlüssel in der Hand auf dem Boden in den üppig möblierten Zimmern kniete und sich beim Gedanken an das Bevorstehende ein böses Lachen gönnte. Aber so sieht es überall aus, dachte ich, während ich in das Loch starrte, nur ist es versteckt, weggepackt unter Schichten und Schichten von Erde, Kies und Asphalt, damit wir es nicht zu sehen brauchen, wie die Partitur einer Sinfonie, der man nur zuhören soll.

Auf dem Platz fand ein Markt statt, Stände in hellem Holz bildeten einen Viertelkreis, hinter einem stand eine Frau in Tracht, die der Harfenistin von Redenburg ähnelte. Am Stand dahinter ärgerten sich zwei Männer, der eine hielt eine Platte mit gekochten Schnecken, und während ich vorbeiging, packte er eine davon und hielt sie dem anderen direkt vor den Mund. In einem gewölbten Schaufenster gleich in der Nähe standen antiquarische Bücher in Reih und Glied. Ich hielt inne, weil etwas meinen Blick gefangen hatte, es geschah in einem blitzartigen Moment, so wie sich in einem Buch, das man liest, ein Wort von der nächsten Seite im Blickfeld festbeißen kann, bevor man überhaupt so weit ist. Ich musste lange suchen, bis ich fand, was meine Aufmerksamkeit geweckt hatte. Doch da, endlich, mitten in dem Flickenteppich von Buchtiteln: Boris Snopko, *Vrahovia*. Wenn ich mich nicht irrte, handelte es sich um das Buch, das ich einmal angefangen hatte und das im Norwegischen den Titel *Die Mörder* trug. Während ich das etwas altmodisch aussehende Buch betrachtete, freute ich mich für meinen Freund. Eine Weile überlegte ich, ob ich hineingehen und es kaufen sollte. Doch das war, bevor mir die Säulen zu beiden Seiten des Schaufensters auffielen, beide gekrönt von einem weißen Gipsgesicht mit offen stehendem Mund und einem Ausdruck solch herzzerreißender Verzweiflung in den schrägen Augen, dass ich am Ende nur noch daran denken konnte, wie ich so schnell wie möglich hier wegkam.

Hinter etwas, das ich für das Rathaus hielt, kam ich in eine Welt enger Gassen. Ich nahm die erstbeste, überließ mich ganz meiner eigenen Orientierungslosigkeit. Das Labyrinth lenkte meine Schritte. Als ich nach wer weiß wie langer Zeit anhielt und zu einem Neonschild aufblickte, glaubte ich, die diversen Bierchen spielten mir einen Streich. Hoch oben stand in rosafarbener Schnörkelschrift NEUSOHL. Eine gepanzerte Tür mit einem kleinen, vergitterten Fenster war, wie kaum anders zu erwarten, geschlossen. Die einzige Auskunft bestand in einem Zettel, auf dem noch einmal der Name zu lesen war. Aber erst vor

Kurzem war ich an einem geöffneten Café vorbeigekommen. Zufrieden darüber, endlich einmal etwas mithilfe der eigenen Erinnerung zu finden, ging ich dorthin zurück, erfuhr, dass das Neusohl in etwa drei Stunden öffnen sollte, und setzte mich mit einem Bier und einem Bermuda-Rum, um mir die Wartezeit zu verkürzen.

Auf der Straße stand eine junge Frau und rauchte, ich sah sie durchs Fenster, sie wirkte ziemlich nervös, zog andauernd ihr Handy aus der Tasche und blickte darauf. Endlich leuchtete ihr Gesicht auf, und sie schnippte die Zigarette weg wie etwas, das sie anscheinend gern loswurde. Im nächsten Augenblick lag sie in den Armen eines jungen Mannes mit einem mehrfach um den Hals geschlungenen bunten Schal.

Das junge Paar kam ins Café. Ole-Jakob, wenn er es gewesen wäre, hatte eine Windung seines langen Schals um Stines Hals geschlungen, wenn sie es gewesen wäre, es sah aus, als würde er sie hereinschleppen. Ich dachte, wenn man auf der Straße auf eine Wildfremde zuginge und beschlösse, sie zu lieben, würde man es vermutlich schaffen. Natürlich vorausgesetzt, sie ließe einen. Ja, und was, wenn es sich so verhält, dass es hinter der, der man begegnete und in die man sich verliebte, eine andere gab, mit der man es noch besser hätte, aber weil man bei der vorigen gelandet war, lernte man sie nie kennen?

Direkt hinter Eva: eine, die zu enttäuschen mir im Traum nicht eingefallen wäre.

Gleich hinter Mona: eine, bei der ich für den Rest des Lebens geblieben wäre.

Gleich hinter dem Schlappschwanz, mit dem Stine das letzte halbe Jahr zusammen gewesen war, einer, der ihr ein gutes und erfülltes Leben geboten hätte.

Ich sah zur Uhr über der Tür. In etwas mehr als einer Stunde hätte ich hoffentlich die Bestätigung dafür, dass es einen Mann namens Zagreb gab. Und dieser Mann, sofern es ihn gab, wüsste hoffentlich, dass ich, sofern es mich gab, in Kontakt mit ihm kommen wollte.

Um Viertel nach acht ließ mich auch der letzte Türsteher im Neusohl passieren, nachdem ich zweimal leibesvisitiert worden war. Die Diskothek machte den Eindruck einer endlosen Wildnis von Gängen und Räumen, hier und da in kleinere Abteilungen unterteilt von durchsichtigen Glaswürfeln, die den gelben Schimmer einiger sparsam angebrachter Glühbirnen brachen und filterten. Ich hatte damit gerechnet, einer der ersten Gäste zu sein, doch es wimmelte bereits von Besuchern, ich musste mir einen Weg bahnen. Es roch nach Exkrementen und Parfüm. Ich ging in die Richtung einer lauter und lauter werdenden Musik, harte elektronische Rhythmen bauten sich über einem fast unhörbaren tiefen Wummern auf, während eine metallische Stimme brüllte: »GOD PLEASE FUCK MY MIND FOR GOOD«, wenn ich es richtig verstand. Es waren fast nur Männer anwesend, alle gleich und sorgfältig ausstaffiert, wie ich es so oft in Filmen gesehen hatte, dass ich nicht damit rechnete, jemals in der Wirklichkeit darauf zu stoßen, einer, dem ich fast in die Arme gelaufen wäre, hatte vorn ein großes Loch in der Hose.

Schließlich kam ich in einen etwas größeren Raum mit einer Bar. In der Mitte einer Tanzfläche stand ein Galgen. Sein schwarzer Umriss mischte sich mit einem auf die Wand dahinter projizierten Film. Ich mischte mich unter die Menge halbnackter Muskelprotze. Doch gerade als der Klotz vor mir bekam, was er bestellt hatte, und sich verziehen wollte, wurde mir auf einmal schwindelig wie in einem Panikanfall, und ich versuchte, mich denselben Weg zurückzukämpfen, den ich gekommen war, was mich aber nur in eine Sackgasse nach der anderen führte, als ob die verschwitzten Körper ständig neue Räume bildeten, in denen man sich verlaufen sollte, bis ich endlich den Ausgang in Reichweite vor mir sah. Als ich an den Türstehern vorbeiging, hörte ich in meinem Rücken Lachen, ließ mich davon aber, so erleichtert war ich, wieder von der kühlen Freiheit des Abenddunkels aufgenommen zu werden, nicht aufhalten. In der Gasse draußen blieb ich lange stehen und holte Luft. Was hatte ich mir gedacht, als ich da hineingegangen war? Welcher Verrückte hatte meine Wünsche durch seine ersetzt? Wo unterwegs hatte ich mich selbst verloren?

Im Hotelzimmer legte ich mich angezogen hin, so erschöpft, als hätte ich meine letzten Kräfte aufgewendet, um es ins Bett zu schaffen. Die Zimmerdecke über mir war farblos und flach, ohne jede elektrische Leitung. Aus dem Nebenzimmer waren Stimmen zu hören, ein erregtes Wortgefecht, von einem Knall gefolgt, als etwas Schweres auf dem Boden zerbrach. Ich stellte mir den gewaltsamen Zusammenprall zweier Gäste aus dem Neusohl vor. Doch dann wurde es still, als hätte der Streit mit dem Tod eines Beteiligten geendet. Darauf schlief ich ein und träumte, ich stünde vor dem mystischen Haus und bekäme den Schlüssel in die Hand gedrückt, nicht von Zagreb, sondern von Boris, der etwas murmelte, was ich nicht verstand, und mich mit einem traurigen und resignierten Blick ansah, ehe er mit raschen Schritten davonging, als fürchtete er, ich würde ihn mit ins Haus zerren. Dann befand ich mich plötzlich im Haus, das einer Klinik ähnelte, mit langen, weißen Korridoren und einem Fenster mit Gittermuster in jeder Tür, durch welches einen Blick zu werfen ich sorgsam vermied, aus Angst vor dem Anblick, der mich möglicherweise erwartete. Nach und nach registrierte ich mehr und mehr Details, die von fortschreitendem Verfall kündeten, als ob das Gebäude umso älter würde, je tiefer ich hineinging, außerdem tat sich etwas beim Licht, das gradweise abnahm. Dann kam ich an eine Schranke. Hinter ihr stand ein Mann in einem schmutzigen Arztkittel, der grinste, als er mich sah, und mich zu sich winkte. Seine Hand umklammerte einen alten Leuchter aus Schmiedeeisen, in dem kein Licht brannte, und jetzt verstand ich, weshalb er wollte, dass ich zu ihm kam und nicht umgekehrt: Er stand gespreizt über einer Hälfte eines hakenförmigen Ornaments, das zu zwei Seiten aus dem Ständer des Leuchters herausragte, ja, er hatte sich mit solcher Kraft daraufgespießt, dass er feststeckte, Blut schoss ihm aus dem Mund, und durch seine Gesten begriff ich: Er wollte, dass ich dasselbe an dem freien Haken tat. Ich eilte weiter, hinter der nächsten Biegung wurde der Gang noch dunkler, und plötzlich stürzte ein alter Mann aus einem Zimmer mit in Fetzen hängenden Verbänden um die schlaffen, teigfarbigen Falten, aus denen sein Körper bestand. Als er mich sah, stimmte er ein Geheul an und stürzte sich auf mich und versuchte, mich zu beißen; ich sah seine schmalen Zähne und das Innere seines Mundes, eine rosa Höhle in dem ganzen weichen Teig, und konnte ihn mit Müh und Not von mir fernhalten. Er kämpfte wie ein Wahnsinniger, um an mich heranzukommen, war aber glücklicherweise nicht sehr stark, ich konnte ihn ohne große Anstrengung zu Boden bringen und rannte tiefer in das Dunkel hinein. Erst als ich einen so schwach erleuchteten Gang erreichte, dass ich gerade noch sein Ende ahnen konnte, blieb ich stehen. Ich blickte mich um, sah aber keine Spur von dem blutrünstigen Greis. Ich wartete, bis sich meine Augen an die Dunkelheit gewöhnt hatten. Dann ging ich auf die Tür am Ende zu, die kleiner war als die anderen und die auch kein Fenster hatte. Während ich davorstand, fühlte ich eine angenehme, beruhigende Gewissheit im Hinblick auf das, was mich erwartete, wenn ich die Tür öffnete, und was all meinen Sehnsüchten ein Ende machen würde, die Wärme eines klopfenden Herzens, das Licht von einem geliebten Gesicht, ein Paar hellblauer Augen, wieder geöffnet, um sich nie mehr zu schließen.

Als ich erwachte, stand mein Mund weit offen, ich brauchte ungefähr eine Minute, um ihn zu schließen. Im Zimmer war es kühl, meine Hände und Knöchel fühlten sich kalt an. Mein ganzer Körper war so steif, als hätte ihn jemand überstrichen, während ich schlief, und ich stellte mir vor, wie die Gelenke knacken würden, wenn ich sie bewegte. Ich kaute ein paarmal, der Gaumen war verklebt, meine Spucke schmeckte wie Paraffin. Dann streckte ich vorsichtig einen Arm aus. Es knackte, bildete ich mir ein, in Ellbogen und Schulter. Bei dem Geräusch musste ich lächeln. Es hörte sich urkomisch an. Ich wartete einen Moment, dann bewegte ich den anderen Arm. Auch diesmal gab es ein Geräusch, und ich konnte das Lachen nicht mehr zurückhalten. Ich lachte laut, bis ich merkte, wie schauerlich es in dem kahlen Zimmer klang. Draußen war es hell. Es war windig, die Gardine bauschte sich wie ein Kleid. Ein ganzer Schwarm Möwen flog vorbei, es hörte sich an wie Hufklappern in einem Burghof. Ich musste noch etwas warten, bis ich mich erheben konnte, und während ich so lag und spürte, wie das Blut zirkulierte und ein Körperteil nach dem anderen zum Leben erweckte, war es, als ob der Traum noch einmal vor meinen Augen abliefe, klar und deutlich wie ein Film, und als ich später am Fenster stand und in den anbrechenden Tag schaute, rieselte die Ruhe wie fein gesiebter Sand durch meinen Körper, wie bei einem, der weiß, dass er nichts mehr zu fürchten hat.

Auch wenn sie nicht so lachten, dass ich es hören konnte, waren die Blicke, die sich die Türsteher im Neusohl zuwarfen, nicht misszuverstehen, als ich am nächsten Abend wieder erschien. Einer von ihnen machte sich sogar den Spaß, mich durchzuwinken, ohne mich zu durchsuchen. Familienvater mit unterdrückten Gelüsten, dachte ich, während ich die Bar bei der Tanzfläche anpeilte, und mir fielen noch weitere Bezeichnungen ein, mit denen sie mich sicher bedacht hatten. Diesmal zögerte ich jedoch nicht, sondern kämpfte mich resolut zu einem Platz an der Theke durch, bestellte ein Corgoň und rief, so laut ich konnte, den albernen Satz, den ich laut Anweisung aufsagen sollte, gleich darauf war es mir peinlich, wie einem Schuljungen, der auf den Zehenspitzen steht und hofft, das Codewort, das man ihm mitgeteilt hat, möge das richtige sein. Ich war enttäuscht, als vor mir nur die schlanke Bierflasche auftauchte, und bestellte noch einen Sliwowitz dazu. Der Barkeeper schenkte mir ein Glas ein und schob beides an den Rand der Theke vor, ließ aber mit nichts erkennen, ob er die Botschaft verstanden hatte, also wiederholte ich den Satz, diesmal noch lauter, doch da hob er ganz schnell die Hand, was mich nicht weniger beklommen machte. Ich zwängte mich mit den Ellbogen, Glas und Flasche in je einer Hand, durch die Menge und fand schließlich einen leeren Tisch in einer Ecke, in der die Musik nicht so ohrenbetäubend laut war.

Zeit verging. Von meinem Platz aus sah ich über die Glaswand hinweg die Köpfe der Tanzenden wie Schiffbrüchige, die sich in einem Rettungsboot aufrecht zu halten versuchen. Das Bier schmeckte lasch, aber es löschte jedes Mal das Brennen nach einem Schluck Sliwowitz.

»Weißt du, wie lange …?«, setzte ich an, als ich mir an der Theke mein viertes Corgoň holte, doch auch diesmal hob der Barkeeper abwehrend die Hand, bevor ich die Frage vollenden konnte. Enttäuscht kehrte ich in meine ruhige Ecke zurück, zunehmend mit dem Gefühl, das Ganze sei von vorne bis hinten nichts anderes als Humbug. Noch ein Bier nach diesem hier und dann nach Hause, beschloss ich.

Zwei wie Frauen geschminkte Typen tauchten Hand in Hand auf und setzten sich auf die äußerste Kante der Bank gegenüber, ihre Art, zu sitzen und sich zu bewegen, war eigenartig, als wären sie aneinandergeleimt.

Mir ging auf, dass ich mir bislang wenig Gedanken darüber gemacht hatte, als was für eine Person sich Zagreb erweisen würde, und auch, dass ich abgesehen von Johanides' kryptischer Warnung keinerlei Auskünfte hatte, an die ich mich halten konnte, und doch wusste ich sofort, dass er es war, als ich beobachtete, wie ein Mann eine schmale Wendeltreppe bei der Bar herabkam, die aussah wie ein quer durch das Dach geschraubter Korkenzieher. Er wechselte ein paar Worte mit dem Barkeeper. Dann kam er an meinen Tisch und stieg über die beiden zusammengeklebten Jungs hinweg, die mit ängstlichem Gesichtsausdruck noch weiter ans Ende der Bank rutschten.

Er hatte langes, zurückgestrichenes blondes Haar, einen Ring in jedem Ohr und trug einen blau-weiß gestreiften Matrosenpulli, der es unmöglich machte, sein Alter zu schätzen; etwas sagte mir, er sei entweder viel jünger oder viel älter, als man meinte. Bevor er sich setzte, zupfte er an seinen Hosenbeinen. Dann nickte er in Richtung meiner Bierflasche.

»Weißt du, was Corgoň eigentlich bedeutet?«, rief er.

Ich sah die Flasche an.

»Corgoň war ein Schmied aus Nitra. Ein Riese von einem Mann mit enormem Bizeps. Es heißt, wenn er auf den Amboss schlug, wackelten alle Häuser im oberen Teil der Stadt. Aber richtig berühmt wurde er erst, als das Heer der Osmanen Nitra belagerte. Die Angreifer kletterten schon über die Stadtmauern, als Corgoň auftauchte. Er warf mit großen Steinen und stiftete Chaos und

Panik unter den Türken. Aber was sie am meisten erschreckte, war das riesige und schwarze Gesicht des Schmieds. Als sie es erblickten, rannten sie davon und flüchteten Hals über Kopf. Hinterher hieß es, sie hätten böse Geister gesehen, die Corgoň dabei halfen, Riesenbrocken aus einem Steinbruch in der Nähe zu brechen und sie in die Stadt zu bringen.«

Er hob beide Arme über den Kopf, die Matrosenärmel rutschten herab und deckten eine lange Reihe von Schnittnarben auf, von denen einige, wie ich sah, genäht worden waren.

»Sie haben ihm in Nitra ein Denkmal gesetzt. Das hier.«

Er drehte die Flasche so, dass das Etikett zu mir zeigte. Ein Mann mit enormem Oberkörper hielt die Arme über den Kopf, genau wie Zagreb es getan hatte.

»Corgoň als Atlas«, sagte er. »Der mit seiner Titanenkraft alles aufrecht hält.«

Plötzlich lehnte er sich über den Tisch, und ich tat unwillkürlich das Gleiche.

»Wenn ich dir jetzt sagte, dass Corgoň gerade am Tisch gleich hinter dir sitzt ...«

Er rollte mit den Augen und tat, als habe er Blickkontakt mit jemandem in meinem Rücken.

»Und wenn du dich umdrehtest, würdest du direkt in ein Gesicht gucken, das dich vor Angst in die Hose scheißen ließe ... Würdest du dich dann umdrehen?«

Dann lehnte er sich mit gespreizten Beinen auf der Bank zurück.

»Was ich sagen will und was ich dir sagen muss, ist Folgendes: Noch hast du die Möglichkeit, dich zurückzuziehen. Aber von dem Moment an, in dem du die Schlüssel bekommst, gibt es keinen Weg zurück. Und dann kann dir auch keiner mehr helfen. Du bist allein mit dem, was passiert. Es hängt kein Zettel mit einer Notrufnummer am Eingang, um es so auszudrücken.«

Ich wollte es nicht, konnte es aber nicht unterlassen, einen Blick über die Schulter zu werfen, und für einen Moment glaubte ich wirklich, Corgoň säße da, denn ich blickte direkt in das Gesicht eines enormen Fettsacks, der aber in etwas vertieft war, was ich nicht sehen konnte.

»Der Letzte, der da war ...«, begann Zagreb, unterbrach sich dann aber. »Willst du es hören?«

Ich nickte.

»Der Letzte, der da war, war ein cleverer Geschäftsmann aus Trenčín, ein junger Kerl, knapp über dreißig, knallhart, einer der professionellsten Männer, mit denen ich je zu tun hatte. Er war eine Woche lang da drin. Jetzt hockt er in einem Pflegeheim und hat seine Ausscheidungen nicht mehr unter Kontrolle.«

Er breitete die Arme aus, als wollte er sagen: Deine Entscheidung.

»Was ist in dem Haus?«, fragte ich.

»Keine Ahnung.«

»Bist du noch nicht drin gewesen?«

»Spinnst du?«

»Aber was macht es so besonders?«

Die Musik setzte aus und hinter Zagreb explodierte ein weißes Licht. Er drehte sich um. Von der Tanzfläche war wildes Geheul zu hören. Ich stand halb auf. Soweit ich sehen konnte, wurde jemand unter großem Jubel der anderen am Galgen aufgezogen.

Zagreb lachte und schüttelte den Kopf.

»Kennst du Kierkegaard? Das war doch seine große, erlösende Idee. Was sollte er noch Neues erfinden in einer Welt, in der längst alles getan war, um das Leben der Menschen zu erleichtern? Nun, er wollte es ihnen schwerer machen!«

Das weiße Licht erlosch, das Geschrei verstummte, und der Rhythmus wummerte wieder los.

»Du kannst es auf die gleiche Weise betrachten. Als eine leicht ins Gegenteil verkehrte Geschäftsidee. Man bekommt nicht das, was man möchte, sondern das, was man nicht haben will.«

»Aber wie ist das so geworden?«, fragte ich. »Wie kann ein Haus eine solche Eigenschaft entwickeln?«

»Weiß ich nicht.«

Ich sah ihm an, dass er es sehr wohl wusste.

»Nicht?«

Zagreb blickte mich lange an. Dann lächelte er.

»Es heißt, der Mann, der es für sich und seine Familie bauen wollte, sei dahintergekommen, dass seine Frau ihn betrog, als er gerade das Fundament gelegt hatte. Er sei durchgedreht und habe sie und ihre beiden Kinder umgebracht. Anschließend goss er ihre Leichen im Fußboden des Kellergeschosses ein. Er baute das Haus fertig, mit zwei Wohnungen Wand an Wand, und bezog die eine von ihnen. Dann muss es ein zweites Mal bei ihm ausgesetzt haben, denn er baute sich ein ausgeklügeltes Gerät, einen kleinen Käfig mit Wänden und Dach, doch ohne Boden. Dahinein setzte er eine hungrige Ratte und befestigte den Käfig so auf seiner Brust, dass er ihn nicht mehr abnehmen konnte. Dann hat er sich hingesetzt und gewartet. Als man ihn fand, saß er mit weit aufgerissenem Mund da. Er hat der Ratte wohl auf diesem Weg heraushelfen wollen. Spuren wiesen darauf hin, dass er, bevor er starb, überall im Haus gewesen war, in jedem Zimmer fanden sich Blutflecken. Die Ratte fand man in seinem Hals. Sie hatte sich bis dorthin durchgenagt, zwischen Gaumen und Nackenwirbel war sie mit dem Kopf stecken geblieben und hatte nicht vor- und nicht zurückgekonnt.«

Zagreb griente.

»Auch ein Schicksal. Mitten in neunzig Kilo frischem Fleisch verhungern.«

Er strich sich mit beiden Händen durch die Haare.

»Wenn du mich fragst, klingt das nach einem schlechten Horrorfilm«, sagte er und gähnte, als ob ihn die Unterhaltung plötzlich langweilte. »Oder nach dem Zimmer, über das Orwell geschrieben hat, oder was es nun war.«

»Und was ist deine Theorie?«, fragte ich.

Doch da hielt er schon einen kleinen Computer oder ein Smartphone in der Hand, das seine ganze Aufmerksamkeit in Anspruch nahm.

»Sein Name steht noch auf dem Klingelschild«, bemerkte er nach einer Weile, ohne den Blick von dem Text zu nehmen, den er mithilfe eines Zahnstochers eingab.

»Wessen?«

»Marián Reuter, der Maurer. Der das Haus gebaut hat. Im Krieg war er in einem Lager, Stutthof an der Ostsee, eins der schlimmsten. Wahrscheinlich hatte er also schon vorher einen an der Waffel, darf man annehmen. Das war ja bei vielen so, die überlebt haben. Stark, solange es überlebenswichtig war. Hinterher brauchte es nur noch einen leichten Knacks, und die Sicherungen brannten durch.«

Er tippte seine Nachricht zu Ende und stocherte dann mit dem Zahnstocher zwischen den Zähnen.

»In der Nachbarwohnung haben Leute gelebt. Aber nie für lange. Vielleicht auch nicht verwunderlich. Die letzten zehn Jahre hat das Haus leer gestanden. Na ja, soweit wir wissen jedenfalls.«

Er sah mich an.

»Eher ungewöhnlich, dass so einer wie du da hineinwill.«

»Wie sind die Leute denn sonst?«

»Meistens irgendwelche Bonzen. Kennt man doch, den Arsch voller Geld, schon alles ausprobiert, auf der Jagd nach ... weiß der Teufel.«

Wie bei Johanides wünschte ich mir, er würde mich fragen, warum ich in das Haus wollte.

»Wahrscheinlich sind manche mindestens so besessen davon,

im Leben Schmerzen zu finden, wie andere das Glück finden wollen. Ich sehe das doch jeden Abend hier, wenn auch auf eine ...«, er blickte zu den beiden Turteltauben am Ende der Bank, »... etwas exaltierte Art und Weise, wenn man es so ausdrücken will.«

Das Pärchen las sicher mehr aus Zagrebs Blick, als er damit hatte sagen wollen, jedenfalls der eine der beiden, denn er stand so rasch und brüsk auf, dass der andere ein Gesicht zog.

»Du solltest mal zu einer unserer Scatnights kommen, dann verstehst du, was ich meine«, sagte Zagreb. »Andererseits, was soll aus uns werden, wenn uns die Möglichkeit genommen wird, auch einmal unterzugehen? Das ist wie in der Wirtschaft. Wir können nicht immer nur wachsen. Früher oder später brauchen wir auch mal einen Crash.«

Er bekam einen ernsten, fast andächtigen Gesichtsausdruck.

»Vielleicht ist Gott ein Schwein. Aber irgendwer wacht auf alle Fälle über uns, daran kann es keinen Zweifel geben. Die Pest, der Holocaust, AIDS. Orkane und Taifune. Man kann von weniger religiös werden. Auschwitz, Hiroshima und der Gulag, das sind Gottes Mostpressen. Damit quetscht er den Saft aus uns heraus, den die, die übrig bleiben, zum Überleben brauchen.«

Er gähnte noch einmal laut.

»So gesehen ist nichts weiter Mystisches an dem Haus, zu dem du willst, als dass da drin in kleinem Maßstab das passiert, was in großem Maßstab tagtäglich überall um uns herum vor sich geht.«

Er grinste breit. In seinem Unterkiefer wurde eine Goldkrone sichtbar.

»Betrachte es als deinen privaten, kleinen Holocaust, was auch immer dich da drin erwarten mag!«

Mit einem lauten Seufzer lehnte er sich zurück.

»Weißt du, wann die Slowakei das letzte Mal eine unabhängige Nation war?«

Ich schüttelte den Kopf.

»Im Krieg. Mit Hitlers Hilfe. Und einem verrückten katholischen Präsidenten, Tiso, der alles, was wir an Juden und Zigeunern hatten, in die deutschen Konzentrationslager schickte.«

Er lachte auf.

»Der einzige Freiheitsheld, den wir haben, ein beschissener katholischer Nazipfaffe!«

»Freiheit ist nicht immer das Beste«, sagte ich vor allem, weil ich lange nichts mehr gesagt hatte.

Ich erwartete eine Erwiderung und sah ihn an. Er sah gut aus, klare, regelmäßige Züge, intelligenter Eindruck, rasche Auffassungsgabe, geistesgegenwärtig und auf eine leicht überspannte Art aufmerksam, vielleicht durch Amphetamin, dachte ich mir. Sein Gesichtsausdruck war kühl wie der eines Menschen, der nichts mehr an sich herankommen lässt. Gleichzeitig war etwas in seinen Augen, das nie zur Ruhe kam, das andauernd flackerte und das nicht zu seiner harten Erscheinung passte, als hätte sein Blick etwas bewahrt, als läge in seinen Augen noch ein Rest von allem, was er sonst abgestreift hatte, er war jemand, von dem man sich vorstellen konnte, dass er sich, wenn er allein war, über alte Zeichentrickserien aus seiner Kindheit kaputtlachte.

»Wie machen wir es mit der Bezahlung?«, fragte ich.

Zagreb holte irgendwo einen Umschlag hervor und schob ihn mir über den Tisch.

»Du musst dieses Dokument unterschreiben, in dem du die volle Verantwortung für alles, was passieren mag, übernimmst. Die Summe ist in Euro angegeben.«

Er wollte noch etwas sagen, hielt aber inne und musterte mich eingehend von Kopf bis Fuß, als könne ihm jedes einzelne Kleidungsstück zusammen mit den übrigen genau sagen, wofür ich gut war. Ich dachte an die Versicherungssumme für das Haus, das Geschenk aus der Dunkelheit, das die Lichter sämtlicher Möglichkeiten angezündet hatte.

»Es ist ein sehr stolzer Preis, wenn ich das selbst sagen darf. Ist es mehr, als du dir leisten kannst, zahlst du so viel, wie du eben kannst, und das ist okay, vorausgesetzt, es ist nicht weniger als die Hälfte des Verlangten, klar?«

Ich nickte, verwirrt über sein plötzliches Entgegenkommen.

»Übergib das Geld zusammen mit dem unterschriebenen Vertrag an Dežo«, er nickte in Richtung des Barkeepers, »vor morgen Mitternacht, dann geht's los.«

»Und wann soll ich das Haus betreten?«

»Das wird Dežo dir morgen sagen, wenn du mit dem Geld kommst. Wie lange es dauert, kommt darauf an. Vielleicht eine Woche. In der Regel geht es am betreffenden Tag abends gegen sechs los. Es kommt nicht auf die Minute an, aber am besten um diese Zeit.«

»Wie legt ihr den Zeitpunkt fest?«

»Das Wichtigste ist das Datum«, sagte er. »Die Uhrzeit ist nicht so entscheidend.«

»Wo ist es?«

»Banská Bystrica. Tief im Landesinneren. Die Adresse steht auf dem Schlüssel, den du morgen von Dežo bekommst«, sagte Zagreb. »Frag nach dem Weg, wenn du in den Ort kommst. Die Leute wissen, wo es ist.«

»Aber wie stellt ihr es an? Für jeden, der dorthin will, gibt es einen bestimmten Zeitpunkt, für jeden Einzelnen genau berechnet, oder nicht?«

»Jetzt hast du schon zu viel gefragt«, sagte er mit einem Lächeln und strich sich mit einer Bürste durchs Haar, von der ich gar nicht wusste, wo er die auf einmal her hatte. »Mehr Antworten kann ich ohnehin nicht geben. Der Bus nach Banská Bystrica fährt vom Bahnhof ab, Bussteig 3. Erste Abfahrt morgens um acht.«

»EVERYTHING'S BACKWARD! EVERYTHING'S BACKWARD!«, kreischte es irgendwo in dem rhythmischen Lärm. Der

Gestank von der Tanzfläche schien allen Sauerstoff aus der Luft zu vertreiben. Mir wurde übel. Mutlosigkeit, ein schreckliches Gefühl von Einsamkeit legte sich mit einem Mal auf meine Schultern, als hätte gerade jemand seinen schützenden Arm von mir genommen. Zagreb zog mit langen, ruhigen Bewegungen die Bürste durch seine blonde Mähne wie durch einen zu pflügenden Acker. Mir wurde beim Zusehen schwindelig. Und ich dachte an das, was er erzählt hatte, ich sah den verrückt gewordenen Maurer vor mir, mit dem vor die Brust geschnallten Rattenkäfig, der von Raum zu Raum lief, während ihn das Vieh auffraß. Ich stellte mir die wilden Schreie, das Ziehen und Zerren am Käfig vor, während ihm nur ein einziger Gedanke durch den Kopf raste: *Wie konnte ich nur? Wie konnte ich nur?* Herrgott, warum hatte er das Haus nicht verlassen und um Hilfe gerufen? Und die anderen, die in dem Haus gewesen waren, warum waren sie nicht geflüchtet, als das Grauen begann? Was hatte es mit dem Haus auf sich, das bewirkte, dass man darin ausharren musste, wenn man erst einmal drinnen war?

»Brauchst du sonst noch etwas für den Abend?«, erkundigte sich Zagreb. »Mädels? Jungs?«

Er legte die Bürste auf den Tisch. Ein kleines Gewölle dünner, heller Haare war auf den Plastikborsten gewachsen.

»Oder was hältst du von einer Führung durch unseren Keller? Für dich heute alles auf Kosten des Hauses. Das ist üblich für die, die nach Banská Bystrica fahren. Ein *special treat* sozusagen.«

Zagreb setzte sein einschmeichelndstes Dealerface auf.

»Betrachte es als letzte Chance, den Geschmack am Leben wiederzufinden, bevor es zu spät ist!«

Ich nahm den Umschlag an mich und erhob mich.

Er stand ebenfalls auf und breitete die Arme aus.

»Bevor die Hoffnung zu Staub wird!«

SKUBÍNSKA CESTA 64

Fotos: Vilma Babicova

Ich weiß eigentlich nicht, was ich erwartet hatte, aber ich war überrascht, dass der Taxifahrer nichts sagte, als ich ihm die Adresse nannte. Die Fahrt dauerte nur wenige Minuten. Dennoch sah es aus, als wären wir bereits auf dem Weg aus dem Ort heraus, Wald und grüne Höhenzüge erhoben sich über die Hausdächer, und in der Straße, in die wir schließlich einbogen, standen mehrere Häuser von dichten Nadelbäumen verdeckt. Auch hier wurde gebaut. Einige hohe Gitter waren mit rot-weißem Absperrband zusammengebunden und hielten den vorbeifahrenden Verkehr von einem Haufen Kies fern, und eine über ein Loch gelegte Eisenplatte klapperte gefährlich, als das Auto darüberrollte, auf der anderen Straßenseite blinkte die Sonne auf einem großen Stapel silberfarbener Rohre. Der Fahrer fuhr langsamer und rutschte im Sitz nach unten, um die richtige Hausnummer ausfindig zu machen. Er trug schwarze Lederhandschuhe, die Falten warfen, weil sie ihm zu groß waren, seine Hände auf dem Lenkrad sahen wie zwei verkohlte Riesenfäuste aus.

Nach einiger Zeit hielt er und sagte etwas, ich konnte nicht unterscheiden, ob es Englisch oder Slowakisch war. Ich sah aus dem Fenster. Dicht hinter einem dunkelbraunen Zaun stand ein zweistöckiges Haus, hellbeige gestrichen und mit glänzenden, schwarzen Dachpfannen. Ein Fenster mit zugezogenen Gardinen wies zur Straße, ganz oben befand sich ein ovales Loch in der Hauswand. Ein paar magere Fichten wuchsen auf schmalen

Streifen rechts und links des Hauses, die vielleicht einmal ein Garten gewesen waren. Ich blieb noch eine Weile auf dem Rücksitz hocken. Die Uhr im Armaturenbrett zeigte fünf vor sechs. Ich zog alle Geldscheine, die ich bei mir hatte, aus der Hosentasche und gab sie dem Fahrer; vermutlich war es ein Mehrfaches des Betrages, der ihm zustand. Dann warf ich mir die Tasche über die Schulter und stieg aus. Er hupte, als er wendete und davonfuhr, ich nahm es als freundlich gemeinten Gruß.

Ich zückte das Handy und schaltete es ein, der glänzende Ball mit dem dunkelgrünen Kern schwebte aus dem Dunkel und blinkte leicht, bevor er sich auflöste. Neunundzwanzig unbeantwortete Anrufe, vornehmlich von einer Nummer, doch nichts von Stine oder Ole-Jakob. Ich öffnete die Rückseite, zupfte die SIM-Card heraus und warf alles zusammen in eine der vielen Mülltonnen in der Einfahrt eines unbewohnbar aussehenden Wohnblocks.

Ich überquerte die Straße und öffnete das Gartentor. Die Adresse stand an der Hausecke, Straßenname und Hausnummer je auf einem Schild. Darunter noch eine Nummer, 3212, auf einem weiteren Schild. Die Reflexion der Sonne in einem Fenster irgendwo malte ein Rechteck aus flüssigem Gold bis zum First. Ein Weg aus Natursteinen führte vom Gartentor zu einem kleinen Teich mit Seerosen. Auf einer geplatteten Fläche vor dem Teich waren eine Bank und etwas aufgemauert, das nach einem Brunnen aussah, aber mit Erde aufgefüllt war, aus der eine Pflanze mit langen, grünen Blättern wuchs. Ich ging um das Haus herum zur Rückseite und dachte im ersten Moment, ich sei zu einem anderen Haus gekommen, als ich um die Ecke bog und die knallrosa Farbe an der Fassade sah, mit breiten weißen Flächen um Fenster und Türen, als habe jemand einen Neuanstrich des Hauses begonnen, sei aber nicht weiter als bis zu dieser einen Wand gekommen. Zwei Steintreppen führten zu je einer Eingangstür und trafen sich in der Mitte, bildeten dort einen kleinen, überdachten Altan. Auf die Kellerwand war ein Graffiti gesprüht: VIJAY LOVES SUNITA. Ich blickte nach oben. Die Fenster ähnelten denen, die ich auf der Straßenseite gesehen hatte, rotbraune Sprossen und vorgezogene helle Gardinen.

Ich stieg zum Altan hinauf, auf dem zwischen den beiden Eingangsbereichen ein Korbstuhl mit einem schimmeligen Kissen stand. Die beiden Türen sahen gleich aus, doch nur über einer hing eine Lampe mit einer runden Glaskugel, deren obere Hälfte mit einer gepunkteten Schicht von Dreck überzogen war.

Auf dem Klingelschild stand der von Zagreb angegebene Name. Ich drückte die Klingel, aber sie gab keinen Ton von sich, wie ja auch nicht anders zu erwarten war. Was war drinnen nach dem letzten Besuch vor sich gegangen, dem des jungen Geschäftsmannes, der jetzt in einen inkontinenten Greis verwandelt war? Hastiges Aufräumen, Entfernen sämtlicher Spuren, Wiederherrichten des Hauses für den nächsten Idioten von einem Kunden, der sich selbst alles Böse wollte und laut Vertrag ein Recht darauf hatte? Ich dachte an Zagreb, der wie ein Gott vom Dach des Neusohl herabgestiegen war; wenn er für etwas einen Sinn hatte, dann für Inszenierung. Und ich sah einen ganzen Stab emsiger Mitarbeiter, die unter Hochdruck arbeiteten, um dem Nächsten auf der Liste den Albtraum im Wachzustand zu bereiten, für den er bezahlt hatte.

War es das, was mich erwartete, Falltüren und Pochen in den Wänden, abgeschlagene Köpfe unter der Bettdecke? Lauerten irgendwo Maskierte, oder standen als Leichen Geschminkte in den Schränken, bereit, mir in die Arme zu fallen, wenn ich sie öffnete? Nach allem, was ich wusste, konnte Reuters Geschichte auch von Anfang bis Ende erfunden sein, der Name an der Klingel nur einer von Zagrebs *special effects*. Oder sollte ich da drinnen wirklich dem Gespenst von Reuter, dem verrückten Maurer, begegnen?

Gleichwohl fühlte ich jetzt, da ich unmittelbar vor dem Haus stand, eine Sicherheit, die mich furchtlos machte. Alle Schrecken darin waren lediglich eine Prüfung, durch die man hindurchmusste, eine Hürde, ein Hindernis, das zu überwinden war, um endlich zu dem durchzudringen, das einen eigentlich erwartete und das, davon hatte mich der Traum im Hotel Lucia überzeugt, eine Erfüllung aller Wünsche sein würde, aller Träume, aller Bedürfnisse. Diejenigen, die durch ihren Aufenthalt verrückt geworden waren, hatten vor den Prüfungen kapituliert. Während die, die glücklich aus dem Haus gekommen waren, diejenigen gewesen waren, die sie ausgehalten und gemeistert hatten, um am Ende in der Tiefe ihrer geheimsten Sehnsüchte belohnt zu werden.

Ich zog den Schlüssel aus der Tasche, alt und abgenutzt, das Metall angelaufen und voller Riefen. Die Adresse stand auf einem Stück Pappkarton, das mit einem Bindfaden befestigt war. Als ich den Schlüssel im Schloss drehte, sprang die Tür mit einem lauten Klicken auf. Drinnen befand sich ein schmaler Flur, unter einer Hutablage mit Lattenrost hingen ein paar alte Jacken und Mäntel, auf einem Schuhregal standen vier Paar Schuhe, je zwei Damen- und Herrenschuhpaare, von einer feinen Staubschicht bedeckt.

Ich drehte mich um und sah zur Straße, wo gerade ein Paar Arm in Arm vorbeiging. Der Mann war so dick, dass sein Körper bei jedem Schritt eine halbe Drehung machte, die Frau schien alle Mühe zu haben, sich an ihm festzuhalten, schaffte es aber auf bemerkenswerte Weise, sich seinem Watscheln anzupassen. Wahrscheinlich ist sie der einzige Mensch auf der Welt, der es schafft, mit diesem Mann Arm in Arm zu gehen, dachte ich und fühlte mich gleich mutlos, als ich diesen handgreiflichen Beweis der vollkommenen Vereinigung zweier höchst ungleich gearteter Individuen betrachtete, zwei, die zusammen eins ergaben, zwei Menschen, die sich kraft ihrer inneren Verschiedenheit sicher niemals trennen würden. Wie war das möglich? Wie bekamen sie das hin? Wussten sie das überhaupt selbst? War ihnen bewusst, wie glücklich sie sich preisen durften, auf diese Art untergehakt die Straßen entlangspazieren zu können? Wussten sie, was für ein Geschenk sie auf ihren ineinander verflochtenen Armen zwischen sich trugen? Aus einer plötzlichen Eingebung heraus winkte ich und rief ihnen etwas zu, um ihre Aufmerksamkeit zu erregen.

Die Frau hörte mich zuerst, der Mann wabbelte noch ein paar Schritte weiter, bevor er stehen blieb. Er trug eine große Brille mit einem breiten Gestell, sie knalloranges Haar, das sich wie ein Busch um ihren Kopf bauschte. Sie wechselten einen Blick miteinander. Ich wusste, dass ich sie verlieren würde, wenn ich nicht bald etwas sagte. Schließlich hob ich den Arm und zeigte auf mein Handgelenk. Der Mann lächelte und nickte, er zog ein Handy aus der Tasche und rief mir etwas zu, das ich nicht verstand. Ich grüßte dankend zurück. Erleichtert, beruhigt, dass es nichts Schlimmeres war, nahmen sie ihren wunderlichen Paartanz wieder auf. Ich sah ihnen nach, bis sie um eine Hausecke verschwanden, und dachte mit dem angenehmen Gefühl, endlich irgendwo angekommen zu sein, dass sie die letzten lebenden Menschen waren, die ich zu Gesicht bekam.

Im Eingang roch es nach Schimmel. Alles im Innern wirkte einheitlich grau, wie mit einem Schleier überzogen. Hier konnten seit vielen Jahren keine Menschen mehr gewesen sein. Ich zog die Tür hinter mir zu, schloss ab und wartete einen Moment lang, bevor ich die nächste öffnete, in die zwei orangerote, gewellte Glasscheiben eingefasst waren.

Der große offene Raum, den ich durch die Scheiben gesehen zu haben glaubte, erwies sich als ein langer, überraschend schmaler Flur und viel niedriger, als ich erwartet hatte. An seinem Ende führte eine Treppe eine halbe Etage höher, bevor sie hinter dem Geländer abbog. Dort befand sich zur Rechten ein Durchlass für die Fortsetzung der Treppe mit einem unregelmäßigen Gewölbebogen darüber. Die Wände waren mit einer braunen Tapete tapeziert, voller Luftblasen und gut zu erkennender Zwischenräume zwischen den einzelnen Bahnen. Auch die brusthohe Holzverkleidung machte den Eindruck von schludriger Arbeit, ausgeführt von jemandem, der nicht viel von seinem Handwerk verstand. Keine Bilder oder Spiegel an den Wänden, allein ein kräftiger Nagel ragte heraus, an dem sicher einmal etwas Schweres gehangen hatte.

Ich ging auf die Treppe zu. Zu meiner Rechten stand eine Tür angelehnt. Durch den Spalt sah ich blaues Linoleum und die Hälfte eines weißen Gasherds. Ich schob die Tür ganz auf und war zunächst verwirrt angesichts des Halbdunkels in dem Raum, der von außen heller wirkte als der Flur. Beim Eintreten stieß ich mir das Knie an einem Küchenschrank, der bis zum Türrahmen vorsprang und dessen Klappen offen standen. Über der Spüle war ein Fenster mit einer dünnen Gardine davor. Seltsamerweise fiel kein Licht hindurch, als ob draußen schon Nacht wäre. Auf der Arbeitsplatte stand ein Stapel Teller, der oberste schwarz von Schimmel. Besteck lag auf einem zusammengefalteten Geschirrhandtuch ausgebreitet, daneben ein paar gelbe Gummihandschuhe. Dahinter stand ein ebenfalls schmutziger Wasserkessel, eine Spraydose mit gelbem und rosa Etikett und eine Flasche mit Geschirrspülmittel. Vor einem kurzen Vorhang vor dem hintersten Teil des Unterschranks lehnte ein Wischmopp mit Metallbügeln schräg an der Wand. Ein kleiner Kühlschrank, passend für ein Apartment, stand in der anderen Ecke. Darauf, sorgfältig auf die Mitte eines Häkeldeckchens gestellt, eine weiße Thermoskanne, das Einzige in der Küche, das neu aussah. Ich öffnete den Kühlschrank. Zwei Tafeln Schokolade, ein Käse in einem runden Behältnis, ein Glas Gewürzgurken und ein Fertigkuchen in einer Schachtel: *Buxton Spa Bakewell Tart*, alles auf die verschiedenen Etagen des Kühlschranks verteilt. Das Sichtfenster zu einem kleinen Gefrierfach war mit Eis überzogen, das erste Anzeichen, dass es im Haus Strom gab.

Ein Bambusvorhang füllte die Türöffnung von der Küche zum nächsten Raum. Als ich die Schnüre mit den knochenähnlichen Gliedern beiseiteschob, war ein hohles Rasseln zu hören, dann trat ich in ein kleines Wohnzimmer, in dem ein graues Sofa mit samtbezogenen Kissen vor einem Fenster stand, durch das ebenfalls, wie in der Küche, kein Licht einfiel. In der Zimmermitte stand ein niedriger Glastisch mit zwei kleinen Häkeldecken. Ein Orientteppich, vermutlich eine billige Imitation, lag vor einem offenen Kamin mit einer verzierten weißen Konsole, auf der eine Vase mit künstlichen Blumen thronte. Ein Schaukelstuhl mit fein geschnitztem Gitter in der Rückenlehne und einem runden Kissen in kräftigen Farben und mit Quasten an den Säumen stand auf der einen Seite, auf der gegenüberliegenden ein kleiner, transportabler Fernseher auf einem niedrigen Tisch auf Rollen. Die dritte Ecke wurde von einem schwarz lackierten Schrank mit Rauchglastüren im Oberteil eingenommen. Auf dem Boden davor sah ich zwei gefüllte Plastiktüten mit dem Logo eines Supermarkts. Eine dritte Tüte war halb verdeckt von dem Schaukelstuhl, sie war grau und enthielt eine große Pappschachtel. Neben einer Armlehne des Sofas stand ein kleiner Tisch, darauf ein weißes Telefon mit eckigen Tasten.

Es war sicher nur Einbildung, doch als ich wieder in den Eingangsflur trat, wirkte er länger, als wäre er bis zur Tür um ein paar Meter gewachsen. Eine Wandlampe mit einem Schirm aus Porzellan am Treppenaufgang war eingeschaltet, doch so angebracht, dass fast ihr gesamtes Licht auf den Absatz fiel, an dem die Treppe einen Knick machte, während die Abschnitte darüber und darunter im Schatten lagen. Im Obergeschoss gab es einen kurzen Korridor mit einer Tür links und einer am Ende. Rechts führte eine schmale, weiße Treppe zu einem Speicher. Oder gab es dort noch ein Stockwerk? Die Türen hatten runde Messingknäufe mit Schlössern in der Mitte, dadurch sah die Etage nach einem Hotel aus. Ich merkte, wie meine Nervosität nachließ. Hatte ich aus Angst, was mich erwarten könnte, unten noch jeden Schritt sorgfältig erwogen, öffnete ich jetzt die linke Tür ohne besondere Vorsicht, überzeugt, dass ich mit dem, was auch immer sich dahinter befand, schon fertig würde.

Es war ein Badezimmer. Als ich den Lichtschalter betätigte, ging die Deckenbeleuchtung an. Hinter einem fast ganz zugezogenen durchsichtigen Duschvorhang reichte eine Badewanne von Wand zu Wand. Auf dem Waschbecken lagen ein eingetrocknetes Stück Seife mit einem tiefen Riss und eine Zahnpastatube, das flache Ende aufgerollt wie die Spitze eines türkischen Pantoffels. Über dem Waschbecken hing ein Schränkchen mit verspiegelten Schiebetüren. Die eine war nicht ganz geschlossen, Rasierschaum, eine Sprayflasche und einige Pillengläschen waren zu sehen. Der Toilettendeckel war hochgeklappt. Zwischen der Kloschüssel und dem Waschbecken waren vier Handtuchhalter aus Stahl an der Wand montiert, über zweien hingen Handtücher.

Zwei Rollen Toilettenpapier steckten auf der Klobürste, und eine Flasche WC-Reiniger mit einem seltsam schnabelförmigen Hals stand halb hinter dem Abflussrohr versteckt. Vor dem Handtuchhalter stand ein Abfalleimer aus Plastik mit Deckel und Fußpedal. Auf dem Boden vor der Badewanne lag eine weiße Matte mit runden Knubbeln, von denen einige im harten Licht der Deckenlampe glänzten, als habe eben erst jemand mit nassen Füßen darauf gestanden. Ich warf einen Blick in den Spiegel und sah das Gesicht eines mageren Mannes, entkräftet, ausgehungert wie ein Kriegsgefangener, tiefe Schatten auf jeder Wange und allzu große, kugelrunde Augen, die mit einer Wildheit im Blick zurückstarrten, wie bei jemandem, der gerade erfahren hat, dass seine Frau ihn betrügt, und in der letzten Phase seiner Überlegungen steht, was er unternehmen soll.

Von dem Anblick erschrocken ging ich zum Waschbecken, drehte den Hahn mit dem blauen Punkt auf, füllte die hohlen Hände mit Wasser und schüttete mir einen kalten Schwall ins Gesicht. Anschließend blieb ich, die Hände aufs Waschbecken gestützt, stehen und sah dem laufenden Wasser zu, das eine so feste Form hatte, dass man den Eindruck bekommen konnte, es fließe gar nicht, sondern sei eine feststehende Säule zwischen der Mündung des Hahns und dem Abfluss, der mit Haaren und Streifen von Zahnpasta bedeckt war.

Als ich den Hahn zudrehte, gab die Leitung ein klagendes Jaulen von sich. Die Stille danach war ohrenbetäubend, das Jaulen hatte alle anderen Geräusche verschluckt, zudem setzte ein kalter Luftzug ein, als sei gerade eine Tür geöffnet worden.

Erst im Hinausgehen entdeckte ich den Bademantel an einem Haken auf der Innenseite der Tür. Sofort kehrte das Unbehagen aus dem Wohnzimmer zurück. Mehr als alles andere, das ich bisher gesehen hatte, gab mir der weiße Frotteemantel das Gefühl, es sei erst vor Kurzem jemand hier gewesen. Etwas an der nachlässigen Art, mit der er aufgehängt worden war, verriet mir, dass die Person, die das getan hatte, davon ausging, ihn bald wieder zu benutzen. Wie sollte ich reagieren, überlegte ich, wenn jetzt die Tür aufginge und ein Mann oder eine Frau hereinkäme und schockiert wäre, im eigenen Bad einen Fremden, einen Eindringling vorzufinden? Auf alles vorbereitet, blieb ich eine Zeit lang so stehen und glaubte einige Male, die Türklinke sich bewegen zu sehen.

Aber es kam niemand. Der Bademantel hing da in seiner unveränderlichen Form, die er im Lauf der Sekunde erhalten hatte, die es dauerte, ihn aufzuhängen, und die er nun hundert Jahre behalten sollte.

Die Tür am Ende des kurzen Korridors glich der zum Badezimmer vollkommen. Das Zimmer, in das ich eintrat, war vom Boden bis zur Decke weiß, ich hatte den Eindruck, der Bademantel sei ausgebreitet worden, um das ganze Zimmer zu umfassen. Weiß geblümte Tapeten an den Wänden. Ein langfloriger weißer Teppichboden von Wand zu Wand. Ein großer weißer Kleiderschrank mit Spiegeltüren. Ein sorgfältig gemachtes Doppelbett mit einem weißen Überwurf über den zu Wülsten gerollten Decken. In einer Ecke des Zimmers, in dem schmalen Zwischenraum zwischen Bett und Wand, stand eine ebenfalls weiße Plastikschüssel mit einem groben, von Schmutz dunklen Putzlappen über den Rand gehängt. Die Schüssel war zur Hälfte voll Wasser, auf dem sich eine dicke, geleeartige Haut gebildet hatte. Auf dem Boden und an den Wänden fanden sich einige graubraune Flecken von der gleichen Farbe wie im Bad im Hotel Lucia, es war mit aller Kraft versucht worden, sie abzuwischen, an einigen Stellen waren Löcher in der Tapete entstanden, sodass der Putz zu sehen war. Das Zimmer hatte keine Fenster, auch keine Lüftungsschächte, die Luft war abgestanden und roch nach staubigen Teppichen und ungewaschener Bettwäsche. Als ich das Zimmer verlassen wollte, griff etwas nach mir und hielt mich mit aller Macht fest, ich stellte mir den kräftigen Arm eines wütenden Angreifers vor, bis ich begriff, dass sich nur der Riemen meiner Tasche an der Türklinke verhakt hatte.

Im Flur wunderte ich mich noch einmal über die schmalen, kalkweißen Stufen, die in einer Windung eine Etage höher führten. So wie ich die Größe des Hauses einschätzte, konnte man an ihrem Ende unmöglich etwas anderes als einen kleinen Bodenraum erreichen, vielleicht war dort das Fenster, das ich von außen gesehen hatte. Mir wurde schwindelig, weil die Treppe steil war und kein Geländer hatte. Ganz oben befand sich eine Tür von der gleichen Art wie die im Erdgeschoss, nur niedriger und bis fast zur Höhe der Klinke mit einem Metallgitter versehen. Das Gitter ließ sich von einem Haken im Türrahmen losmachen und faltete sich zusammen wie eine Ziehharmonika, als ich es zur Seite schob und an einem zweiten, etwas höher angebrachten Haken auf der anderen Seite befestigte. Vielleicht wegen des unerwarteten Hindernisses rechnete ich damit, dass die Tür, von der oben etwas abgesägt war, damit sie in die Dachschräge passte, abgeschlossen sein könnte, aber sie schwang auf wie die anderen, öffnete sich in ein Schlafzimmer mit grünen und orangen Tapeten an den Wänden, so klein, dass ich beim Eintreten unwillkürlich den Kopf einzog, obwohl es nicht nötig war. Auch hier keine Fenster, trockene, abgestandene und mit Staub gesättigte Luft. Ein schwarzes Eisenbett mit einer blau und weiß gestreiften Federkernmatratze und ein Heizkörper an der Wand, das war alles. Der Raum war mir allerdings irgendwie vertraut, merkte ich nach einer Weile, als habe er einmal jemandem gehört, den ich kannte.

Als ich plötzlich zusammenschrak, hatte ich keine Vorstellung davon, wie lange ich dort gestanden hatte, ich war mir aber sicher, etwas gehört zu haben, ein oder mehrere Geräusche aus dem Erdgeschoss, da war jemand, jemand war ins Haus gekommen, während ich hier oben stand und träumte.

Mit klopfendem Herzen ging ich geradewegs die Treppe hinab nach unten. Von irgendwoher drang ein Scheppern, ich nahm an, aus der Küche. Die Räume unten wirkten noch düsterer als beim ersten Mal. Das Fenster über der Küchenzeile hing dort noch ebenso schwarz und undurchdringlich wie ein gerahmtes Bild an der Wand. Aber es war niemand da. Dann meinte ich deutlich etwas aus dem Wohnzimmer zu hören, ein Knacken, vielleicht von dem Schaukelstuhl dort. Ich schob den Vorhang beiseite und schaute hinein. Nichts. Plötzlich nahm ich eine Bewegung hinter mir wahr und drehte mich mit erhobenem Ellbogen um, bereit, mich zu verteidigen. Bekam jetzt die Einbildung die Oberhand? Hatte ich Visionen, weil es sonst nichts zu sehen gab?

Ich holte die Flasche Old Herold heraus, die ich vor dem Verlassen des Hotels in die Tasche gesteckt hatte, und nahm zwei große Schlucke. »Der Alkohol ist ein Kuckucksjunges, das alle anderen aus dem Nest schubst«, hatte Eva einmal gesagt, gut formuliert und ihrer Sache sicher wie immer. Der Schnaps breitete sich im Körper aus, es fühlte sich an, als würden Muskeln und Gelenke ein Stück weit auseinandergleiten. Ich dachte, ich selbst bin das, was nicht mit der im Haus eingeschlossenen Atmosphäre übereinstimmt, etwas, das sie daran hindert, ein einheitliches Ganzes zu bilden. Ich war eine Irritation in dem lebenden Organismus, der nichts anderes wollte, als in Ruhe gelassen zu werden, um sich selbst geschlossen in einem unzerstörbaren Gleichgewicht, in einer inneren Harmonie. Was hatte ich eigentlich hier verloren? Ich konnte doch einfach gehen, oder nicht? Aber etwas hielt mich zurück. Ein Gedanke, eine Gewissheit formte sich, dass sich etwas im Haus befand, das ich noch nicht gefunden hatte, das irgendwo lag und auf mich wartete und das ich für immer und ewig verpassen würde, wenn ich jetzt ginge.

Ich stellte die Flasche auf dem Tisch ab, im Zentrum einer der Häkeldecken. Hörte ich jetzt oben Schritte? Kein Zweifel, leichte Schritte über der Küchendecke, die in einem Bogen von der einen Ecke in die andere führten. Wenn ich mich nicht irrte, lag über der Küche das Badezimmer. In der Hoffnung, jemanden auf frischer Tat zu ertappen, riss ich oben die Tür auf. Auch hier war es dunkler als bei meinem ersten Eintreten, und darum dauerte es eine Weile, bis ich den kleinen Jungen – oder war es ein Zwerg? – entdeckte, der hinter dem Duschvorhang in der Wanne stand und mich beobachtete. Die Falten in dem steifen Plastiktuch ließen sein Gesicht alt und verzerrt aussehen. Zwei leere Augenhöhlen und kein Mund.

»Ole-Jakob?«, fragte ich, und meine Stimme hörte sich wie rostiges Alteisen im Mund an. »Ole-Jakob?«

Doch je länger ich hinstarrte, desto unsicherer wurde ich mir, ob da wirklich jemand stand, ob nicht mein Hirn mir im Halbdunkel aus den Falten und Wölbungen in dem halb transparenten Vorhang einen Menschen vorgaukelte. Ich beugte mich vor und zupfte an dem kalten Plastik. Der Zwerg verschwand, an seiner Stelle tauchte eine neue Form auf, die nach gar nichts aussah.

Dann war da über mir etwas, das ich mehr ahnte, als dass ich es hörte. Die Gegenwart von jemandem, für einen Augenblick war ich ganz sicher. Etwas hielt sich in der kleinen Dachkammer auf, die mir, als ich dort oben gewesen war, das eigenartige Gefühl von etwas Bekanntem eingegeben hatte. Als ich am oberen Ende der Treppe ankam, ängstigte mich der Anblick des offen stehenden Gitters, bis ich mich erinnerte, dass ich selbst es nicht geschlossen hatte, als ich nach unten gegangen war. Meine Hand zitterte, als ich die Tür öffnete.

Das Zimmer war leer. Alles unverändert seit meinem ersten Eintreten, die einzige Veränderung, sofern es denn eine Veränderung war und ich es beim ersten Mal nicht einfach übersehen hatte, war ein Vorhängeschloss an dem Leitungsrohr, das vom Heizkörper in die Wand führte, ohne dass ich verstand, wozu es gut war.

Wieder überkam mich das Gefühl, früher schon einmal in dem Zimmer gewesen zu sein, als es noch bewohnt worden war. Alle persönlichen Gegenstände, die dem Zimmer einmal seinen eigenen Charakter gegeben hatten, waren weggeräumt worden, aber irgendetwas war doch zurückgeblieben, das ich spüren konnte, etwas, das festhielt, was einmal darin gewesen war. Jemand hatte sämtliche Dinge entfernt, die an den Menschen erinnerten, der hier gewohnt hatte, an die Ereignisse, die sich hier abgespielt hatten, und nur die Matratze, das Bettgestell und den Heizkörper als Einziges zurückgelassen, der gesichtslose Rest, der nichts preisgeben konnte. Jemand hatte seinen Eifer darauf verwendet, den Raum so unpersönlich zu machen wie eine Gefängniszelle, und sein Ziel fast erreicht, so gut wie alles entfernt, das an ein Leben erinnerte, mit Ausnahme des Zimmers selbst, das als ein Behältnis zurückgeblieben war, so stellte ich mir vor, das für immer Erinnerungen aufbewahrte wie ein Echo, wie ein bleibender Nachklang von den leisen, aber dauerhaften Geräuschen alltäglicher Verrichtungen, eingekapselt und hermetisch eingeschlossen in dem kleinen Würfel aus Wänden, Fußboden und Decke.

Jemand hatte darin gelebt. Es war darin etwas getan, gesagt, gedacht worden, und das war es, was ich spürte, es gab mir das Gefühl, früher schon einmal da gewesen zu sein, nicht weil ich wirklich dort gewesen wäre, sondern weil es dieselben Dinge waren, die überall irgendwann passieren, fast die gleichen Dinge, fast zur gleichen Zeit, und ungefähr dieselben Dinge, die ich selbst getan hätte, wenn ich in diesem Haus aufgewachsen wäre, wenn das hier mein Jungenzimmer gewesen wäre. Ebenso gut wie die Geschichte eines anderen hätte auch meine eigene zwischen diesen Wänden aufbewahrt werden können, dachte ich, eine Geschichte, der von anderen zum Verwechseln ähnlich, die sich gegen die eines x-Beliebigen hätte austauschen lassen, fast ohne dass es jemand gemerkt hätte.

Es hatte niemals ein Verrückter in diesem Haus gelebt. Es lagen keine Leichen im Keller einbetoniert. Kein Durchgedrehter war von Zimmer zu Zimmer gerannt und hatte, einen Käfig vor die Brust gebunden, in Todesangst gebrüllt. Nichts Schreckenerregendes hatte sich hier zugetragen, es ging lediglich um die unvorstellbare Menge simpler menschlicher Tätigkeiten, die endlose Kette von Ereignissen vergangener Tage.

Ich setzte mich auf den Rand der Matratze, in der mit einem hohlen Ploppen eine Feder nachgab. Es war schwül im Zimmer, drückend, mein Rücken war schweißnass. Der Magen grummelte. Ich griff mit der Hand in die Tasche. Doch da war keine Flasche. Was hatte ich mit ihr gemacht? Irgendwo hatte ich sie abgestellt, aber wo? Während ich auf der Bettkante saß und mir die Flasche herbeiwünschte, fiel mir ein Traum aus meiner Jugend ein, der mich damals so erschreckt hatte, dass ich mich noch Wochen und Monate danach vor dem Einschlafen fürchtete. Im Traum kam ich in ein Schlafzimmer, nicht unähnlich dem, in dem ich mich gerade aufhielt, und nur mit einem Bett und einer Kommode mit abgekratzten Stickern möbliert. Auf der äußersten Bettkante hockte ein kleiner Mann, der wie Humpty Dumpty mit grauer Haut aussah, der Körper geformt wie ein Ei, weil er keinen Hals hatte, sodass der Oberkörper gleich unterhalb der Backen ansetzte, und er überall gleichmäßig dick und kompakt aussah. Ein Paar dünner Ärmchen und Beinchen ragten aus dem grauen Klumpen, und sein einziges Kleidungsstück war eine kurze blaue Latzhose mit breiten Hosenträgern, dazu trug er ein Paar große Schuhe mit dicken Sohlen. Er baumelte mit den Füßen, die den Boden nicht erreichten, und schlug sich dabei mit etwas auf den Oberkörper, das ich zuerst für ein Bündel Birkenreisig hielt, bis ich erkannte, dass es sich um ein kleines Beil handelte. Das Axtblatt drang tief in ihn ein, doch dessen ungeachtet saß er da mit einem irren Lächeln um den Mund und, wie mir schien, nicht ohne Stolz auf das, was er mir vorführte. Guck mal, was ich alles aushalte! Sieh hin, was ich mir antun kann! Ich wurde vom Zusehen krank. Zugleich befürchtete ich, dass ich mich von dem Anblick nie würde losreißen können. Wieso? Lag es an seiner guten Laune, an der enormen Selbstzufriedenheit, die er an den Tag legte? Oder an den dunkelroten Wunden, die in dem Grau aufklafften? Ich weiß es nicht. Oder hielt mich Anstand davon ab, den blassen Spaßmacher mit der Pfadfinderaxt zu verlassen, wo er offenbar der Meinung war, endlich ein aufmerksames Publikum gefunden zu haben? Etwas unendlich Forderndes, eine Omnipotenz erfüllte den Raum, strahlte geradezu von ihm aus. In der ganzen Zeit, in der er sich mit der Axt traktierte, war sein Blick fest auf mich gerichtet. Und dieser Blick sagte: Geh nicht weg! Bitte! Jetzt nicht weggehen! Bleib hier und sieh hin! Bleib, bis ich fertig bin und genug angegeben habe!

Mit einem ungutem Gefühl ging ich wieder nach unten. Ich kniff die Augen zusammen, als könnte mir das helfen, besser zu sehen. Das Licht der Lampe im Treppenhaus war noch schwächer geworden, die Schwüle wurde noch dichter, als würde die Stromzufuhr ins Haus gradweise gedrosselt. Jedes Mal, wenn ich hier nach unten komme, wird es dunkler, dachte ich. Bald taste ich hier in völliger Dunkelheit herum. Gleichzeitig war es, als würde ein Zwielicht im Haus einzelne Dinge hervorheben, sie deutlicher wirken lassen, als sie eigentlich waren, das Tapetenmuster etwa schien sich aus der Wand in den Raum vorzuwölben, die großen Blasen in der Tapete machten den Eindruck von etwas Schwellendem, das vor dem Aufplatzen stand.

Ich hielt inne und betrachtete, was auf eine widerliche Weise bereits zu Wohlbekanntem wurde. Überall, wo man gestrichen hatte, stellte ich fest, war es auf dieselbe schlampige Art getan worden. In den Ecken, an den Leisten entlang, am Fuß des Treppengeländers und um die Vierecke in der Wandtäfelung war die Farbe in dicken Klumpen getrocknet, von der gedrechselten Spirale des Geländers war sie in großen Nasen herabgelaufen, auf den Oberkanten der Fußleisten hatte man Staubflusen und tote Insekten einfach überstrichen, an einer Stelle standen zwei weiß gestrichene Haare hervor. Kam das daher, dass das ganze Haus jedes Mal frisch gestrichen wurde? Auch die Tapete mit all den Blasen, wie im reinsten Schnelldurchgang angebracht. Ich trat an die Wand und drückte den Finger in eine von ihnen; sie verschwand.

Mit einer Art Erleichterung entdeckte ich daher eine Tür, die ich bisher übersehen hatte. Sie war gut versteckt in dem unbeleuchteten Alkoven zwischen Eingang und Küche. Endlich, dachte ich, hier ist es. Die Tür ließ sich zuerst nicht öffnen, doch nach einigem heftigen Rucken löste sie sich mit einem Krachen vom Rahmen. Mir lief der Schweiß den Rücken hinab. Ich tastete mit der Hand über die Wand auf der Innenseite und fand schließlich einen Schalter. Im Schimmer einer Lichtquelle irgendwo unten wurden die ersten Stufen einer Kellertreppe sichtbar.

Die Treppe führte in einen kleinen Raum mit nackten Wänden und Betonfußboden. An der Decke hing eine Glühbirne, die Fassung mehrfach mit Kreppband umwickelt, als habe jemand Anstalten gemacht, die Decke zu streichen, und an der Birne selbst pappte ein Aufkleber, dessen eine Seite sich von der schmelzenden Klebeschicht ablöste. In einer Ecke stand ein weißer Küchenstuhl als Beschwerer auf einem halbvollen schwarzen Müllsack, und zwischen einigen Haken hoch oben an der einen Wand waren ein paar Schnüre gespannt, vermutlich als Wäscheleine. Das Knäuel war an einem Haken festgeknotet und hing von dort herab.

Eine Tür mit arretiertem Schnappschloss stand offen. Dahinter befand sich ein noch kleinerer Raum mit einem Mini-Heizstrahler, das Kabel zusammengerollt daneben auf dem Boden, einem leeren Schrank mit Einlegeböden, doch ohne Türen und mit vielen kleinen Löchern in den Seitenwänden. Zum Teil davon verdeckt führte ein Gang weiter, so schmal, dass ich mich seitwärts hindurchschieben musste, jedes Mal, wenn ich mit dem Bauch oder dem Rücken anstieß, fielen trockene Placken von Putz mit dem Geräusch von Krümeln auf Papier herab.

Der Durchgang endete in einem engen Raum, aus Blähtonsteinen gemauert, getrockneter Zement quoll aus den Fugen wie Schichten von Buttercreme in einer Torte. In der Mitte einer Wand war ein Metallgitter über der Öffnung eines Lüftungsschachts festgeschraubt. Auf die hintere Wand war eine Hartfaserplatte genagelt. Durch einige Risse in der Platte war gelbe Isolierung sichtbar, an einigen Stellen waren ganze Stücke herausgebrochen. Es sah aus, als habe jemand versucht, die Wand mit einem Hammer in Stücke zu schlagen.

Ich strich mit den Fingern über den steifen Zuckerguss. Keine Reaktion, bloß das Trockene in kaltem, hartem Material, eine Schicht auf der anderen. Nichts, dachte ich. Hier ist nichts. Außer mir. Alles ist tot, ich bin das einzig Lebendige. Ich kann tun, was ich will, aber das ist auch das Einzige. Alles, was ich geglaubt und mitgemacht habe, war nichts weiter als meine eigene Einbildung, ersonnen, um die Leere zu überdecken, mit der ich gelebt habe, in der es nichts gibt, nie gegeben hat, außer dem, was ich mir vorstellen musste, um es auszuhalten. Gespenster allesamt, die sich durch andere Gespenster ersetzen ließen, es machte keinen Unterschied, ich hätte nichts davon bemerkt. Mein Denken ist frei, ich kann mir aussuchen, wie die Welt aussehen soll. Aber das ist auch alles. Es bleibt in mir. Alles bleibt in mir. Die Welt ist in mir. Sie lebt und stirbt mit mir. So, wie sie in anderen lebt und stirbt, ohne dass sich, was in mir und in anderen lebt, miteinander verbindet. Jeder lebt für sich. Wir bilden uns ein, unser Leben mit anderen zu teilen, aber das tun wir nicht, wir leben allein, von anderen umgeben, die ebenso allein für sich leben. Nichts von dem, was in mir ist, wird jemals ein Teil von ihnen. Was sie haben, wird niemals meins. Eva, Ole-Jakob, Stine, nie habe ich sie erreicht, nie sind sie zu mir durchgedrungen, wir waren lediglich Bilder in unseren gegenseitigen Träumen davon, wie wir uns die anderen wünschten.

Ich drehte mich halb um, so weit es sich in diesem Schlauch von einem Raum bewerkstelligen ließ. Das Einzige, was die, die sich vor mir in diesem Haus aufgehalten haben, fanden und was sie verrückt gemacht hat, waren sie selbst, ihre gespenstische innere Leere, dachte ich, plötzlich von einer Verzweiflung so sehr überwältigt, dass ich einen Schrei nicht zurückhalten konnte, lang gezogen und so fremd wie von einem anderen Menschen. Dann kamen die Tränen, ein salziger Strom, der mir aus allen Ritzen drang. Die Härte und Enge, wie ein Sarg, in der knapp schulterbreiten Sackgasse, der Druck der kompakten Erde außerhalb der Kellermauern, die Schwärze der ewigen Nacht dort draußen, alles presste sich um mich herum zusammen. Ich lehnte mich so weit zurück, wie ich konnte, und heulte dabei wie ein Kind auf Abwegen von allem, was gut und sicher ist. Dann warf ich den Kopf nach vorn gegen die Mauer, es hörte sich an wie ein Pistolenschuss in der Nase. Ich fühlte keinen Schmerz, nur ein taubes Gefühl im ganzen Gesicht. Ich bog den Kopf zurück und schlug ihn noch einmal gegen die grobkörnige Wand. Und da war es, als ob sich im Gehirn etwas löste, als ob ein Ei, das bis jetzt unversehrt darin gelegen hatte, endlich platzte und sein Inhalt nun vermischt mit Blut und Tränen in Augen, Nase und Mund ausliefe.

In der Küche war alles wie zuvor. Nichts angerührt. Nichts weggenommen. Nichts hinzugelegt. Ebenso im Wohnzimmer. Es war deutlich zu sehen. Seit Jahr und Tag hatte sich hier niemand mehr aufgehalten. Keiner außer dem, der vor einer Stunde eine Flasche Old Herold auf den Tisch mit den Häkeldecken gestellt hatte. Vorsichtig, für den Fall, dass es noch blutete, ließ ich meine Nase los. Aber die Nasenlöcher waren zu, verklebt vom Blut, als ich sie betastete, fühlten sie sich doppelt so groß an.

Ich nahm die Tasche ab und setzte mich aufs Sofa, das so tief und weich war, dass mir war, als würde ich immer weiter hineinsinken. Meine Augen fühlten sich wie zwei in Flaschenhälse gepresste Korken an. Ich zündete mir eine Zigarette an, doch sie half nicht, die Müdigkeit zu vertreiben. Dann erhob ich mich mühsam aus dem Sofa, nahm die Flasche mit und ging in die Küche, fand dort ein Glas, goss es voll und leerte es in zwei tiefen Zügen. Mein Magen blähte sich auf wie ein Ballon. Wie lange hatte ich nichts gegessen? Ich öffnete die Kühlschranktür und holte das Glas Gewürzgurken heraus, das noch unangebrochen war. Ich hatte von Polen gehört, die dadurch, dass sie nach jedem Schluck Gurken und saure Sahne aßen, so viel Wodka trinken konnten, wie sie wollten. Ich suchte nach einem Haltbarkeitsdatum, konnte aber keins finden. Als ich das Glas auf den Kopf drehte, um an seinem Boden nachzusehen, drehte sich auch der Inhalt mit einem Laut wie ein Seufzer.

Ein Stich im Herzen ließ mich zurücktaumeln. Es spannte, mein Brustkorb wurde zusammengepresst – einen Moment lang sah ich einen Käfig mit Spannriemen vor mir –, das Herz wurde abgeschnürt und schien seinen Rhythmus zu verdoppeln, es pochte und pochte, als hätte ich einen Wahnsinnigen in mir, der rauswollte, das Gurkenglas rutschte mir aus der Hand und zerbrach mit einem trockenen Klack auf dem Boden, ein dunkler Stern verbreitete sich über das Linoleum, voll gelber Körner, die wie dicke, kleine Tierchen aussahen. Die Gurken drehten sich noch eine Weile. Ich dachte an Reuters Ratte. Wie mochte es sich angefühlt haben, von dem ersten kleinen Loch, das sie nagte, bis sie sich in ihn hineingefressen hatte?

Dann ließ der Druck nach. Der Brustkorb weitete sich, die Lungenflügel bekamen wieder den Raum, den sie brauchten, ich füllte sie mit Luft, der Atem rasselte einige Male heiser, während es in meinem Kopf rauschte und pochte, als wäre ich dem Tod nah gewesen. War ich das vielleicht auch?

Ich ging ins Wohnzimmer und setzte mich; diesmal fühlte es sich an, als sänke ich noch tiefer ein. Aus dem Möbel ertönte ein Rasseln. Mein Gewicht hatte eine Bewegung ausgelöst. Dann kehrte Ruhe ein. Doch kurz darauf hörte ich das Rasseln wieder. Da war etwas Lebendiges. Etwas war in seinem Schlaf gestört worden und regte sich. Ich versuchte, nicht daran zu denken, was das sein könnte. Dann kamen die Herzstiche wieder. Diesmal nicht ganz so heftig. War es eine Vorwarnung? Ein Vorgeschmack dessen, was auf mich zukam? Oder war es die Methode des Hauses, mich fertigzumachen? War es das, was das Haus für mich bedeutete? Der Ort, an dem ich sterben sollte?

Und wenn ich jetzt starb, was machte das schon? Es würde nichts verhindern. In meinem Körper würde sich Kälte ausbreiten, doch nur ich allein würde sie spüren. Alles in mir käme zum Stillstand, ohne dass dadurch ein größerer Zusammenhang unterbrochen würde. Was war meine Angst vor dem Tod anderes gewesen als die Furcht, was aus meinen Kindern werden sollte, wenn ich stürbe?

Oder war ich schon tot? War das der Tod? War ich gestorben, als ich hier eintrat? War das Letzte, was die Welt von mir sah, dass ich mich hier einschloss? Sieht so der Tod aus? Ein leeres Haus? Ich dachte an den schlampigen Anstrich im Flur, an die Haare, die aus der Fußleiste hervorstachen. An die wellige Tapete.

Die unbewegt stillstehende Atmosphäre. Den Mangel an frischer Luft. Die Fenster, die sich nicht öffnen ließen. All das waren Teile des Ganzen. Die Luft in diesen Räumen war seit Jahren nicht erneuert worden, der Sauerstoff war längst aufgebraucht. Ich hatte das Atmen wahrscheinlich längst eingestellt. Ich war vermutlich tot. Das war vermutlich der Tod.

He, Prinz Unwissend, du bist tot!

Ich versuchte, einen Arm zu heben, schaffte es aber nicht, er lag da wie etwas, das nicht zu mir gehörte. Ich versuchte es mit dem anderen, dasselbe Resultat. Als ob ich bloß vom Hals aufwärts lebendig wäre. Verdammter menschlicher Körper! Ich brauchte Hilfe, sonst würde ich nie hier herauskommen. Ich blickte zu dem schwarzen Fernseher. Hätte ich eine Axt, würde ich auf mich einschlagen. Ich würde die beiden Teile trennen, aus denen ich bestand. Ich würde mich selbst in zwei Hälften zerlegen. Unsterblichkeit. Was bringt Menschen dazu, sich Unsterblichkeit zu wünschen? Selbst ein Käfig vor der Brust mit einer Ratte darin ist besser. Selbst von einem Verrücktgewordenen misshandelt und umgebracht zu werden. Selbst seine Kinder sterben zu sehen. Selbst alles abzufackeln, was einem lieb ist. Selbst das Auto zu steuern, das einen Jungen in der wilden Pracht seiner Jugend tötet. Selbst zu wissen, dass man getan hat, was man konnte, und es nicht genug war.

Ich will morgen nicht aufwachen, dachte ich und fühlte, wie sich der Schlaf wie eine dunkle Flüssigkeit von den Augen ausgehend im ganzen Körper ausbreitete.

Gut.

Dann lass es geschehen.

Lass es geschehen.

Als wäre alles bis dahin ein Traum gewesen, erwachte ich, den Nacken böse abgeknickt gegen die Rückenlehne, verwirrt und vor Kälte klappernd, ohne eine Ahnung, wie lange ich geschlafen hatte. Wenn ich denn geschlafen hatte. Es war vollkommen still. Nichts regte sich. Die Gegenstände um mich herum sahen riesengroß aus. Das ganze Zimmer musste gewachsen sein. Oder war ich geschrumpft? Ja, ich war kleiner geworden. Ich war wieder ein Junge. Zumindest fühlte ich mich winzig klein, wie ich da mit krummem Rücken in dem Sofa saß, das mich umgab wie ein großes Boot. Der Glastisch war mit Asche und Zigarettenkippen übersät. Die Flasche stand darauf, auch eine Kaffeetasse, mit der ich nichts verbinden konnte, und zusätzlich eine kleine Zinnfigur, ein Skelett mit Sonnenbrille und deutschem Wehrmachtsstahlhelm und einer Maschinenpistole, die es wie im Triumph mit einer Hand in die Höhe reckte. Ich zog ein paar Grimassen, hörte jedoch auf, als ich ein malmendes Geräusch hörte. Ich hob die Hand, doch als ich die Nase berührte, fühlte ich nichts, als ob dort eine Prothese befestigt wäre.

Der Borovička lockte mit einem übrig gebliebenen Rest. Als ich den Arm nach der Flasche ausstreckte, schien es minutenlang zu dauern, bis die Hand sie erreichte. Diesmal ließ der Schnaps den Magen in Ruhe, dafür sammelte er sich an einigen Punkten über den Augenbrauen, die im Takt mit meinem Herzschlag klopften, während mir gleichzeitig eine süße und brennende Wärme durch den ganzen Liliputanerleib rieselte. Nach und nach unterschied ich vereinzelte Geräusche, ein Auto, das im Leerlauf den Motor orgeln ließ, dumpfe Bässe aus einer Musikanlage, eine Sirene in weiter Ferne, alles hörbar, als der Druck hinter der Stirn allmählich nachließ. Als ob Gehör und Kopfschmerz im Bewusstsein die Plätze tauschten. Wie ein zweites Erwachen.

Dann hörte ich etwas, das ich im Nachhinein als etwas mit Sicherheit im Haus Verursachtes identifizierte. Ein helles Klirren. Und eine Frau räusperte sich. Dann noch weitere Stimmen, ein Junge und ein Mädchen, sie unterhielten sich leise. Ich beugte mich vor und spähte durch den Vorhang. Das Gehirn hatte Mühe zu folgen, es brauchte mehr Zeit für die Bewegung als der Kopf. Und sofort war der Kopfschmerz wieder da. Ich wartete, dann stand ich auf, schwankte und musste mich auf der Armlehne abstützen, um nicht hinzufallen.

Jemand saß im Halbdunkel in der Küche.

»Hallo?«, fragte ich, meine Stimme vibrierte in der gebrochenen Nase wie ein kleiner Motor.

Keine Reaktion.

»Hallo?«

Drei Personen saßen an einem Tisch. Sie aßen. Manchmal redeten sie miteinander, doch so leise, dass nicht zu verstehen war, was sie sagten und in welcher Sprache sie sich unterhielten.

»Hallo?«

Als ich es sagte, öffnete sich ein Nasenloch ein wenig, und ein warmes Rinnsal lief heraus.

Noch immer saßen sie, vom Bambusvorhang zerstückelt, mit gesenkten Köpfen am Tisch. Der eine war ein Junge, vielleicht acht oder neun Jahre alt, er saß mit dem Rücken zu mir und trug hellbraune Sandalen an den Füßen, die wie die eines Krüppels aussahen, so wie er sie unter dem Stuhl ständig in neue Stellungen drehte und wendete. Sein Haar war kurz geschnitten. Ein Schauer des Wiedererkennens überlief mich, als ich das Fischgrätmuster der kurzen, weißen Flaumhaare in seiner Nackengrube sah.

»Hallo?«, rief ich laut. Der Junge zuckte zusammen. Aber er wollte sich noch immer nicht umdrehen, wie einer, der sich für sein Aussehen schämt.

Ich betrachtete sie. Keiner von ihnen sagte ein Wort. Ruhig und nachdenklich saßen sie um die Mahlzeit versammelt, jeder ein wenig in seiner Welt und in der der anderen, das Klappern des Bestecks gegen die Teller war das Einzige, was zu hören war.

Die Frau beugte sich über den Tisch und griff nach einer der Platten dort. Ich wusste, wer sie war. Ich wusste, welche Gesichter ich gleich zu sehen bekäme. Aber ich wusste auch, dass mit ihnen etwas nicht stimmen würde, dass sie unkenntlich wären, hässlich, voller Falten wie steinalte Menschen oder schwarz von Ruß wie nach einem Brand, dass sie verletzt wären, dass sie schlimme Brandwunden hätten und es fürchterlich aussehen würde, wenn sie sich endlich umdrehten. Und ich wusste, dass ich dafür verantwortlich war, dass es meine Schuld war, dass sie nun so aussahen.

Dann schob ich den Vorhang beiseite und trat ein.

DAS NICHT-LAND

Es schneit jeden Morgen. Im Lauf des Nachmittags lässt es nach, als ob für jeden Tag nur eine bestimmte Menge Schnee zur Verfügung stünde. Wenn das Magazin leer ist, senkt sich ein schöner Friede über alles. Es kommt vor, dass wir mitten im dichtesten Schneetreiben nach draußen gehen. Dann drehen wir ein paar Runden im Garten und lassen uns im Gesicht kitzeln. Der hohe Schnee knirscht, die Schneekristalle klingeln wie Glöckchen, wenn sie in der Luft aneinanderstoßen. Nicht verwunderlich, dass es heißt, zu erfrieren sei die angenehmste Art zu sterben. Ohne dass ich weiß, wer das gesagt haben soll.

Der Tag vor Heiligabend. Die letzten Einkäufe. Auch wenn es kein Geld gibt. Wir gehen einfach in die Geschäfte, zeigen, was wir haben möchten, dann legt man es uns in unseren Einkaufskorb und wünscht uns einen guten Tag. So sollte es sein. So ist es. Eile überall um uns herum, aber eine Hektik, die in den letzten Zügen liegt, man sieht Menschen mit großen Tüten durch die Straßen hetzen, wenn sie nur noch das eine erledigt bekommen, werden auch sie zur Ruhe kommen. Ein Schlitten, von einem Gaul mit Messingglöckchen an den Deichselstangen gezogen, überholt uns, eine Gruppe Kleinkinder sitzt darin, gemeinsam in einen Haufen Felle gekuschelt, vorne thront ein Weihnachtsmann mit roten Apfelbäckchen und redet auf das schnaubende Tier ein. Es riecht nach Gegrilltem. Eine Frau trampelt hinter einem Container für Altkleiderspenden und einem Schwenkgrill auf und ab, um sich warm zu halten. Neben ihr stehen fünf Mädchen mit Nikolausmützen und einem Kassettenrekorder auf einem Hocker vor sich. Die Kassette leiert mit Gleichlaufschwankungen, wahrscheinlich wegen der Kälte, sie müssen andauernd Töne länger halten, um ihr Singen der leiernden Begleitung anzupassen. Doch das ist nicht schlimm, der Mädchenchor macht seine Sache gut, es gibt seinem Vortrag nur etwas Besonderes.

Pray you, dutifully prime
Your matin chime, ye ringers;
May you beautifully rime
Your evetime song, ye singers.
Gloria, Hosanna in excelsis!

Während wir ihnen zuhören, beuge ich mich zu Ole-Jakob hinab und flüstere: »Was legen die Leute in den Hut, wenn es kein Geld gibt?« – »Okay«, sagt er, »dann gibt es eben Geld.« – »Gut«, sage ich und stecke ihm einen Schein zu. Aber er will ihn nicht nehmen und dreht sich weg, sooft ich ihm den Schein auch in die Hand drücken will. Am Ende ist es Stine, die ihn mir mit einem resignierten Seufzer aus der Hand reißt, vortritt und ihn in den Hut wirft; auf dem Weg zurück ruft ihr der Soldat der Heilsarmee »Frohe Weihnachten« hinterher, und sie wirft ihrem Bruder einen vernichtenden Blick zu.

Heiligabend. Eva trägt das rote Kleid. Das Haus ist sauber und ordentlich. Alles Überflüssige ist weggeräumt oder entsorgt, Stapel von Zeitungen und Zeitschriften, Jacken, Schuhe, Wollknäuel, Tüten, Bonbonschachteln, Staubflocken, Flecken, Krümel, die papierähnlichen Popcornschalen entlang der Fußleisten, alles weg, als ob ein Wirbelwind durch die Zimmer gefegt wäre und überall blitzblanke, spiegelnde Oberflächen hinterlassen hätte, jedes

Zimmer hat seinen besonderen Duft zugeteilt bekommen, den es sonst nicht aufzuweisen pflegt, wie zu einer Einweihung, Räucherstäbchen hier, Schmierseife da, Tannennadeln dort. Und dann der beste Duft von allen, Schweinerippe im Backofen und Rotkohl mit Äpfeln in der Kasserolle auf dem Herd, der sich von der Küche aus im Flur und schließlich im ganzen Haus verbreitet, der Duft der zappeligen Ungeduld selbst, der Ole-Jakob und Stine in den Wahnsinn treibt, während sie mit den Lackschuhen übers Parkett stapfen, schon Stunden bevor es so weit sein müsste, festlich angezogen und bereit. Sogar die Zeichentrickfilme im Fernsehen sind jetzt eine Qual, eine gemeine Erinnerung an das Meer von Zeit, das zwischen ihnen und den Geschenken liegt, die sich wie ein kleiner Berg von Fallobst unter dem grünen Baum aufgehäuft haben. Eva und ich genehmigen uns einen Drink, alles geht wie geplant, nichts mehr da, was nicht von allein liefe, und ich merke selbst, dass die Zeit so gut wie still steht, und ich genieße es im Gegensatz zu Stine, die mit immer kürzeren Abständen hereinschaut und fragt, wie lange es noch bis zum Essen dauert. Die ersten Male antworte ich wahrheitsgemäß, doch dann lege ich für jedes Mal, das sie fragt, ein paar Minuten drauf, aber sie reagiert nicht anders, als sie es schon die ganze Zeit über getan hat, mit einem genervten Stöhnen und einem Totalzusammenbruch der gesamten Körpermuskeln, es sieht genauso aus, als würde ich in ein pralles Rad stechen, das in voller Fahrt auf mich zukommt und mit einem sportlichen Hopser unmittelbar an meinem Bein stoppt.

Doch auf einmal ist die Unendlichkeit der wenigen Stunden überstanden, wir setzen uns zu Tisch, ich halte wie üblich eine kleine Rede, in der ich das vergangene Jahr Revue passieren lasse, wir stoßen miteinander an und beginnen zu essen, die Kinder die Blicke beim Essen mehr auf die Geschenke als auf den Tisch gerichtet, bis das Festmahl auf ein delikates Schlachtfeld auf den dunkelblauen Tellern dezimiert ist. Dann zünde ich mir eine Zigarre an und antworte so präzise wie möglich auf Stines wiederholte Fragen, wie lange es dauert, so ein Ding zu rauchen. Dann machen Eva und ich den Abwasch, gründlicher und umständlicher, als eigentlich nötig wäre, nur um uns das kleine Vergnügen zu gönnen, sie noch etwas länger auf die Folter zu spannen. Anschließend nehmen wir unsere festen Plätze ein, Ole-Jakob im Ohrensessel, Eva und ich auf dem Sofa, Stine auf dem Boden vor dem Baum. Dann komme ich mit meinem ewigen Vorschlag, den schon mein Vater immer angebracht hat, ob wir nicht schlau sein und die Pakete für nächste Weihnachten aufheben sollten, damit es dann noch mehr wären. Und dann, nachdem der Vorschlag mit großer Mehrheit abgelehnt wurde, geht es endlich los.

Erster Weihnachtstag. Der »Pyjamatag«. Strenge Regeln wie immer: Keiner darf etwas anderes tragen als einen Schlafanzug, keiner darf das Haus verlassen, der gesamte Tag ist nur zwei Dingen vorbehalten: essen und Weihnachtsfilme im Fernsehen anschauen. Eva und ich stehen seit dem Morgen in der Küche, und endlich ist das Essen fertig, reichhaltiger als je zuvor, soweit ich es beurteilen kann, und wir haben uns echt ins Zeug gelegt. Es gibt marinierte Putenscheiben, Reste vom Schweinebraten, warme Frikadellen, überbackene Hasselback-Kartoffeln, Fladenbrot, Senf, Schinkenpastete, Kartoffelsalat, Waldorfsalat, Zwiebelkompott, frisch gebackenes Weißbrot, Plätzchen, Marmelade, verschiedene Käsesorten und noch mehr, der Fernseher steht wie ein kleiner Altar am Ende des sich biegenden Tisches. Ole-Jakob, Stine und ich haben einen Zeitplan erstellt, in dem ein Leckerbissen auf den anderen folgt. Als Erstes: *Kevin – Allein in New York*. Während ich in die erste Frikadelle beiße und all die wohlbekannten Familienmitglieder um den jungen McCallister wimmeln sehe, jeder in seiner Welt von undurchsichtigem Treiben, fühle ich eine kribbelnde Vorfreude auf die vor uns liegenden Stunden, die nicht geringer ist als die in den beiden schlafanzuggekleideten Energiebündeln. Sie haben sich ihre Teller bis zum Rand vollgeladen und können es fast nicht erwarten, alles, von dem sie schon im Voraus wissen, dass es dem cleveren, reichen Söhnchen aus Illinois zustoßen wird, noch einmal zu sehen. Während das Chaos in der Lincoln Avenue zunimmt, sehe ich Eva an, von der ich weiß, dass sie diese Art seichter Unterhaltung nicht ausstehen kann, und die trotzdem ihren Spaß daran hat und sich auf ihre leicht verschlossene Art etwas überlässt, was noch viel wichtiger ist, weil es größer ist als wir, ohne das sie niemals sein wollte, das alle unsere Sorgen beiseiteschiebt und uns vereint, uns zu etwas Untrennbarem zusammenschweißt, zu etwas Unverletzlichem, etwas, das keine Macht der Welt uns nehmen kann.

Zweiter Weihnachtstag. »Geschenke-ausprobier-Tag«. Ole-Jakob hat das neue Spyro-Videospiel *Enter the Dragonfly* bekommen, das, wie er sagt, noch besser ist als das vorige, die Grafiken seien besser, die Story spannender und die Wege zum Ziel offener für Umwege und Seitenpfade als die früheren Versionen. Hauptfeind ist wieder einmal Ripto, der, obwohl er in *Year of the Dragon* eigentlich gestorben ist, zusammen mit seinen beiden Helfern Crush und Gulp mitten in der großen Drachenparade einen dramatischen neuen Auftritt mithilfe eines Teleportals hat. Ripto will alle neuen *Dragonflies* fangen, um so die Kraft der jungen Drachen zu schwächen, aber seine Bannformel geht daneben und bewirkt, dass alle *Dragonflies* stattdessen über das ganze Drachenreich verteilt werden. Spyros Aufgabe ist es daher, die verirrten und oft gut versteckten magischen Insekten wieder einzusammeln.

Wir machen es so, dass Ole-Jakob Spyro steuert und Libellen und Hilfsmittel einsammelt und die vergleichsweise leichten Aufgaben löst, indem er Türen öffnet, Schluchten durchquert, unter Wasser schwimmt, auf Zielscheiben ballert und so weiter, und ich jedes Mal den Controller übernehme, wenn Feinde zu bekämpfen sind. Zu Anfang fühle ich mich total hilflos mit dem silbergrauen Ding in den Fingern und schwindelig von den wilden Kamerafahrten und fahrigen Bewegungen, als bekäme der kleine Drache schlicht Panik, wenn ich seine Steuerung übernehme. Aber ich finde mich doch ziemlich schnell zurecht und sause bald zwischen angreifenden Horden giftiger Krebse und Flugdrachen mit tödlichen Bomben in den Krallen umher, als hätte ich im Leben nichts anderes getan. Und ganz gleich, wie unbeholfen meine Manöver gegen einen neuen, noch gerisseneren Gegner auch sein mögen, verfolgt Ole-Jakob die Kämpfe mit nicht nachlassendem Interesse, ohne zu meutern, selbst übernehmen zu wollen oder mir zu erklären, wie es geht.

In einer bestimmten Phase des Spiels brauchen wir Stunden, bis wir begreifen, wie Spyro in ein Schloss gelangen kann, das in der Luft schwebt, zumal der Zugang noch dadurch erschwert wird, dass sich die Wolken, auf denen wir hüpfend vorankommen, die ganze Zeit bewegen, sodass sich der Weg andauernd ändert. Doch auch da sitzt Ole-Jakob, ohne ein Wort zu sagen, geduldig neben mir, obwohl ich ein ums andere Mal in den Abgrund stürze, während das Schloss in weiter Ferne auf unerreichbarer Plattform thront, bis der Bildschirm zum xten Mal schwarz wird. Er will keine Sekunde verpassen, so nervtötend monoton sich die wiederholten Abstürze auch ausnehmen. Jedes Mal, wenn er aufs Klo oder sich etwas zu essen holen muss, bittet er mich, auf »Pause« zu drücken.

An einem der Tage zwischen den Jahren klingelt es an der Tür. Ich gehe hin und öffne. Draußen steht ein kleiner Junge mit Cowboyhut, Halstuch, Hemd, Weste und zwei darüber gekreuzten Patronengurten, an denen je ein sechsschüssiger Revolver hängt. Er nimmt den Hut ab und fragt mit seiner tiefsten Stimme: »Are Ol' Jakob at home?« – »Warte einen Moment«, sage ich und tue so, als würde ich ihn nicht erkennen. Ich gehe zurück in den Flur und rufe ein paarmal nach Ole-Jakob. Keine Antwort. Ich kehre zu dem Jungen zurück, der verstohlen glucksend in sich hineinlacht, und sage: »Tut mir leid.« – »Okay«, erwidert der Cowboy und wendet sich zum Gehen. Ich schließe die Tür und gehe in die Küche. Nur ein paar Minuten später kommt Ole-Jakob hereinspaziert, im Schlafanzug. Er reibt sich die Augen, als wäre er noch nicht ganz wach, und erkundigt sich, ob jemand angerufen habe. Ich berichte, dass sich ein Cowboy nach ihm erkundigt habe, und Ole-Jakob fragt entrüstet, warum ich ihn nicht geweckt hätte. Ich sage, der Cowboy komme bestimmt noch einmal wieder. »Okay«, sagt Ole-Jakob und gähnt laut. Dann geht er mit schleppenden Schritten in sein Zimmer zurück, aber ich sehe an seinem Rücken, dass sich sein ganzer Körper vor Lachen schüttelt.

So vergehen die Tage. Neujahr sehen wir uns das Konzert aus Wien an und werden ganz melancholisch. Keiner von uns will zurück, wir stimmen vollkommen darin überein, dass es weder Schule noch Arbeit geben sollte. Und glücklicherweise, erinnert uns Stine, existieren weder Schule noch Arbeit. »Außerdem«, sagt sie, »ist in vier Wochen wieder Weihnachten!« Am Abend, als Ole-Jakob und Stine im Bett sind, setzen Eva und ich uns hin und basteln den Adventskalender. Verwöhnt, wie unsere Kinder sind, wissen wir, dass sie Verlegenheitslösungen nicht gelten lassen. Seit sie klein waren, hängt jedes Jahr an der Küchenwand ein Holzbrett mit achtundvierzig kleinen Päckchen, jedes an seiner Schnur am zugehörigen Nagel, und wenn auch nicht in jedem Geschenk wer weiß was stecken muss, so hat doch jedes den Beweis gründlicher Überlegungen von mir oder ihrer Mutter zu erbringen, eine zielgerichtete Idee, *etwas Anständiges*, nicht nur irgendwas Billiges aus einem Haufen Krimskrams.

Am nächsten Tag gehen wir einkaufen, und am Abend verschwinden die Kinder freiwillig früh im Bett. Ich sehe sie vor mir, wie sie mit gespitzten Ohren lauschen, während ich die Leiste annagele. Eva packt die Geschenke ein, ich hänge sie auf, mal ist es zweimal das gleiche, mal Verschiedenes, doch in etwa gleich groß oder gleich viel wert, damit kein Neid aufkommt.

Wir arbeiten bis spät in die Nacht. Als wir fertig sind, stehen wir lange vor der Wand und bewundern unsere gemeinsame Leistung. Ich lobe die sorgfältige Verpackung, Eva das sorgfältige Aufhängen, ich habe mir wie immer größte Mühe gegeben, die Schnüre so unterschiedlich lang wie möglich zuzuschneiden, um den Eindruck einer großen Wildnis, einer überwältigenden Menge, geradezu eines Füllhorns noch zu verstärken. Dann räumen wir beide mit dem tauben Zufriedenheitsgefühl eines guten Tagwerks im Leib alles Übriggebliebene auf und denken, jetzt, wo es so spät geworden ist, dürfen wir auch zu Bett gehen, aber dann genehmigen wir uns noch ein Glas, setzen uns und malen uns aus, was aus ihnen einmal werden mag, aus diesen beiden, die hoffentlich wenigstens ein paar Stunden schlafen, ehe sie, lange bevor ich sie wecken kann, aus den Betten springen werden. Und nachdem wir uns über sie unterhalten haben, reden wir auf die gleiche Weise über uns, was wir uns wünschen, wie es einmal werden soll mit uns, wie wir am besten dafür sorgen können, dass uns das, was wir voneinander brauchen, auch weiterhin zuteilwird.

Und dann küssen und streicheln wir uns, als täten wir nichts lieber. Was wir brauchen, ist in Reichweite. Alles andere bleibt außen vor. Es ist so einfach. Nur die geraten in ihren Bedürfnissen durcheinander, die nicht wissen, was sie wollen.

Die Tage gehen dahin.

Vorweihnachtstag.

Heiligabend.

Erster Feiertag.

Zweiter Feiertag.

Am Tag darauf klingelt es an der Tür. Es ist früh, alle anderen schlafen noch. Draußen steht ein Junge in voller Cowboy-Montur und fragt auf Pseudoamerikanisch, ob Ole-Jakob zu Hause sei. Ich spiele mit und rufe Ole-Jakob. Niemand antwortet. Ich sage dem Cowboy, er sei leider nicht da, aber er könne es etwas später noch einmal versuchen. »Okay«, sagt er und zieht ab. Kurz darauf taucht Ole-Jakob auf, schlaftrunken und im Schlafanzug. Ich sage ihm, dass gerade ein Cowboy da gewesen sei und nach ihm gefragt habe. Er tut so, als wäre er sauer, weil ich ihn nicht geweckt habe. Ich verspreche ihm, dass der Cowboy noch einmal wiederkommt, er sagt, dann sei es okay, und trottet nach oben und legt sich wieder hin.

Mit einem Gefühl äußerster Zufriedenheit im ganzen Körper mache ich mit dem weiter, mit dem ich zuvor beschäftigt war, nämlich aufzuräumen, was wie die Überbleibsel einer Party von zwanzig Leuten aussieht, aber nur das Durcheinander ist, das wir vier nach dem zweiten Feiertag hinterlassen haben, mit noch einmal einem überladenen Tisch mit Resten der vorigen Mahlzeiten, noch einem endlosen Tag noch nicht ausprobierter Spiele und nicht zusammengebauter Bausätze und noch nicht gesehener Filme. Nichts ist schöner als das: allein in einem Haus mit schlafenden Menschen zu sein, von denen jeder Kräfte sammelt, um sich aufs Neue zu treffen und da weiterzumachen, wo sie aufgehört haben. Ich liebe es, aufzuräumen. Ich liebe es, abzuwaschen. Ich liebe es, der Arbeitsplatte eine klare Antwort auf ihre Unordnung zu erteilen. Alles bereit zu machen für eine neue Runde. Die wieder neue Unordnung schaffen wird. Die dann wieder aufgeräumt werden muss. Ich liebe das.

Alles, wie es hätte sein können. Wir, zusammen für immer und ewig. Ich sehe es so lebhaft vor mir. Und mehr brauche ich nicht.

Ein paar Tage vor Weihnachten befehle ich Ole-Jakob und Stine mit der leicht zu durchschauenden Kommandostimme eines strengen Patriarchen, mit mir zu kommen. Anfangs mit gespieltem Widerwillen ziehen sie Stiefel, Mütze und Handschuhe an. Die Erfahrung vom Vorjahr steckt ihnen noch in den Knochen, als es fast keine Weihnachtsbäume mehr gab und wir durch die halbe Stadt laufen mussten, bis wir einen freundlichen Serben mit ein paar letzten winzigen Edeltannen fanden. Die Kälte beißt in die Ohren, es ist so kalt, dass sie keine Einwände erheben, als ich sie an der Hand nehme und mit ihnen über das Glatteis balanciere wie ein Papa mit zwei kleinen Kindern im Schlepptau.

Unsere Entschlossenheit wird gleich an unserem ersten Anlaufpunkt mit einer reichen Auswahl belohnt, wo Vater und Sohn, vermute ich jedenfalls, uns behilflich sind, erst den untersten Teil des Stamms zu entasten und dann einen bandageähnlichen Strumpf über den prächtigen Baum zu ziehen. Als wir gehen, sage ich zu Ole-Jakob und Stine: »Mission completed!« Und erleichtert, dass sich unsere berechtigten Befürchtungen, nichts Passendes zu finden, nicht bewahrheitet haben, ziehen wir mit dem schaukelnden Patienten zwischen uns los und singen lauthals:

Ding dong! Merrily on high,
In heav'n the bells are ringing:
Ding dong! Verily the sky
Is riv'n with angel singing.
Gloria, Hosanna in excelsis!

Am Vorweihnachtsabend, als Ole-Jakob und Stine im Bett sind, schleppe ich das schwere Ding ins Wohnzimmer und verschraube den Stamm fest im Christbaumständer, bevor ich eine Schere nehme und den Krankenhausstrumpf aufschneide. Eva sieht mir dabei zu und lobt, wie üppig und dicht der Baum ist, als er sich nach seiner Befreiung aus der Gefangenschaft nach und nach entfaltet. Ich frage mich, wie viel sie davon eigentlich ernst meint. Und komme dann zu dem Ergebnis, sie tut es wenigstens ebenso sehr wie ich. Etwas anderes wäre nicht auszuhalten. Und als sie die Schachtel mit dem Weihnachtsschmuck holt und Herzen, Tannenzapfen und Kugeln an die wippenden Zweige hängt, kommt es mir so vor, als wüsste ich etwas über sie, das sie selbst nicht weiß. Alles, was wir tun, denke ich, tun wir, um etwas anderem einen Anstoß zu geben, das nicht in unserer Macht steht, das sich aber in unserem eigenen Interesse möglichst vollständig vollziehen soll. Wir tun, was wir können, und das ist das Einzige, was wir beitragen können. Wir tragen unser Scherflein dazu bei, dass etwas bestehen bleibt. Und wenn es nur deshalb ist, damit unsere Kinder einen Ort haben, von dem aus sie die Welt betrachten können, bevor sie sich in sie hineinbegeben. Einen Ort, der nicht so ist wie das, was sie um sich herum sehen, und der ihnen gerade deshalb den nötigen Mut gibt, um dem anderen zu begegnen.

An jedem Heiligen Abend zieht Eva, ohne dass ich sie darum gebeten hätte, das rote Kleid an. Wenn sie das tut, ist es wie die Besiegelung unseres Pakts. Es ist wie eine zweite Hochzeit.

So vergehen die Tage.

Wir sehen uns Filme an.

Wir essen zusammen.

Wir sind von morgens bis abends zusammen.
Und wenn der Schnee ausbleibt, braucht man bloß ein wenig die Glaskugel zu schütteln, in der wir leben, und schon schneit es wieder.

Ich nehme Ole-Jakob und Stine mit auf eine Skitour. Sie haben keine Lust, und Eva wirft mir einen schiefen Blick zu, aber ich tue es trotzdem; es sitzt wie ein protestantischer Erziehungsauftrag in mir: Keine Weihnachten ohne Skier an den Füßen! Wir fahren hoch aufs Fjell, schnallen da die lächerlichen Glasfiberlatten an und gehen los. Die Sonne glitzert auf dem Schnee, der Himmel ist unvergleichlich blau, Ole-Jakob und Stine hängen mit Absicht zurück, ich meckere, nicht weil ich es ernst meine, sondern weil es Teil des Rituals ist, mit dem ich aufgewachsen bin, und das Einzige, woran ich denke, während ich in der scharf gezogenen Loipe ausschreite, ist, dass ich es endlich hinter mich bringen will, damit wir nach Hause fahren und uns darüber freuen können, es hinter uns gebracht zu haben. Auch wenn Eva nie etwas anderes als Spott für meinen einprogrammierten Hang zu winterlichen Familienausflügen übrig hat, sehe ich ihr an, als ich mit meinen hundemüden Begleitern ins Haus falle, wie dankbar sie mir dafür ist, dass ich die Mühe für etwas auf mich nehme, das zu unternehmen ihr niemals einfiele, das ihr aber unter dem Strich zwei erschöpfte Kinder einbringt. Sie können an nichts anderes mehr denken als daran, was ihre Mutter ihnen jetzt Gutes vorsetzen wird.

So soll es sein. Ich tue, was sie nicht tun kann. Sie tut, was ich nicht tun kann. Das Rechenkunststück koordinierter Zusammenarbeit, das immer Plus ergibt.
So geht es weiter.

Es klingelt. Ich gehe und öffne. Draußen steht ein Cowboy, mit einem sechsschüssigen Revolver bewaffnet. Er tippt sich an den Hut und fragt in gebrochenem Norwegisch, ob Ole-Jakob zu Hause ist. Verblüfft über den überraschenden Besuch, gehe ich ins Haus und rufe Ole-Jakob. Keine Antwort. Ich schaue auf die Uhr, es ist früh am Morgen, wahrscheinlich schläft er noch. Ich gehe zurück an die Tür und sage dem Cowboy, er sei nicht da, aber er solle es in ein oder zwei Stunden noch einmal versuchen. Kurz darauf, als ich weiter die Küche aufräume, steht auf einmal Ole-Jakob im Schlafanzug in der Tür. Er reibt sich den Schlaf aus den Augen und sieht ganz durcheinander aus, sein Haar steht ihm in alle Richtungen vom Kopf ab. Er fragt, ob nicht gerade jemand da gewesen sei. Ich erzähle ihm von dem Cowboy. Enttäuschung spricht aus seinem Gesicht, aber er lässt sich von dem Versprechen des Besuchers beruhigen, er werde später wiederkommen. »Hat er es versprochen?« – »Ja, er hat es versprochen.« – »Okay«, sagt Ole-Jakob und geht mit schweren, schleppenden Schritten wieder nach oben, als wäre nur die eine Hälfte von ihm aufgewacht und nach unten gekommen, die jetzt wieder nach oben zu der anderen, noch immer im warmen Bett liegenden und wartenden Hälfte muss.

Nachdem die Arbeit getan ist und die Küche wieder strahlt, setze ich Kaffee auf. Ich lehne im Türrahmen, an dem Eva eine Kette mit roten und weißen Herzen aufgehängt hat, während die Maschine schnauft und röchelt und ein Geruch wie nach Teer die Küche erfüllt. Dann setze ich mich mit einem von Ole-Jakobs Weihnachtsheftchen an den Tisch, ich habe es schon gelesen, aber gerade kann mir nichts mehr Freude machen, als es noch einmal zu tun. Laut schlürfe ich den brühheißen Kaffee. Draußen fällt dicht der Schnee, der Garten enthält nur noch die groben Umrisse dessen, was einmal darin stand, und alles ist gleichermaßen leuchtend weiß, wie ein Licht, das niemals verlischt, ein Himmel, der niemals dunkel wird, ein Tag, der niemals endet.

Ich weiß. Früher oder später. Aber noch bin ich hier, in allem, was zu mir gehört, zu uns. Warum sollte es aufhören? Es gibt doch noch so viel zu tun. Übermorgen ist schon der erste Dezember. Eva und ich müssen einkaufen, den Adventskalender aufhängen, eine Menge Vorbereitungen treffen. Wie sollte uns etwas daran hindern können? Wir haben es eilig. Weihnachten kommt mit Riesenschritten näher. Bald duftet das Haus nach Putzmitteln, der Baum ist geschmückt, Räucherstäbchen sind angezündet, die Rippe brutzelt im Ofen, der Rotkohl köchelt, Ole-Jakob und Stine stampfen, als ob sie die einzige lose Diele im Fußboden finden wollten, und Eva und ich sitzen da, jeder mit einem Glas in der Hand, und freuen uns womöglich noch mehr als die Kinder auf das, was uns erwartet.

Eva hat mir neulich erzählt, Ole-Jakob habe sie gefragt, ob wir wirklich seine Eltern seien. Er habe darauf gepocht, dass sie ehrlich sein solle, er ertrage die Wahrheit, habe er gesagt, wie sie auch aussehen möge. Als Nächstes habe er gefragt, ob er, falls wir nicht seine Eltern wären, an dem Tag, an dem der König ihn holen komme, weiterhin bei uns bleiben dürfe.

Alles, wie es sein soll. Bis es nicht mehr so ist. Nur der kennt sein Schicksal, der es nicht kennt.

Das Handy klingelt. Es ist Ole-Jakob. *Komme gleich!*

Beeilt euch! Ich vermisse euch so. Ich halte das Warten nicht mehr aus. Meine größte Angst im Leben ist, eine Stunde ohne euch verbringen zu müssen.

Wenn ihr kommt, werde ich alles erklären. Ich habe das Feuer nämlich nicht gelegt. Ich habe das Kabel nicht repariert, das stimmt. Und ich bin zu spät gekommen, um euch zu retten, das stimmt auch. Aber ich habe das Feuer nicht gelegt.

This translation has been published
with the financial support of NORLA.

März 2021
DuMont Buchverlag, Köln
Alle Rechte vorbehalten
© CAPPELEN DAMM AS 2011
Photographs: © Vilma Babicova
Die norwegische Originalausgabe erschien 2011 unter
dem Titel ›Gjennom natten‹ bei Cappelen Damm, Oslo.
© 2019 für die deutsche Ausgabe: DuMont Buchverlag, Köln
Übersetzung: Karl-Ludwig Wetzig
Umschlaggestaltung: Lübbeke Naumann Thoben, Köln
unter Verwendung eines Bildes von © istockimages
Satz: Angelika Kudella, Köln
Gesetzt aus der Haarlemmer
Druck und Verarbeitung: CPI books GmbH, Leck
Gedruckt auf säurefreiem und chlorfrei gebleichtem Papier
Printed in Germany
ISBN 978-3-8321-6552-9

www.dumont-buchverlag.de